Unlimitless

Margot Suzanne

Unlimitless

Loi n°49-956 du 16 juillet 1949 sur les publications
destinées à la jeunesse

En application de l'art. L.137-2.-I. du code de la propriété
intellectuelle, toute reproduction et/ou divulgation de parties de
l'œuvre dépassant le volume prévu par la loi est expressément
interdite.

Bêta-lectrice : Chloé Faroy
Correcteur (ni professionnel, ni rémunéré, je vous demanderez
donc un peu d'indulgence) : Joffrey Suzanne
Illustrations intérieures : Mathew Schwartz sur Unsplash
Édition : BoD · Books on Demand, 31 avenue Saint-Rémy,
57600 Forbach, bod@bod.fr
Impression : Libri Plureos GmbH, Friedensallee 273,
22763 Hamburg (Allemagne)

ISBN : 978-2-8106-2349-5
Dépôt légal : Février 2025

Pour ceux dont la vie a volé en éclats,
pour ceux qui se sont sentis brisés,
ce livre est pour vous.

— A droite. Ta droite, pas la mienne. Plus à droite. Non, moins à droite… Pour l'amour du ciel Hélène, fais un effort !

Hélène foudroie son amie du regard.

— Tu pourrais être plus précise ? C'est vague comme indication !

Thérèse soupire en prenant une gorgée de son café. La semaine commence à peine et il est encore trop tôt pour ce genre de chose.

Elle grimace en avalant le liquide amer.

— C'est moi où le café est pire que d'habitude ?

— Je crois qu'ils ont changé de marque.

— Qu'est-ce qui n'allait pas avec l'ancienne ?

— Ils ont arrêté de la produire. Putain, on s'en fout, aide-moi plutôt à essuyer cette tache de crème ! Maintenant, c'est bon ?

Thérèse incline la tête sur le côté, mais constate que le bord des lèvres de son amie est toujours couvert de crème pâtissière.

— Toujours pas, non.

— Oh, j'abandonne !

La blonde se laisse tomber dans sa chaise, puis se redresse aussitôt. Elle porte sur son amie un regard brillant.

— Qu'est-ce qu'il y a ? demande celle-ci avec méfiance.

Hélène se redresse et approche son visage de celui de Thérèse.

— Tu ne voudrais pas l'enlever toi-même ?

La jeune femme esquisse un rictus mi-amusé, mi-excédé devant l'air aguichant de sa meilleure amie.

– Tu te fous de ma gueule ?

– Aide-moi ! la supplie-t-elle.

Après un dernier soupir résigné, Thérèse fait mine d'approcher sensuellement ses lèvres de celles de son amie, comme si elle s'apprêtait à y cueillir la coulure de crème avec le bout de sa langue. Hélène incline la tête pour dévoiler le coin de ses lèvres, mais au dernier moment, la brune saisit une serviette et lui lance au visage avec un rire moqueur.

– Sers-toi d'une serviette, comme tout le monde !

Son amie pousse un cri de surprise en la rattrapant au vol.

– Tu n'es pas drôle !

Thérèse hausse les épaules avec amusement et reprend une gorgée de café avant de le laisser pour de bon. Il est imbuvable.

Hélène s'essuie le contour de la bouche.

– Rappelle-moi de ne plus prendre de tartelette à la framboise avant d'aller travailler.

– Si je te dis ça la prochaine fois qu'on passe devant une boulangerie, tu ne m'écouteras pas, lui fait-elle remarquer.

Hélène marmonne quelque chose dans sa barbe tandis que Thérèse se lève pour vider le reste de sa tasse dans l'évier.

– Tu y vas déjà ?

– J'ai du boulot qui m'attend.

– Comme nous tous mais ce n'est pas pour ça qu'on prend notre poste une demi-heure avant l'heure, réplique Hélène.

Thérèse jette un coup d'œil à l'horloge de la salle de repos. Son amie a raison, il lui reste encore une trentaine de minutes avant qu'elle ne doive officiellement commencer à travailler.

– J'ai quelques trucs à régler avant de m'y mettre. Tu me connais, j'ai un emploi du temps de ministre.

– Oh que oui, je te connais ! Depuis le berceau, même.

– 35 ans d'enfer.

– Arrête, je sais que tu te donnes de grands airs d'asociale, mais qu'au fond, tu m'adores, rétorque la blonde en la mettant au défi de la contredire.

Thérèse lève les yeux au ciel.

– Dans tes rêves, répond-elle non sans laisser échapper un sourire. Allez, j'y vais.

– C'est ça, Foncez madame la responsable *marketing*, vous risqueriez d'être en retard.

Thérèse lui lève son majeur avant de sortir et rejoint son bureau.

Elle retourne dans la salle de repos vers dix heures pour sa pause-café de la matinée.

Ce début de journée était plutôt calme, la jeune femme vient de passer les deux dernières heures à consulter les évolutions du marché pour assurer le suivi de leurs dernières productions. Le nombre de ventes stagne et selon ses prévisions, il devrait même commencer à baisser les prochains mois.

Quand elle pénètre dans la pièce, Hélène s'y trouve déjà en compagnie d'Eve, la secrétaire de la boîte. Thérèse les rejoint devant la machine à café.

— Ah, Thérèse, je me demandais justement quand tu allais arriver, lui lance son amie. Tu ne connais pas la nouvelle ?

— Non, mais je sens que ça ne va plus tarder.

— On accueille un nouveau aujourd'hui. Il va remplacer Laure dans l'équipe commerciale.

Thérèse saisit une tasse dans le placard, hésite devant la machine à café, puis la remplit finalement d'eau du robinet.

Hors de question qu'elle remette ça avec la boisson infecte de ce matin.

— On sait pourquoi elle se fait remplacer ? demande-t-elle en prenant une gorgée d'eau.

Thérèse a eu très peu d'interactions avec Laure lorsqu'elle travaillait dans l'entreprise. C'est tout juste si elle parvient à mettre sur son prénom l'image d'une grande brune pour l'avoir déjà croisée une ou deux fois dans les couloirs. Mais à en croire ses collègues, c'était une femme assez réservée qui n'avait pas les épaules pour le poste. Certains s'interrogent encore sur la manière dont elle est parvenue à faire valider son intégration par Weber alors qu'elle ne présentait aucune des qualités requises.

Résultat, au bout de deux mois, à peine, la jeune femme leur fausse déjà compagnie.

– Je crois qu'elle a posé sa démission, lui répond Hélène.

Eve, restée silencieuse jusque-là, approuve.

– J'étais sûre qu'elle ne tiendrait pas le rythme, reprend l'autre. J'espère seulement que le prochain aura plus de cran.

La secrétaire n'objecte rien, mais un voile assombrit momentanément son regard. Elle saisit sa tasse fumante à deux mains et la porte à ses lèvres en retournant à son mutisme, les yeux dans le vague.

Eve est une jeune femme assez mystérieuse et de manière générale plutôt renfermée sur elle-même. Son regard éteint et son teint pâle lui donne l'aspect d'un spectre, même son âme semble dégager quelque chose de brisé. A seulement vingt-huit ans, la secrétaire parait déjà crouler sous tous les soucis du monde.

Les femmes sont interrompues lorsque des bruits de pas se font entendre dans le couloir, qui approchent dans leur direction.

Leur patron fait soudain son apparition dans la salle de repos, suivi de près par un jeune homme d'une trentaine d'années que Thérèse n'a jamais vu. Il doit s'agir de la nouvelle recrue.

Elle l'observe attentivement et avec curiosité.

11

Le garçon n'est pas désagréable à regarder. Les boucles blondes qui encadrent son visage aux traits délicats lui donnent l'air du Petit Prince dans le célèbre roman de St Exupéry. Ses yeux sont d'un bleu très pâle, mis en valeur par le choix d'une tenue aux couleurs chaudes qui contrastent avec la fraîcheur de ses iris.

Les deux arrivants ont beau posséder le même physique longiligne et musclé, à côté de leur patron - en costume sombre et au regard ténébreux, - le jeune homme semble un ange qui marche aux côtés du diable.

Les trois femmes se redressent d'un même mouvement en apercevant leur supérieur.

– Monsieur, le salue Eve en resserrant la prise autour de son mug.

L'homme l'oblige sans ménagement à s'écarter de son passage pour saisir une tasse dans le placard derrière elle et se servir un café. Puis, il fait signe au nouveau d'approcher.

– Bertin, lance-t-il en se tournant vers Hélène.

Sa voix grave est comme dénuée d'émotion.

– Je vous présente Blanchet. Il va remplacer Martin dans votre secteur à partir d'aujourd'hui. Je vous charge de lui expliquer la manière dont nous travaillons et de lui faire faire le tour de l'entreprise.

La jeune femme hoche la tête en adressant un sourire au nouveau.

– C'est comme si c'était fait.

Leur supérieur se pare d'un rictus satisfait avant de prendre une gorgée de café qu'il recrache aussitôt dans l'évier. Thérèse s'écarte juste à temps pour éviter les projections qui giclent jusqu'à sa hauteur.

– C'est dégueulasse !

– C'est le nouveau café, annonce Eve d'une voix mal-assurée.

C'est elle qui a la charge du stock de café et qui s'occupe de passer commande.

– Qui vous a dit de changer de marque ?!

– Ils ont arrêté de produire celui qu'on prenait, tente-t-elle de se justifier.

– Dans ce cas, démerdez-vous pour me trouver autre chose de mieux que ça ! lui réplique-t-il avec froideur.

Il vide le reste du contenu dans l'évier, comme Thérèse l'a fait le matin même et sans un mot supplémentaire, plante ici les trois femmes avec la nouvelle recrue.

– Il s'est levé du pied gauche, notre ami, constate Hélène une fois l'homme hors de portée de voix.

– Cite-moi une fois où il s'est levé du bon, répond Thérèse avec sarcasme.

Son amie ricane.

Le moins qu'on puisse dire de Weber est qu'il n'est ni un rayon de soleil, ni du genre à plaisanter sur quoi que ce soit. Il dirige son *business* avec fermeté et attend en permanence de ses employés une rigueur exemplaire. Pour autant, Thérèse trouve sa dureté justifiée par le fait qu'il n'est rien de moins que le directeur de l'une des plateformes de commerce en ligne les plus utilisées de leur époque, *Unlimitless*. Qu'il mène son équipe avec une poigne de fer est nécessaire afin de répondre efficacement aux attentes d'une clientèle toujours plus exigeante. De plus, bien que la jeune femme n'apprécie pas sa personnalité qui manque bien souvent d'humanité, elle reste cependant admirative devant le parcours professionnel de son patron. Il est parti de pratiquement rien et s'est rapidement hissé vers les sommets avec une efficacité redoutable pour faire de sa petite entreprise, un véritable empire.

C'est en partie sa réussite fulgurante qui a motivé la responsable *marketing* à se battre pour intégrer sa boîte.

– Je te souhaite la bienvenue chez Unlimitless ! Lance Hélène au nouveau.

Le jeune homme la remercie timidement.

– Comment tu t'appelles ? l'interroge Thérèse en prenant appui contre le plan de travail.

– Achille, enchanté.

– Thérèse.

Il serre la main qu'elle lui tend, puis les deux autres se présentent à leur tour.

– Comme tu l'auras compris, c'est moi qui vais m'occuper de t'apprendre tout ce que tu as à savoir sur le fonctionnement de l'entreprise, amorce Hélène.

– Mon pauvre...

Cette remarque vaut à Thérèse un coup derrière la tête de la part de son amie.

– N'importe quoi ! (Elle se tourne de nouveau vers Achille qui les regarde avec un mélange de surprise et d'amusement). Première chose à savoir, comme tu as pu le remarquer, Thérèse est la rabat-joie du groupe. Il fallait que ça tombe sur quelqu'un et manque de bol, il a fallu que ce soit ma meilleure amie.

– Eh !

– A ce titre, c'est donc à moi qu'il incombe de supporter ses coups de gueule du vendredi soir, quand elle crache son venin de la semaine et balance tout ce qu'elle pense réellement de vous, continue-t-elle en l'ignorant.

– C'est fa…

Hélène la défie du regard.

– … Bon peut-être, concède-t-elle dans un marmonnement en reprenant une gorgée d'eau.

– Tout ça pour conclure que si tu pouvais éviter de contrarier notre responsable *marketing*, tu épargnerais une partie de ma soirée, achève la blonde.

Le jeune homme approuve d'un mouvement de tête.

– Je vais retourner bosser, annonce soudain Eve en déposant sa tasse de café encore à moitié plein dans l'évier.

– Il te reste encore un peu de temps avant de reprendre, remarque Hélène. Ah ça y est ! Thérèse commence à déteindre sur les autres avec sa manie de commencer en avance ! J'ai toujours su que ça finirait par arriver !

Thérèse la foudroie du regard.

Malgré la tentative de la blonde pour l'amuser, Eve ne lui adresse qu'un de ses pâles sourires.

– Il faut que je nous trouve un nouveau fournisseur de caféine avant de me remettre au boulot, s'excuse-t-elle avant de leur fausser compagnie sans un mot de plus pour retourner s'enfermer dans son bureau.

Hélène la regarde s'éloigner.

– Deuxième chose à savoir, le nouveau. Eve est un peu « l'âme en peine » de la boîte. On a toujours l'impression qu'elle erre ici en portant le poids du monde sur ses épaules.

– Pourquoi ?

– Personne ne sait.

Les trois se tournent d'un même mouvement vers l'homme séduisant à la peau d'une jolie couleur pain d'épice qui vient de faire son entrée dans la salle.

Il porte une boucle au lobe de l'oreille droite et son casque autour du cou.

Il s'approche d'Achille de sa démarche décontractée.

– Salut, dit-il en lui serrant la main.

– Bonjour. Achille Blanchet, je viens d'arriver dans l'équipe commerciale, se présente-t-il.

– Assane Diallo, *community manager*.

– Assane, c'est le mec cool, s'empresse de préciser Hélène.

L'homme rit en se dirigeant vers la machine à café.

– Je te le déconseille vivement, le prévient Thérèse en le voyant prêt à se servir. Il est vraiment immonde.

Assane repose aussitôt sa tasse inutilisée dans l'évier.

– Je vais te faire confiance. Quelqu'un a vu Papy ce matin ? J'ai un truc à régler avec lui, reprend-il.

– « Papy » ?

– Notre administrateur, explique Thérèse pour répondre au regard interrogateur d'Achille. C'est un surnom qu'on lui donne.

– Eh ! C'est à moi de lui expliquer tout ça ! proteste Hélène. Pour rebondir sur ce qu'elle disait, son vrai prénom, c'est Emmanuel, mais ici tout le monde l'appelle Papy parce qu'il est l'un des plus vieux employés de la boîte après Céleste, notre responsable des ressources humaines. Cela étant, je te déconseille vivement de te fier à son surnom ! Le prévient-elle d'un ton beaucoup trop sérieux pour que Thérèse ne sente pas venir les idioties qui vont sortir à sortir de sa bouche.

Elle aperçoit du coin de l'œil Assane hausser, lui aussi, un sourcil intrigué en attendant les explications d'Hélène.

– Pourquoi ?

– Crois-moi sur parole, ce n'est pas un homme que tu as envie de provoquer. Ce type est une vraie terreur.

Les yeux d'Achille s'écarquillent avec incrédulité et ils sursautent tous les quatre en entendant soudain une voix tonitruer dans le couloir :

— Dis-moi la morpionne, c'est encore toi qui as collé une de tes saloperies de message sur mon ordinateur portable !

— Quand on parle du loup, annonce Assane.

Un homme proche de la cinquantaine à la stature imposante et à la chevelure grisonnante fait son apparition à pas furieux dans la salle de repos.

Il s'avance aussitôt en direction d'Hélène, les sourcils froncés et le visage rouge de fureur. Il plante son index contre la poitrine de la jeune femme tout en lui mettant sous le nez un post-it rose bonbon qui porte une trace de rouge à lèvre pourpre.

— N'essaie même pas de nier, je reconnais ta marque de fabrique, sale garce !

Hélène lève les mains en signe d'aveu.

— Je t'ai déjà dit d'arrêter de faire ça ! râle l'ancien. Ma femme est encore tombée dessus avant que je ne m'en aperçoive pendant mon jour de télétravail et elle commence sérieusement à penser que j'entretiens une maîtresse !

Hélène se met à pouffer et Assane ne parvient pas à retenir son fou rire plus longtemps.

— Ça n'a rien de drôle !

Achille observe la scène, l'air de ne pas trop savoir que penser du nouvel arrivant.

— Relax Papy, je te promets que ça ne se reproduira plus, lui assure Hélène.

Il souffle bruyamment par les narines comme chaque fois que la jeune femme s'amuse à le faire tourner en bourrique.

– Tu m'as déjà promis ça des centaines de fois !

Elle lève une paume de main et dépose l'autre contre sa poitrine, l'air solennel.

– Cette fois, c'était la dernière !

– La dernière jusqu'à la prochaine, soupire-t-il en s'écartant, résigné.

Son regard tombe alors sur Achille.

– Je délire où je ne l'ai jamais vu celui-là ?

– Tu délires.

– C'est la nouvelle recrue qui va remplacer Laure dans l'équipe commerciale, lui répond Thérèse tandis que l'homme assène une claque derrière la tête de son amie pour sa remarque.

– Il s'appelle Achille.

– Ravi de faire ta connaissance Achille.

– Emmanuel, j'ai quelque chose à voir avec toi si tu as cinq minutes, les interrompt Assane.

– Je suis tout à toi. On n'a qu'à aller dans mon bureau, on aura la paix, ajoute-t-il en foudroyant Hélène du regard, qui hausse innocemment les épaules.

– Je ne vois pas de quoi tu parles.

Les deux hommes ressortent, laissant les jeunes femmes seules avec Achille.

Hélène l'attrape par le bras sans ménagement.

– Bon allez, on a du pain sur la planche ! Je dois encore te montrer les locaux avant de te présenter à l'équipe ! A plus Thérèse, conclut-elle en tirant derrière elle le garçon prit par surprise pour l'entraîner dans une visite guidée de l'entreprise.

La responsable marketing les regarde s'éloigner avec une expression amusée en vidant la fin de son verre d'eau d'une traite, puis retourne travailler.

Thérèse réprime un bâillement en s'étirant dans son fauteuil et éteint son écran d'ordinateur. Elle en a fini pour la journée et ne rêve maintenant plus que de rentrer se glisser sous une douche brûlante.

Après un coup d'œil à l'horloge, elle s'aperçoit qu'elle aurait dû quitter le bureau depuis déjà plus d'une demi-heure. Elle doit compter parmi les derniers encore en train de travailler à cette heure-ci. Elle se laisse retomber contre le dossier de son siège en se passant la main sur le visage le temps de se remettre les idées au clair, avant de regrouper les papiers qui traînent sur la table. Elle s'interrompt dans son rangement quand Eve se présente à sa porte.

– Oui ?

– Weber veut te voir.

– Maintenant ? J'allais partir, dit-elle avec une pointe de regret en connaissant déjà la réponse.

– Tu sais comment il est.

– Pas du genre à attendre demain. (Elle soupire). Merci de m'avoir prévenu, Eve.

– Ce n'est rien.

La secrétaire la scrute encore un instant et Thérèse finit par se demander si elle n'a pas autre chose à lui dire, mais elle n'a pas le temps de lui poser la question que l'autre fait volte-face et disparaît vivement dans le couloir.

La jeune femme rejoint tranquillement le bureau de son supérieur.

Les locaux sont déserts, à cette heure-ci pratiquement tous les employés ont quitté leur poste. Elle n'ignore pas que pour son patron la soirée ne fait pourtant que commencer. Thérèse s'est souvent demandé s'il arrive à Weber de sortir de son entreprise de temps en temps. Ou même simplement de dormir. Peu importe l'heure à laquelle ses employés arrivent ou quittent du bureau, leur patron est systématiquement déjà (ou encore) en train de travailler.

– Vous vouliez me voir ? demande-t-elle en refermant la porte derrière elle après qu'il l'ait invité à entrer.

Il relève le nez de son écran d'ordinateur.

– Oui, installez-vous.

Thérèse prend place dans le fauteuil de velours noir qui fait face à son bureau.

– Je vous écoute.

– Ç'a été plus rapide que prévu, mais comme vous devez l'avoir constaté également, le marché de nos dernières productions est stagnant et d'ici peu, il devrait commencer à baisser.

Elle confirme d'un signe de tête. C'est ce qu'elle regardait ce matin.

– Nous avons besoin de nous renouveler avant que ça n'arrive et pour cela, je veux que vous me proposiez de nouvelles idées, déclare-t-il.

– Je commençais justement à consulter les marchés en vogue, l'informe Thérèse.

La jeune femme a passé une bonne partie de l'après-midi à

étudier les produits qui ont le plus de chance de devenir les prochains articles phares d'internet dans les mois à venir.

– Bien. Je tiens à proposer de la nouveauté à notre clientèle le plus rapidement possible.

– Je vais voir ce que je peux faire.

A ses mots, le regard de l'homme se durcit. Il frappe du plat de la main contre la table et se lève brusquement de son fauteuil pour faire ensuite posément le tour de son bureau et se poster face à Thérèse. Il plante ses yeux sombres dans les siens.

– Je ne vous demande pas de « voir » ce que vous pouvez faire Besson, mais de me sortir vos propositions dans les plus brefs délai.

La jeune femme soutient son regard froid et brillant. Elle opine.

– Je vous laisse trois mois pour me soumettre votre projet avec une stratégie *marketing* et un plan d'action, conclut-il.

– Trois mois ?!

C'est pratiquement la moitié du temps dont elle aurait besoin pour réaliser correctement ce qu'il lui demande. Weber ne l'avait jamais soumis à un délais aussi restreint.

– Et pas une semaine de plus.

– Mais…, commence la jeune femme avant qu'il ne la coupe aussitôt d'un geste de main en retournant s'asseoir derrière son ordinateur.

– C'est ça ou bien, je peux toujours trouver quelqu'un qui acceptera de faire le boulot à votre place si vous pensez ne pas être à la hauteur, lui dit-il en adoptant une attitude égale. Une foule de jeunes crèveraient pour votre poste, il ne faudrait qu'une seconde pour vous remplacer. Il me semble qu'il me reste quelques cartons que Martin n'a pas utilisé…

Thérèse serre les dents devant le rictus de défi que lui lance son patron, en réprimant l'envie de lui faire ravaler son air suffisant.

– Pas la peine. Ce sera fait dans les délais, répond-elle.

– J'espère bien Besson. Vous êtes un bon élément dans cette entreprise. Ce serait dommage d'être obligé de vous mettre à la porte, répond-il avant de se replonger derrière son écran et de lui faire signe de disposer.

La jeune femme se lève sans ajouter mot et sort du bureau. Les prochains mois ne s'annoncent pas de tout repos pour elle et son équipe.

– C'est une blague ?!

Thérèse soupire de la tournure que prend la conversation.

– Ne commence pas Jayden.

– Trois mois ?! Je crois que tu ne te rends pas bien compte !

– Weber ne m'a pas vraiment laissé d'autre choix que d'accepter ses délais figure-toi ! riposte-t-elle à son collègue.

Il la foudroie avec toute la fureur de ses yeux brun doré, mais elle soutient son regard sans ciller jusqu'à ce qu'il finisse par se détourner en grinçant des dents.

La jeune femme a convoqué dans son bureau ses deux chefs de produit, à la première heure ce matin, pour les mettre au courant de la demande de Weber. Et comme elle l'avait prédit, Jayden n'a pas manqué de lui reprocher le *timing* imposé par leur supérieur comme si elle avait elle-même décidé des délais.

– Calme-toi, Jayden, soupire Gabriel. Si on commence déjà à se prendre la tête, les trois prochains mois risquent d'être longs.

– Ils seront longs quoi qu'il arrive, réplique l'autre avec amertume. Tout ça parce que Thérèse n'a pas eu les couilles de dire à Weber qu'on n'est pas des putains de machines !

La jeune femme prend sur elle pour conserver son calme.

Jayden a beau être le plus jeune et le moins expérimenté d'eux trois, cela ne l'empêche pas pour autant d'être également le plus provocateur. Le jeune homme ne manque jamais une

24

occasion de tenir tête à sa supérieure hiérarchique. S'il ne savait pas tirer parti de son tempérament explosif pour fournir le travail assidu qui plaît tant à leur patron, Thérèse ne doute pas que son arrogance lui aurait déjà valu de se faire mettre à la porte.

— Écoutez, on n'a pas le choix. Je sais qu'on n'a jamais eu à proposer un projet dans un laps de temps si court, mais en s'investissant à fond, je suis sûre qu'on peut s'en sortir.

La jeune femme dévisage tour à tour les deux hommes en cherchant leur soutien.

— A ce niveau-là, ça ne va pas seulement nous demander de nous investir, mais carrément d'oublier nos vies personnelles pendant les trois prochains mois !

Thérèse ravale la réplique acerbe qui lui monte aux lèvres et opte pour une plus soft.

— C'est sûr que tu risques de ne plus avoir le temps de courir les putes après le travail si c'est ce que tu entends par là.

L'autre lui lance un regard plus sombre que le tréfonds des enfers.

Le jeune trentenaire a la réputation de dépenser une partie de son salaire dans les clubs échangistes. S'il ne s'en vante pas, il n'a jamais nié la rumeur non plus.

— Regarde le bon côté des choses, reprend Gabriel. Maintenant que tu vas passer plus de temps au boulot, tu pourras voir Eve plus souvent. Qui sait, ça marquera peut-être enfin le début d'une relation entre vous.

Ses deux aînés ne peuvent se retenir de rire lorsque le visage de Jayden s'empourpre.

Il a beau être réputé adepte de prostituées, tout le monde sait également que la secrétaire de vingt-huit ans ne le laisse pas indifférent. Mais ça en revanche, le jeune homme refuse de l'admettre.

– Alors toi, mon con…

– Bon, ça suffit ! les coupe Thérèse qui commence à s'impatienter. On a du boulot qui nous attend et on ferait bien de s'y mettre le plus rapidement possible. Faites de votre mieux, pour le reste, on verra.

– C'est ça, marmonne Jayden avec irritation en tournant les talons pour quitter son bureau sans manquer de claquer la porte derrière son passage.

Gabriel s'apprête à lui emboîter le pas, mais Thérèse le retient dans son action. Il s'interrompt et croise le regard qu'elle pose sur lui.

– Tu as quelque chose à me dire ?

– Je suis désolée que ça arrive maintenant.

L'homme reste silencieux pendant un instant, puis lui adresse un léger sourire.

– Tu n'y peux rien. Ça fait partie du job, je savais à quoi je m'engageais.

La jeune femme le dévisage avec un pincement au cœur. Gabriel est en couple depuis plus de six ans et sa femme vient d'accoucher de leur premier enfant il y a à peine quelques mois. La responsable *marketing* n'ignore pas que ce nouveau projet professionnel va contraindre le jeune père à passer une grande partie de son temps au travail s'ils veulent espérer pouvoir respecter les délais imposés par Weber. Il ne pourra, par conséquent, pas être très présent pour son fils durant ces prochains mois. Au fond d'elle, Thérèse s'en veut de l'empêcher de voir son premier enfant grandir à cause du boulot, bien qu'elle ne soit pas directement responsable de la situation.

– Allez, j'y vais, conclut-il.

– Je ne te retiens pas plus longtemps.

Elle le laisse quitter son bureau après qu'il lui ait pressé l'épaule d'un geste rassurant qui signifie que ça ira. Mais Thérèse sait qu'en réalité, il est plus affecté qu'il le laisse paraître.

C'est dans ces moments-là qu'elle ne regrette pas d'être célibataire.

– Il ne déconne pas.

Thérèse approuve d'un hochement de tête et remercie distraitement son amie en prenant la box de pâtes qu'elle lui a apporté sans lâcher son ordinateur des yeux.

La jeune femme n'a pas quitté son bureau de la matinée. Depuis qu'elle a mis Jayden et Gabriel au courant du projet, elle est plongée dans ses analyses du marché. Ne la voyant ni à la pause ce matin, ni sortir pour aller déjeuner, Hélène est venue s'assurer que tout allait bien. La brune lui a alors raconté son échange de la veille avec leur patron et parlé de ce qui les attend ces prochains mois.

Hélène s'installe sur la chaise en face de son bureau et entame son propre repas.

– Rendre un projet en trois mois, ça va être intense.

– Hm, opine son amie, le regard toujours rivé sur ses analyses en engouffrant une bouchée de pâtes. Mais le pire, c'est pour Gabriel, dit-elle après avoir dégluti.

– C'est sûr que ça va être compliqué d'assumer son rôle de père en parallèle

– Impossible. Il va nécessairement être obligé de négliger l'un ou l'autre. Même si je sais que je me tire une balle dans le pied en disant cela, j'espère qu'il choisira de délaisser le boulot.

La jeune femme relève momentanément les yeux de son écran

pour contempler son amie. La blonde hoche la tête avec approbation, l'air perdue dans ses pensées, tout en jouant distraitement du bout de sa fourchette avec un fusilli.

– Est-ce que tout va bien ? L'interroge-t-elle alors.

L'autre redresse la tête et croise son regard.

– Hein ? Oui. Ça va.

Mais les larmes qui commencent à perler au coin de ses yeux la démentent.

Thérèse se lève de sa chaise et fait le tour de son bureau pour aller la rejoindre de l'autre côté.

– Hélène ? Qu'est-ce qui ne va pas ?

Son amie s'essuie les yeux d'un revers de manche.

– Ce n'est rien d'important, ne t'en fais pas.

– Parle-moi.

Elle se laisse finalement prendre dans les bras et fond en larmes pour de bon.

– Ce n'est rien de grave, je t'assure… simplement, on a refait une tentative avec Max et…

– Ça n'a pas fonctionné ? devine Thérèse.

Hélène approuve.

– Comme à chaque fois…

Thérèse l'étreint un peu plus fort. Hélène et Max se sont rencontrés au lycée. Ç'a été un véritable coup de foudre entre eux, une évidence. Il y a deux ans, ils ont décidé de se marier et depuis, le jeune couple essaie désespérément de mettre un enfant en route sans y parvenir. Chaque nouvel échec décourage un peu plus Hélène qui désespère de réussir un jour à tomber enceinte.

– Oh, ma douce… Comment tu te sens ?

Son amie l'écarte doucement et hausse les épaules en jouant

29

distraitement du bout du pouce avec l'alliance à son annulaire.

— Je tiens le coup. En fait, je ne sais même pas pourquoi je me mets encore dans des états pareils à chaque tentative loupée. Je devrais être habituée depuis le temps…

— Hélène… Tu veux qu'on passe la soirée ensemble ? Qu'on sorte quelque part ? lui propose Thérèse, ne sachant plus que répondre qu'elle ne lui ait déjà dit pour la consoler.

La blonde décline sa proposition.

— Ça va aller. Et puis avec le travail qui t'attends, si tu commences à prendre du retard avant même d'avoir commencé, tu n'as pas fini.

Thérèse reconnaît à regret qu'elle n'a pas tort.

— Je suis là si tu as besoin de moi, tu le sais ?

L'autre lui sourit et sèche les dernières larmes sur ses joues.

— Je sais. Merci. Excuse-moi, je ne voulais pas t'embarrasser une fois de plus avec ces histoires alors que tu as mille autres choses plus importantes à penser.

Thérèse lui rend son sourire.

— Tu ne me déranges jamais.

— Même pas quand je te traîne dans les boutiques de fringues les jours de soldes ?

— Sauf dans ces moments-là.

Les deux amies échangent un rire puis Hélène se lève.

— Je vais te laisser travailler.

Elle récupère la boîte de pâtes qu'elle a déposé sur le bureau lorsque Thérèse l'a prise dans ses bras.

— Tu me tiendras au courant de l'avancée de votre projet.

— Bien sûr.

Elle sort sans ajouter mot et Thérèse retourne derrière son ordinateur pour continuer ses recherches, le cœur serré pour son amie.

– Je crois que je tiens notre produit, lance la responsable *marketing* en débarquant précipitamment dans le bureau de Gabriel le mercredi suivant.

L'homme relève brusquement les yeux de son ordinateur, surpris par son arrivée soudaine. Après plus d'une semaine passée à surfer sur internet pour trouver leur prochaine production, le chef de produit n'a pas meilleure mine que la jeune femme. Ses yeux cernés sont injectés de sang et asséchés par les écrans.

– Montre-moi.

Jayden arrive à son tour dans le bureau, alerté par l'écho de leur discussion.

– Du nouveau ?

Il prend la chaise face au bureau de Gabriel et se laisse tomber dessus tandis que Thérèse étale ses recherches sur la table.

– Ce n'est pas bête, approuve Gabriel lorsqu'elle termine de leur exposer ses recherches.

Jayden croise les bras sur sa poitrine, l'air moins enthousiaste.

– Mouais, c'est vrai que l'idée n'est pas mauvaise, mais on serait loin d'être les premiers à proposer des accessoires de bureau. Surtout qu'on n'est pas spécialisé dans le domaine contrairement à d'autres.

– Peu importe, on peut s'en tirer face aux concurrents en

jouant sur la qualité des matériaux pour sortir du lot en proposant des prix défiant toute concurrence. Et puis tu oublies qu'en plus, on a l'avantage de bénéficier de la notoriété d'*Unlimitless* qui donne à nos produits plus de visibilité que la majeure partie des sites spécialisés, fait valoir Thérèse. Je pense sincèrement que c'est une production qui a toutes ses chances de prendre.

— Tu voudrais sortir toute une gamme ? reprend Gabriel en se mordillant pensivement la lèvre inférieure.

— Peut-être pas une gamme très étendue au début. On pourrait commencer avec des basiques, comme des organisateurs de tiroirs et des rangements externes pour table de bureau. Mais dans l'idée, oui, je voudrais qu'on propose plusieurs produits pour inciter les gens à acheter non seulement celui qu'ils venaient chercher au départ, mais aussi le reste de la gamme associée.

Il hoche la tête avec approbation.

— C'est bien gentil tout ça, mais ça me paraît ambitieux étant donné nos délais, remarque Jayden.

Thérèse s'attendait à ce genre de réflexion et sur ce coup, elle ne peut qu'admettre que le jeune homme a raison. Néanmoins, elle est persuadée que lancer ce genre de produits moins d'un an après l'explosion du nombre de télétravailleurs dûe à la pandémie de covid-19 de 2020 pourrait être leur sésame.

— Cela reste faisable, objecte Gabriel.

— Si tout le monde trouve ça génial…, soupire Jayden.

Thérèse s'efforce à garder son calme pour lui répondre le plus posément possible malgré la fatigue accumulée ces derniers jours qui commence à la rendre irritable.

– Écoute, on travaille tous les trois sur ce projet, je ne prendrai donc aucune décision si l'un d'entre vous est en désaccord. Maintenant, si tu as autre chose de mieux à proposer ne te gêne pas.

Elle attend patiemment. Jayden reste un moment silencieux, comme s'il s'attendait à avoir subitement une idée à lui opposer, mais finit par rendre les armes.

– Va pour les fournitures de bureau, grommelle-t-il.

– Parfait, alors au boulot parce qu'on a du travail qui nous attend.

Les deux hommes approuvent et chacun retourne à son poste reprendre ses recherches.

– Qu'est-ce que vous diriez de proposer plusieurs coloris ? suggère Thérèse.

La jeune femme a réuni de nouveau ses deux collègues dans son bureau pour qu'ils réfléchissent ensemble au design de leur produit.

– Aucun intérêt, répond Jayden. Je pense qu'on devrait s'en tenir à les vendre en noir et blanc, peut-être en transparent, mais sans taper dans la couleur.

– Je suis d'accord avec lui, approuve Gabriel. La majeure partie des gens choisissent généralement les teintes les plus classiques, autant viser directement la demande la plus importante plutôt que de s'éparpiller.

La jeune femme prend note en opinant.

– En revanche, j'ajouterais des couvercles emboîtables aux organisateurs internes, continue le jeune homme. Cela permettrait de masquer leur contenu pour un rendu plus propre.

– Ce n'est pas idiot, approuve de nouveau Thérèse en griffonnant sa proposition sur un morceau de papier. Il faudrait également proposer nos rangements dans plusieurs formats. Pour qu'ils s'adaptent à tous types de meubles et de besoins.

Les deux autres acquiescent.

Gabriel se laisse aller contre le dossier de sa chaise en soupirant. Thérèse remarque alors seulement à quel point il a l'air épuisé.

Cela n'a rien d'étonnant, songe-t-elle. Entre le boulot et son fils à s'occuper quand il rentre chez lui, il ne doit pas avoir beaucoup de temps pour souffler en ce moment.

– Tu tiens le coup Gab' ?

– Ouais, ne t'en fais pas, la rassure-t-il dans un bâillement. Le petit est malade depuis hier. Il ne nous a pas laissé l'occasion de beaucoup dormir la nuit dernière, c'est tout.

Elle hoche la tête avec compassion en regroupant ses notes.

– Je propose qu'on aille présenter ce qu'on a à Weber pour voir ce qu'il en pense et s'assurer qu'on avance dans la bonne direction avant d'aller plus loin.

Les deux hommes répondent par la positive et s'apprêtent à la suivre hors de son bureau quand une sonnerie de téléphone les interrompt tous les trois.

– C'est le mien, s'excuse Gabriel en tirant son portable de la poche arrière de son jean. J'ai dû oublier de le mettre sur silencieux.

Il s'apprête à le basculer en mode avion, mais suspend son geste lorsqu'il découvre le prénom qui s'affiche à l'écran.

– Merde, c'est Natacha…

– Prends-la, si c'est à propos de ton fils, c'est peut-être important, lui dit aussitôt Thérèse. On peut t'attendre cinq minutes.

Il marque un instant d'hésitation, puis se décide à décrocher.

Jayden et Thérèse patientent le temps qu'il passe son coup de fil.

– Oui, je vais voir ce que je peux faire. Ne t'inquiète pas, ça va aller, d'accord ? Bisous. Je t'aime 'Cha, conclut Gabriel en revenant vers eux.

Il raccroche et la jeune femme remarque qu'il a maintenant l'air préoccupé.

– Qu'est-ce qui se passe ?

– Léo est monté en température, Natacha l'emmène à l'hosto.

– Tu devrais la rejoindre dans ce cas.

Il joue nerveusement avec la coque de son téléphone. La jeune femme ne se souvient pas l'avoir déjà vu si soucieux.

– Je ne peux pas vous laisser…

– On va s'en sortir, le coupe-t-elle. Va rejoindre ton fils et ta femme, ils ont plus besoin de toi que nous.

– Sûr ?

– Bon sang, mais oui ! Il ne risque rien de nous arriver, on va simplement voir Weber.

– Justement.

La jeune femme lève les yeux au ciel, mi-excédée, mi-amusée.

– Eh bien, disons que si on ne t'a pas donné de nouvelle dans trois heures, tu es chargé de nous envoyer de l'aide. Maintenant fous le camp et va retrouver ta famille. C'est un ordre !

– Merci, répond-il avec reconnaissance.

– C'est ça, file.

Gabriel s'empresse de quitter les locaux pour rejoindre l'hôpital tandis que Jayden et elle prennent la direction du bureau de leur patron.

Jayden toque à la porte du bureau de Weber.

— Entrez, lance la voix grondante et dénuée de chaleur de leur patron.

Le jeune homme fait signe à Thérèse.

— Les femmes d'abord.

— Tu as perdu tes couilles dans la bouche de la dernière prostituée qui t'a sucé ? se moque-t-elle avec un rictus narquois, avant d'ouvrir la porte.

Jayden marmonne dans sa barbe en lui emboîtant le pas.

— Bonjour monsieur.

— Vous venez pour quoi ? Je n'ai pas beaucoup de temps devant moi, j'ai un rendez-vous dans dix minutes.

— On voulait simplement avoir votre avis concernant l'idée de produit qu'on a trouvé pour la plateforme, annonce Thérèse sans se laisser démonter par son ton glacial. Ça ne prendra pas longtemps.

L'homme relève un regard intéressé de son écran d'ordinateur.

— Montrez-moi ça rapidement.

La responsable *marketing* lui sort les croquis du projet et s'empresse de lui décrire brièvement la gamme de produit qu'ils ont imaginée. L'homme l'écoute sans l'interrompre en prenant parfois ses esquisses pour les observer de plus près.

Quand elle termine, il les lance avec nonchalance

sur son bureau tout en se rejetant contre le dossier de son fauteuil et déclare d'un ton sans appel :

– C'est de la merde.

– Pardon ?

La jeune femme s'efforce de masquer son irritation et de conserver une expression neutre devant les paroles sèches de son patron.

– L'idée n'est pas mauvaise en soi. On serait sur un marché ascendant, mais ça manque d'originalité. Faites mieux.

Thérèse récupère les feuilles qu'il lui balance.

– Vous voulez qu'on trouve un autre marché ? Pourtant, je suis persuadée que...

– Je ne vous demande pas de trouver un autre marché, l'interrompt-il avec impatience. Je veux que vous amélioriez votre produit pour le rendre moins semblable à tous ceux qu'on trouve déjà chez la concurrence, lui crache-t-il en frappant de ses paumes de mains contre la table.

Il se redresse brusquement pour approcher son visage à quelques centimètres du sien. Sortez-moi quelque chose de plus travaillé !

– En règle générale, on améliore le produit après l'avoir…

Jayden ne termine pas sa phrase avant d'être coupé à son tour. Weber porte sur lui un regard sombre.

– Je sais comment cela fonctionne Menard ! Je ne vous demande pas de contester mes ordres ! Je crois être encore le mieux placé pour savoir ce qu'il faut à cette entreprise pour fonctionner, alors épargnez-moi vos commentaires et contentez-vous de revenir quand vous aurez un produit plus poussé !

Thérèse ravale la réplique acerbe qui lui monte aux lèvres et signale à Jayden d'en faire autant en le saisissant fermement par le bras pour le retenir de sauter à la gorge de leur supérieur.

— Très bien, on va retravailler notre concept, répond-elle en ignorant le regard noir que lui lance le chef de produit.

— Maintenant, fichez le camp, conclut Weber.

Thérèse lui adresse un signe de tête cordial avant de ressortir du bureau en entraînant Jayden à sa suite.

— Je te jure qu'un de ces quatre, je vais me le faire, marmonne le jeune homme une fois hors de portée de voix de leur patron. Il sait très bien qu'avec seulement trois mois pour lui rendre un projet construit, on ne peut pas se permettre de perdre du temps sur les détails !

— On va s'en sortir, tempère-t-elle.

— Putain, ce qu'il peut me faire chier avec ses exigences de petite princesse à la con !

Elle réprime un rire amusé.

— Je peux savoir ce qui te fait sourire ? s'agace-t-il en la surprenant.

— Rien du tout.

Il lui décroche un regard mauvais.

— Ouais. Bon bah, j'imagine qu'on retourne bosser.

— T'imagines bien.

— Bordel d'organisateur de bureau de mes deux !

Il grommelle en reprenant le chemin de son bureau, la jeune femme sur les talons.

Thérèse sursaute soudain, tirée de ses pensées par la sonnerie de son téléphone. Elle le saisit et le coince entre son épaule et son oreille pour pouvoir continuer à travailler tout en appelant.

– Allô ?

– Tu n'aurais pas décroché, j'envoyais sur le champ une équipe de secours vous chercher dans le bureau de Weber, lui annonce Gabriel en guise de salut.

Il faut un instant à la jeune femme pour se remémorer ce qu'elle lui a dit avant qu'il parte rejoindre sa famille à l'hôpital et comprendre de quoi il parle. S'il n'avait pas nouvelle d'elle et de Jayden au bout de trois heures, il était chargé de leur envoyer de l'aide.

Elle jette un coup d'œil à l'horloge dans le coin de son ordinateur. Ça fait maintenant quatre heures que Gabriel est parti.

Elle sourit en levant les yeux au ciel.

– Tout va bien, on s'en est tiré en un seul morceau, le rassure-t-elle.

– Alors, comment ça s'est passé ?

Elle lui rapporte l'entrevue.

– Quel casse-couille de première !

– Je ne te le fais pas dire. Comment va Léo ? demande-t-elle pour changer de sujet.

Elle ne tient pas spécialement à parler du projet avec Gabriel pour le moment. En fait, elle aurait plutôt besoin de faire une pause et de se changer les idées. Elle travaille sans relâche depuis que Jayden et elle ont quitté le bureau de Weber.

Elle délaisse son ordinateur en se laissant aller contre son fauteuil, et reprend son téléphone à la main pour se concentrer pleinement sur la conversation.

– Ça va, les médecins l'ont mis sous anti-bio le temps que sa température retombe. Il se remet tranquillement.

– Tant mieux. Et Natacha ?

Un silence s'ensuit avant que Gabriel réponde. Lorsqu'il prend la parole sa voix est plus grave que quelques instants auparavant.

– Elle a eu peur, mais maintenant que le petit va bien ça va, élude-t-il.

– Ce n'est pas ce que je voulais dire, Gab'.

L'homme soupire.

– Elle m'en veut de ne pas être assez présent pour notre fils.

– Ce n'est pas facile de composer une vie personnelle avec notre métier.

– Oh que non…

Un silence s'immisce entre eux.

– Je vais te laisser, tu dois encore avoir du travail, finit-il par conclure pour couper court à la discussion. On se voit demain de toute façon.

– Ouais.

Nouveau silence, puis :

– Gabriel ?

– Qu'est-ce qu'il y a ?

– Profite de ta famille autant que tu le peux. Des projets

professionnels, on en aura d'autres, un premier enfant, tu n'en auras qu'un.

L'homme ne répond pas, mais la jeune femme perçoit malgré tout son émotion de l'autre bout du fil.

– A demain Besson.

– A demain Huet.

Il raccroche sans un mot de plus.

Thérèse consulte l'horloge.

Il est largement l'heure de sa pause de la matinée, mais elle hésite. Depuis quelque temps, il lui arrive fréquemment de ne pas la prendre pour continuer à avancer sur le projet à la place. Aujourd'hui pourtant elle finit par céder à la tentation de s'octroyer une pause bien méritée. Elle se lève de son fauteuil, les membres fourbus d'être restée trop longtemps assise dans la même position.

En passant dans le couloir, elle aperçoit Gabriel les yeux rivés sur son ordinateur. Cela fait maintenant une semaine que Natacha et lui ont ramené leur fils de l'hôpital et de ce que l'homme lui en a dit, le petit se porte à présent comme un charme. Thérèse s'arrête devant son bureau et passe la tête par la porte entrouverte.

– Viens prendre une pause-café, c'est mérité, lui lance-t-elle en le tirant de ses pensées.

Il relève les yeux sur elle, surpris parce qu'il ne l'avait pas entendu arriver, puis souffle doucement en s'étirant.

– Tu as raison.

Il se hisse hors de sa chaise et ils vont ensemble chercher Jayden, lui aussi plongé derrière son écran, pour se rendre tous les trois à la salle de repos.

Hélène, Achille, Assane et Céleste, la

responsable des ressources humaines d'*Unlimitless*, s'y trouvent déjà en train de discuter.

– Des revenants ! s'exclame Hélène en les voyant arriver. (Elle se jette dans les bras de son amie.) Depuis combien de temps on ne s'est pas vu ? Un mois ? Deux ?!

Thérèse la repousse doucement en riant.

– Arrête de jouer les *drama-queen* et serre-nous plutôt à boire.

– Il n'y a jamais eu d'alcool ici, mademoiselle. Je sais que ça fait longtemps que tu n'as pas pris de pause, mais je ne pensais pas que c'était si grave. Tu sais encore en quelle année on est au moins ?

– Deux-mille-quarante-douze ?

– C'est bien ce que je craignais…

Assane lève les yeux au ciel en repoussant la blonde d'un coup d'épaule pour l'éloigner de Thérèse et lui tend un café encore chaud.

– Goûte-moi celui-ci, il est excellant. Eve a déniché une nouvelle marque.

– Encore ? s'étonne la jeune femme.

Elle le remercie en saisissant la tasse fumante sur laquelle elle souffle doucement avant d'en prendre une gorgée. Le liquide a un goût puissant aux notes chocolatées. Aussi loin que portent ses souvenir, elle ne se rappelle pas en avoir jamais bu d'aussi bon. Cela étant, c'est au moins la quatrième fois depuis que leur fournisseur d'origine a cessé sa production qu'ils en changent.

Le trentenaire à la jolie peau pain d'épice confirme d'un hochement de tête.

– Weber n'a aimé aucun des précédents et il a chaque fois demandé à Eve de trouver mieux, lui explique Hélène.

– Quel abruti !

Jayden prend sèchement la tasse que Céleste lui offre ce qui lui vaut un regard noir de la part de la quinquagénaire.

– La politesse, c'est pour les chiens ?

– Excuse-moi, marmonne-t-il. C'est simplement que je pense qu'Eve a mieux à faire que de chercher vingt fournisseurs de café différents parce que ce connard lui fait un caprice.

– Là-dessus, je suis d'accord, concède-t-elle.

– Elle devrait lui dire à ce con qu'il ne peut pas la traiter comme sa chienne.

La mine de Céleste s'assombrit.

– Si c'était si simple…

– Ça l'est !

Elle secoue la tête de gauche à droite, plus pour elle-même.

– Tu ne connais pas Weber.

Le jeune homme n'a pas le temps de lui demander ce qu'elle entendant par là, Hélène reprend :

– En parlant d'Eve, vous ne trouvez pas qu'elle a l'air… (Elle cherche ses mots). Disons encore moins gaie que d'habitude ?

Achille acquiesce d'un signe de tête en prenant une gorgée de café.

– Quand je suis passé devant sa porte en début de semaine, je l'ai trouvé complètement avachie sur son bureau, la tête entre les mains. Elle m'a dit que ça allait, mais j'ai du mal à la croire, les informe-t-il de sa voix douce comme du miel.

Depuis son arrivée, quelques semaines plus tôt, le jeune homme semble avoir trouvé ses marques au sein de l'entreprise et s'être intégré sans peine.

– Je trouve que Weber est trop dur avec elle, dit Thérèse.

– Le fait qu'elle occupe un poste en bas de la chaîne et qu'elle soit la plus jeune de l'équipe ne joue pas non plus en sa faveur, approuve sa meilleure amie.

Jayden se tourne vers leur responsable des ressources humaines.

– Céleste, c'est ton travail de t'assurer que *tous* les employés soient traités de manière égale et en bonne et due forme. Tu ne voudrais pas rentrer dans le lard de cette tête de cul qui nous sert de patron ?

La femme le contemple en fronçant les sourcils.

– Pourquoi tu ne le fais pas toi-même, tiens !

– Parce que ce n'est pas mon job, *tiens* !

– Le mien non-plus ! Et puis, qu'est-ce que tu t'imagines ? Que je vais entrer dans son bureau et lui dire : « Au fait monsieur, l'équipe trouve que vous vous acharnez un peu trop sur votre secrétaire, si vous pouviez arrêter, ce serait bien aimable à vous, merci. » ?!

– Bah oui !

– *Bah* non !

– Tu es plus âgée que lui, il t'écoutera davantage que si c'est l'un d'entre nous qui y va.

– Tu crois sérieusement que Weber en a quelque chose à foutre ? lui réplique la femme en levant les yeux au ciel. Admet simplement que tu n'as pas les couilles d'y aller toi-même pour exprimer le fond de ta pensée !

– J'ai deux testicules parfaitement à leur place, figurez-vous ! explose-t-il soudain.

Thérèse devine que « vous » l'englobe, elle, avec Céleste.

– On se figure bien, répond Hélène en le reluquant de haut en bas.

Surtout en bas.

– Toi, ta gueule, perverse !

– Bon, stop ! s'interpose Thérèse. Je crois qu'on a compris l'idée.

– C'est ça, lâche Jayden en quittant furieusement la salle de repos.

Un silence retombe sur la pièce.

– C'est fou ce qu'il peut être susceptible quand il s'agit d'Eve, remarque Hélène en le regardant disparaître. Je parie qu'avant la fin de votre projet, ils sortiront ensemble, ajoute-t-elle à l'attention de Gabriel et Thérèse.

– Elle n'a pas déjà un copain ? Remarque Assane.

La jeune femme chasse ses mots d'un geste ample de la main.

– Un copain ça se remplace.

Il fronce les sourcils.

– Et tu te dis mariée et fidèle ?

– J'ai dit « un copain », pas « un mari. » Non, un époux ça s'assassine. Pour les assurances, tout ça.

– Ouais… Attends quoi ?!

– Bon, sur ce les amis, je vous laisse ! conclut gaiement la blonde. On a encore du boulot. Achille, tu viens ?

– J'arrive, lui répond-il en déposant sa tasse de café dans l'évier avant de lui emboîter le pas.

– Je plains son mari, dit Assane en finissant la sienne d'une traite.

– Tu le plaindras quand elle l'aura tué. En attendant, nous aussi, on ferait bien de s'y remettre, répond Céleste.

Ils retournent chacun à leur poste respectif, laissant Thérèse et Gabriel seuls.

– Je crois qu'il va falloir qu'on y retourne.

– Je crois aussi, approuve Thérèse.

– Quand il faut y aller…

Ils sortent à leur tour de la salle et retournent se mettre au travail.

Arrivée à mi-chemin entre son bureau et celui de Gabriel, où elle a laissé l'homme reprendre son travail après leur pause, Thérèse se rend soudain compte qu'elle tient encore sa tasse de café à la main.

Elle hésite un instant à la garder avec elle pour la ramener plus tard en salle de repos, quand elle prendra sa pause déjeuner, mais décide finalement de s'en servir comme prétexte pour gagner encore quelques minutes avant d'être obligée de se remettre au boulot. Elle tourne les talons et fait demi-tour.

En arrivant devant la porte, elle aperçoit Jayden qui a dû revenir après le départ de ses collègues pour se servir un café.

Elle s'apprête à entrer, mais s'interrompt dans son action en le voyant sortir une seconde tasse du placard. Elle lève un sourcil intrigué et s'empresse d'aller se tapir à l'angle du mur pour qu'il ne la surprenne pas en train de l'observer quand il ressort de la salle quelques minutes plus tard, un café encore fumant dans chaque main.

La jeune femme le regarde discrètement passer devant son bureau sans s'arrêter. Rongée par la curiosité, elle cède à la tentation de le suivre de loin pour savoir où il va.

Le chef de produit s'arrête finalement devant le bureau d'Eve. Thérèse le voit prendre une grande inspiration avant de toquer tant bien que mal à la porte à cause des tasses qu'il tient.

Elle s'ouvre presque aussitôt sur la jeune secrétaire qui semble surprise, mais pas mécontente de le voir.

– C'est toi, Jayden ? Tu as besoin de quelque chose ?

– Non, ne t'en fais pas. C'est simplement, comme je ne t'ai pas vu prendre ta pause ce matin, je me suis dit que tu voudrais peut-être un café. Tiens.

Il lui tend une tasse. Eve la contemple un instant, muette, avant de la saisir en souriant.

– Merci. Tu as bien fait.

Il marmonne quelque chose qui ressemble à un « de rien » tout en passant nerveusement la main sur sa nuque.

Thérèse les observe avec un sourire.

– Oooh, c'est mignon !

Elle sursaute en faisant brusquement volte-face pour se retrouver nez-à-nez avec sa meilleure amie accompagnée d'Achille.

– Prise en flagrant délit de voyeurisme ! s'exclame Hélène d'un ton accusateur.

– Je ne les espionnais pas !

– Tu faisais quoi dans ce cas ?

– Je regardais ce qui se passe dans le couloir.

– Oh, excuse-moi ! se moque son amie avec un ton exagéré et en levant les yeux au ciel. Toujours est-il qu'ils sont adorables tous les deux, vous ne trouvez pas ? Dit-elle en prenant un air attendri.

Achille et Thérèse approuvent d'un même mouvement et la jeune femme reporte son attention sur Eve et Jayden qui discutent toujours dans le couloir.

– Regardez-moi ce sourire sur les lèvres d'Eve ! Ce n'est pas souvent qu'on la voit comme ça ! Je vous assure qu'ils vont finir ensemble !

Thérèse ne répond pas, mais reconnaît qu'elle n'en serait pas étonnée non plus.

– C'est vrai qu'ils feraient un joli couple, mais tu oublies encore qu'Eve a déjà quelqu'un.

La blonde lâche un soupir excédé.

– Je vous assure qu'un copain...

– « Ça se remplace ». On a compris ! lui répliquent en chœur les deux autres.

– Exactement !

Thérèse laisse échapper un soupir amusé avant de jeter un œil à sa montre en se rappelant qu'elle a encore du travail qui l'attend.

– Il va vraiment falloir que je retourne bosser, dit-elle. On se voit plus tard.

– Ouais, à plus.

La jeune femme les salue avant de rejoindre vivement son bureau tout en s'interrogeant sur l'avenir potentiel d'une relation entre Eve et Jayden.

Thérèse se réveille en sursaut lorsqu'elle sent un liquide froid lui couler sur les bras.

– Merde !

En se redressant sur son fauteuil, la jeune femme s'aperçoit qu'elle s'est endormie sur son bureau. Le reste d'une tasse de café froid, qu'elle a vraisemblablement renversé dans son sommeil, se répand sur la table.

– Putain de merde !

Elle s'empresse de redresser le contenant pour limiter les dégâts, mais c'est peine perdue. Les feuilles qu'elle a imprimées dans la journée sont déjà couvertes de café.

– Fait chier…, marmonne-t-elle en passant la main sur ses yeux bouffis de sommeil avant de se laisser retomber lourdement contre le dossier de sa chaise en bâillant à s'en décrocher la mâchoire. Les dernières semaines ont été éprouvantes, c'est le moins qu'on puisse dire, mais Gabriel, Jayden et elle sont enfin parvenus à convaincre Weber avec leur version améliorée – et re-améliorée – d'organisateurs de bureau. Il aura fallu près d'un mois à la jeune femme, mais elle est enfin de venue à bout de l'étape analytique. Ils vont pouvoir passer aux choses sérieuses.

Quand elle a suffisamment repris ses esprits, Thérèse se lève de son fauteuil dans un effort qui lui paraît surhumain et va chercher de quoi éponger le carnage.

Il fait déjà nuit à l'extérieur. Les locaux sont baignés d'obscurité et les bureaux sont déserts. La seule source de lumière qui persiste provient de l'encadrure de la porte qui mène au bureau de Weber. L'homme doit être encore en train de travailler. La jeune femme se demande quelle heure il est.

Elle marche péniblement en direction de la salle de repos, le pas alourdi par l'épuisement, la nuque raide et les yeux mi-clos lorsqu'un son capte soudain son attention quelques mètres avant sa destination finale. Elle s'arrête brusquement pour tendre l'oreille oubliant presque sa fatigue.

Le bruit semble provenir de l'intérieur de la salle.

Elle s'approche prudemment. Son cœur bat si fort dans sa poitrine qu'on doit l'entendre de l'extérieur. Thérèse franchit le pas de la porte sur le qui-vive et allume, chacun de ses muscles tendus à craquer et prête à réagir au moindre signe de danger.

La tension retombe d'un coup lorsqu'elle aperçoit Eve recroquevillée sur le sol dans un coin de la pièce.

La secrétaire laisse échapper un cri de surprise lorsque la lumière s'allume et lève les yeux sur Thérèse. La jeune femme n'a aucun mal à deviner qu'elle la surprend en train de pleurer à cause des traces de mascara qui maculent ses joues rosées.

– Eve ? Est-ce que tout va bien ?! s'inquiète-t-elle en se précipitant à ses côtés, surprise de la trouver ici, dans cet état à une heure pareille.

La surprise passée, l'autre fond de nouveau en larmes et replonge son visage entre ses bras. Thérèse vient s'agenouiller devant elle et dépose une main réconfortante sur son épaule.

– Qu'est-ce qui se passe Eve ? Qu'est-ce que tu fais encore ici ?

La secrétaire redresse la tête entre deux sanglots afin de plonger son regard baigné de larmes dans celui de Thérèse. La trentenaire reste démunie devant la douleur profonde qu'elle y lit.

– Je… ça va… je n'ai pas vu l'heure passée, c'est tout…

L'autre affiche une moue dubitative.

– Je t'assure.

– Pourquoi tu pleures ? Il s'est passé quelque chose ?

Elle secoue doucement la tête de gauche à droite en s'obstinant à garder les yeux rivés sur ses pieds.

– Je ne vais pas te forcer à parler si tu n'en as pas envie, mais en cas de besoin, je suis là, d'accord ?

Alors que Thérèse pense que la jeune fille n'ajoutera rien, elle la surprend soudain en se confiant sans relever la tête :

– J'ai… quelques soucis avec mon copain…

– Quel genre ?

Eve se pince la lèvre inférieure et frotte nerveusement ses paumes l'une contre l'autre entre ses cuisses.

– Tu n'es pas obligée de me répondre. C'était indiscret de ma part, excuse-moi.

– Non, l'interrompt-elle. Non, ce n'est rien. Disons… qu'il ne comprend pas que je n'ai plus envie de faire l'amour avec lui depuis quelque temps…

– Oh, je vois, répond maladroitement Thérèse sans trop savoir que dire d'autre.

Généralement lorsqu'une jeune fille de vingt-huit ans se livre sur sa vie sexuelle, elle le fait plutôt avec sa mère ou sa meilleure amie, rarement une collègue. Cependant, Thérèse se doute que si la jeune femme en arrive là ce soir, c'est qu'elle ne doit pas avoir grand monde à qui parler.

Peut-être est-ce l'une des raisons pour lesquelles Eve semble toujours si sombre. Parce qu'elle se sent seule.

– Il y a une explication au fait que tu n'aies plus envie de faire l'amour avec lui ?

Eve incline la tête sur le côté comme pour réfléchir à sa question, le regard dans le vague et plongée dans ses pensées. Pendant un moment, elle semble loin, puis elle reprend ses esprits et répond :

– C'est juste… compliqué pour moi en ce moment. Mais peut-être que je pourrais faire un effort… pour lui faire plaisir et pour qu'il cesse de penser que je le trompe avec quelqu'un d'autre.

Thérèse fronce les sourcils, incrédule.

– Je ne crois pas que ce soit une bonne idée de te forcer à quoi que ce soit, dit-elle.

– Je ne me forcerai pas ! Enfin pas vraiment… C'est vrai, je l'aime.

– Mais tu n'as pas envie de lui, si ? insiste la jeune femme.

– Pas de cette façon…

– Alors, tu ne devrais pas le faire.

La jeune fille éclate de nouveau en sanglot.

– Je ne sais plus comment faire pour me tirer de toute cette merde, putain…

– Eh…, murmure Thérèse en venant la prendre dans ses bras. Ce n'est rien, c'est juste une mauvaise passe. Ça arrive dans tous les couples.

Eve sèche ses larmes d'un revers de manche en hochant la tête, bien que sa collègue ne la sente pas totalement convaincue par ses paroles.

– Je crois que je vais rentrer, finit-elle par déclarer en se levant.

– Je suis sûr que ça va s'arranger, la rassure encore Thérèse en l'imitant.

– Oui, sûrement… A demain.

– A demain.

Eve quitte la salle de repos sans un mot de plus et disparaît dans le couloir. Thérèse entend la porte d'entrée se refermer derrière elle alors qu'elle quitte les locaux.

Elle attrape une éponge et va essuyer le café renversé sur son bureau. Une fois chose faite, la jeune femme prend, elle aussi, le chemin du retour jusqu'à son appartement sans cesser de repenser à sa conversation avec Eve.

Thérèse arrive au travail le lendemain matin, épuisée par sa mésaventure de la veille. Quand elle a quitté le bureau hier soir, le temps de rentrer chez elle, il était déjà deux heures du matin passées. C'est à peine si elle a pu récupérer quelques heures avant d'être obligée d'y retourner.

– Qu'est-ce que tu en penses ?

Silence.

– Hélène pour Thérèse, est-ce que vous me recevez ?!

La jeune femme sursaute, brusquement tirée de sa torpeur par le haussement de ton de sa meilleure amie.

– Oui, pardon. Je t'écoute. Tu disais quoi ?

Elle se passe la main sur le visage dans l'espoir de parvenir à chasser sa fatigue et tente de ramener son attention sur Hélène.

– J'ai taillé une pipe à Papy la nuit dernière.

– Oh, c'est cool, répond-elle distraitement en sentant déjà les brumes du sommeil recommencer à la gagner malgré elle.

L'autre fronce les sourcils.

– Tu vois, tu ne m'écoutes pas !

Thérèse relève sur la blonde un regard hébété avant de bâiller à s'en décrocher la mâchoire.

– Excuse-moi, je suis fatiguée.

Elle se redresse sur son siège en espérant que changer de position lui permettra de se maintenir éveillée.

Son amie feint d'abord d'être vexée, puis lui adresse un sourire compatissant.

– Ça va, je te pardonne. Dis-moi plutôt, comment avance votre projet ?

– On progresse doucement. On va pouvoir passer à la stratégie et au plan *marketing*. J'ai demandé aux garçons de me rejoindre dans mon bureau ce matin pour en discuter. Le hic, c'est qu'on a déjà perdu un mois parce que Weber nous a fait retravailler le produit dans le détail jusqu'à ce qu'il soit satisfait et je ne vois pas comment on va pouvoir respecter ses délais au vu de ce qu'il nous reste encore à faire.

– Ça me paraît ambitieux aussi, approuve Hélène.

Elle laisse passer un moment puis ajoute :

– Écoute, je sais que ce que je vais te dire ne va sûrement pas te plaire, mais dans le pire des cas, si vous rendez le projet avec un peu de retard ce ne sera pas la fin du monde. Weber fera sa crise, mais ça lui passera.

Thérèse ne répond rien et se contente de mordiller imperceptiblement sa lèvre inférieure, perdue dans ses pensées. Elle déteste ne pas réussir à venir à bout d'une tâche et tant qu'elle n'aura pas tout fait pour répondre aux attentes de son patron dans le temps imparti, elle ne lâchera rien. Son amie le sait aussi bien qu'elle.

– Rien à voir, mais je crois que tu avais raison pour Eve, elle ne va pas bien du tout, dit-elle pour changer de sujet.

L'autre n'insiste pas.

– Pourquoi ?

Thérèse lui raconte les évènements de la veille.

– Je suis pratiquement certaine que ses problèmes de couple ont un rapport avec Jayden ! s'écrit Hélène, une fois son récit terminé. Elle a des sentiments pour lui, j'en mettrais ma main à couper !

– Peut-être, répond-elle bien qu'elle ne soit que vaguement convaincue par cette explication.

Eve était dans un tel état de détresse lorsqu'elle l'a trouvé hier soir qu'elle a du mal à croire qu'il puisse s'agir uniquement de cela.

– Merde ! s'exclame-t-elle soudain en consultant l'heure. Il faut que j'y aille, les garçons vont m'attendre. On se voit plus tard.

– A la pause ?

– Ouais.

Thérèse se lève d'un bond, dépose sa tasse encore à demi pleine dans l'évier et file rejoindre son bureau.

Lorsqu'elle franchit la porte, ses deux chefs de produit l'attendent déjà.

– Je suis là.

– Ce n'est pas trop tôt, s'impatiente Jayden, les bras croisés sur la poitrine.

Elle ignore sa provocation et prend place derrière son bureau sans perdre plus de temps.

– Je voulais qu'on discute de la stratégie et du plan qui nous restent encore à élaborer durant ces deux prochains mois, amorce-t-elle en rassemblant les documents couverts café qui traînent encore sur la table.

En même temps qu'elle les met de côté, elle se fait mentalement la réflexion de penser à les réimprimer.

– On est bien d'accord que c'est impossible ? l'interrompt Jayden. Deux mois pour tout mettre au point étant donné le projet qu'on a, c'est juste délirant.

– C'est vrai que ça paraît compliqué, mais…

– Mais rien du tout ! A moins d'être des machines ou d'y passer jour et nuit, même avec la meilleure volonté du monde, je ne vois pas comment on pourrait y arriver ! Il nous faudrait bien le double du temps que Weber nous laisse.

– Sauf qu'on ne l'a pas, s'agace la jeune femme.

– Alors il va falloir le persuader de nous le donner.

— Tu penses sincèrement qu'il va accepter ?

— On n'en sait rien tant qu'on n'a pas essayé.

— Je suis d'accord avec Jayden, intervient Gabriel. On ne perd rien à tenter le coup.

Les trois se dévisagent un moment dans un silence tendu.

Le regard de Jayden brille de sa détermination à ne pas en démordre tant que la jeune femme n'aura pas accepté sa proposition, mais c'est celui plus cerné que jamais de Gabriel qui la convainc de le faire. Après tout, elle peut bien essayer. Un délai supplémentaire pour le projet signifierait pour le jeune père plus de temps à consacrer à sa famille. Thérèse ne peut pas le priver d'une chance d'être plus présent pour sa femme et son fils en refusant d'aller négocier avec Weber.

— Très bien, concède-t-elle. Je vais essayer de le persuader de nous laisser un peu de marge. Mais je ne vous promets rien.

— Merci, répond Gabriel avec sincérité.

— On peut y aller maintenant que c'est réglé ? reprend Jayden. Parce que personnellement, j'ai encore du boulot.

— Oui, allez-y, je ne vous retiens pas plus longtemps. Je vous tiendrai au courant de sa réponse.

— Rentre-lui dans le lard à ce fils de pute !

Il sort vivement, bientôt imité plus tranquillement par Gabriel.

Thérèse se laisse aller contre le dossier de son fauteuil. Elle pressent que cette journée ne sera pas de tout repos.

Thérèse frappe à la porte du bureau de son patron peu de temps après son échange avec Jayden et Gabriel.

– Entrez !

Elle s'exécute.

– Monsieur.

– Vous avez 10 minutes Besson. Allez droit au but, on gagnera du temps. Qu'est-ce que vous voulez ?

Elle referme l'ouverture et se redresse pour lui faire face.

– Une marge pour rendre la stratégie et le plan du projet, annonce-t-elle de but en blanc.

– C'est non.

– Non ?

Elle s'affaisse un peu.

– Non, répète-t-il sans même relever les yeux de son écran.

La jeune femme ne parvient pas à masquer sa déception. Elle se doutait qu'il risquait de refuser, mais elle ne pensait tout de même pas que ce serait si radical.

– Faire ce que vous nous demandez en deux mois me paraît difficilement réalisable.

– Démerdez-vous, Besson, ce n'est pas mon problème. Je veux votre travail sur mon bureau dans les délais.

– Mais-

L'homme la coupe en frappant brutalement de sa paume de

main sur la table. Il se lève et fait le tour de son bureau pour venir se planter en face d'elle. Il la surplombe de toute sa stature imposante. Weber plonge son regard dénué de compassion dans le sien.

– Écoutez-moi bien. Si je vous ai confié cette mission, c'est parce que je sais de quoi Huet, Menard et vous êtes capables lorsque vous vous y mettez sérieusement. Alors peut-être que mes délais vous paraissent exigeants, mais en vous poussant, vous êtes tous les trois parfaitement capables de me sortir quelque chose de construit dans deux mois.

Il laisse s'écouler un laps de temps pour qu'elle s'imprègne de ses paroles avant de reprendre avec un ton froid et posé :

– Est-ce que vous savez pour quelle entreprise vous travaillez ?

Thérèse hoche imperceptiblement la tête. L'homme se tient si près d'elle à présent qu'elle peut sentir la chaleur qui se dégage de son corps. Ce qui n'empêche pas un frisson de lui remonter le long de la colonne vertébrale.

– Je veux vous l'entendre dire, insiste-t-il avec impatience.

– Pour *Unlimitless*.

– Exactement. Vous avez l'immense privilège de travailler pour l'une des plus grandes plateformes mondiales de commerce en ligne. En tant que directeur d'une entreprise aussi importante, je pense qu'il est de mon devoir d'exiger le meilleur de mes employés. Qu'en pensez-vous ?

Nouveau hochement de tête. Le visage de Weber n'est plus qu'à quelques centimètres du sien. La jeune femme déglutit avec difficulté.

Son cœur fait un bond dans sa poitrine lorsque l'homme lui saisit soudain le menton entre le pouce et l'index avec fermeté.

– Est-ce que le défi et la pression vous font peur Besson ? Car si c'est le cas, il est clair que vous n'êtes pas au bon endroit, et alors, nous pouvons régler ce problème très facilement, dit-il en la fixant toujours de son regard perçant.

La jeune femme réprime l'envie de se dégager de son emprise et se force à rester immobile et à soutenir le poids de ses iris sombres.

– Non, ça ne me fait pas peur, répond-elle d'une voix aussi ferme que possible, malgré les tremblements qui menacent de transparaître.

L'homme la relâche avec un rictus satisfait, puis s'écarte, la laissant peu à peu retrouver son souffle qu'elle retenait sans s'en rendre compte.

Il retourne s'asseoir derrière son bureau et reprend son travail, comme si de rien n'était.

– Parfait, alors allez dire à votre équipe de chouineuses d'arrêter de pleurnicher sur leur sort et de se mettre sérieusement au travail, parce que j'attends votre projet dans deux mois, jour pour jour. C'est clair ?

Il relève une dernière fois les yeux sur elle.

– Très clair, répond-elle froidement avant de tourner les talons et de sortir sans un mot.

Une fois hors du bureau de Weber, la jeune femme sent tout à coup la tension, qui maintenait son corps, retomber. L'espace d'un instant, elle doit se retenir contre le mur pour empêcher ses jambes flageolantes de céder sous son poids. Son cœur bat violemment dans sa poitrine. Elle a l'impression de sentir encore la pression des doigts de Weber contre son visage.

Au même moment, Eve fait son apparition dans le couloir. Lorsqu'elle aperçoit sa collègue ainsi, à demi-appuyée contre le mur, elle s'approche avec inquiétude.

– Est-ce que tout va bien ?

La jeune femme parvient tant bien que mal à reprendre le contrôle d'elle-même et à se redresser.

– Oui, ne t'en fais pas.

– Tu sors du bureau de Weber ? demande la jeune fille en jetant un coup d'œil par-dessus son épaule pour lire le nom de leur patron sur la porte.

– Ce n'est rien. Il nous fait juste un nouveau « caprice de princesse » comme dirait Jayden, s'empresse de la rassurer Thérèse en se forçant à sourire tandis qu'un voile sombre tombe sur le visage de la secrétaire.

– Si ce n'est que ça…

– Promis. Tu peux retourner travailler, pas besoin de t'en faire pour moi. Je vois que tu as encore du boulot en plus, dit-elle en désignant d'un signe de tête les dossiers qu'Eve tient dans les bras.

La jeune fille marque un temps d'hésitation avant de hocher la tête et d'obtempérer.

Thérèse soupire en la regardant s'éloigner.

Les battements de son cœur reprennent peu à peu un rythme régulier et ses yeux la brûlent de fatigue à présent. Elle secoue la tête pour achever de se remettre les idées en place et prend la direction des bureaux de Gabriel et Jayden pour aller les mettre au courant de la réponse négative de Weber.

– Et alors quoi ! On se met à taffer comme des chiens parce que *monsieur* est persuadé qu'on est capable de lui rendre un putain de projet dans des délais irréalistes ?! C'est ça le putain de plan ?!

– Jayden, calme-toi... soupire Gabriel en enfouissant son visage entre ses mains, à bout de patience.

Thérèse soupire en se massant les tempes. Elle a demandé aux garçons de la rejoindre dans son bureau pour la seconde fois de la matinée afin de leur annoncer la réponse de Weber. Si elle s'attendait à ce que Jayden fasse des siennes en apprenant le refus de leur supérieur, l'épuisement qui les accable tous les trois complique les choses d'autant plus.

Elle grimace en sentant poindre la migraine tandis que le jeune homme se remet à tempêter.

– Non, je ne vais pas me calmer ! Merde ! Comment veux-tu qu'on réussisse à temps ?!

Gabriel se lève brusquement de la chaise sur laquelle il était assis pour venir se planter face à lui. Se laisser emporter ainsi ne lui ressemble pas, mais Thérèse devine que c'est la fatigue qui s'exprime à travers sa réaction.

– Tu veux bien la fermer cinq minutes, s'il te plaît ! Au pire si on lui rend ce putain de projet en retard ça ne changera pas la face du monde !

Jayden le foudroie du regard, les dents serrées.

– C'est facile à dire pour vous, vous êtes ici depuis un bout de temps, vous avez déjà fait vos preuves !

Thérèse se redresse dans son fauteuil pour porter toute son attention aux paroles qui suivent :

– Moi, je n'ai encore jamais eu l'occasion de travailler sur un projet aussi important et je ne compte pas me foirer ! Je tiens à ce putain de poste !

Un silence s'abat sur la pièce.

Le jeune chef de produit serre si fort les poings que ses jointures blanchissent. Le visage de Gabriel se radoucit face à son aveu.

– Personne n'a dit que tu jouais ton poste sur ce projet.

– Qu'est-ce que tu en sais ?! Weber est un vrai connard ! Il serait bien capable de me mettre à la porte s'il juge que je ne suis pas à la hauteur pour travailler dans sa putain de société !

– On va y arriver, l'interrompt Thérèse en s'efforçant d'adopter un ton aussi convaincu que possible.

Elle comprend mieux l'agressivité de Jayden et son désir d'obtenir à tout prix une marge pour mener à bien leur projet. Le jeune homme craint qu'en ne donnant pas à Weber le travail qu'il attend dans les délais, il perde son poste.

– Ça, c'est toi qui le dis.

– On va tout faire pour accomplir notre mission dans les temps. Personne ne joue son poste, je te le promets, lui assure-t-elle.

Jayden la dévisage longuement. Thérèse soutient son regard qui perd peu à peu de sa dureté à mesure qu'il rend les armes avec lassitude.

– On va y arriver.

L'homme marmonne une réponse dans sa barbe et chacun finit par retourner à son poste.

Achille toque à la porte du bureau de Thérèse peu de temps après que les deux chefs de produit l'aient laissé pour retourner travailler.

La responsable *marketing* lève le nez de son écran qu'elle fixe sans le voir depuis une bonne dizaine de minutes, l'esprit embrumé de fatigue. L'arrivée du jeune homme la tire de ses pensées.

– Entre, lui dit-elle en le voyant passer timidement la tête par l'entrebâillement de la porte.

Il s'exécute.

– Comme tu n'es pas venue prendre de pause ce matin, Hélène m'envoie m'assurer que tu vas bien et t'apporter ça, annonce-t-il en lui tendant la tasse qu'il tient à la main.

La jeune femme sourit à la mention de l'attention de son amie pour elle et accepte avec reconnaissance le café qu'il lui offre. C'est exactement ce qu'il lui fallait.

– Merci, c'est gentil.

– De rien. Je peux ?

Elle hoche la tête. Le jeune homme prend place sur la chaise en face de son bureau.

– Votre projet avance comme vous voulez ?

– On peut dire ça comme ça, répond-elle en avalant prudemment une gorgée du liquide encore fumant.

– Weber ne vous met pas trop la pression ? J'ai cru comprendre que c'était son mode de fonctionnement.

La jeune femme rigole doucement en reposant la tasse qui commence à lui brûler le bout des doigts.

– Disons plutôt qu'il nous pousse à travailler le plus rapidement et efficacement possible, quitte à se montrer intransigeant, tempère-t-elle.

Achille approuve d'un hochement de tête avant de déposer brièvement sa main sur la sienne dans un geste qui se veut réconfortant.

La jeune femme reste un moment à observer la paume du garçon contre sa peau. La chaleur de ses doigts lui rappelle vaguement le contact ferme de ceux de Weber agrippant son visage et cette pensée suffit à la faire frissonner.

Achille doit s'en apercevoir, car il la laisse aussitôt avant de se relever.

– Je ne vais pas te déranger plus longtemps. Tu dois encore avoir du boulot.

– Tu ne me déranges pas, lui assure-t-elle. Merci pour le café.

– Pas de quoi. N'hésite pas si tu as besoin d'autre chose, conclut-il en lui souriant.

Il sort de la pièce. Thérèse le suit du regard jusqu'à ce qu'il soit hors de vue puis se lève à son tour pour aller refermer la porte qu'il a laissée entrouverte derrière lui.

En revenant à son bureau, elle se laisse tomber lourdement dans son fauteuil en soupirant, déjà complètement vidée alors qu'il n'est pas encore midi.

A la réflexion, plus que longue, cette journée s'annonce interminable.

Thérèse est de nouveau interrompue en début d'après-midi lorsque la porte s'ouvre brusquement sur Jayden.

– On ne t'a jamais appris à…

Elle s'interrompt aussitôt en voyant le visage pâle et l'air paniqué du jeune homme. Elle se lève d'un bond, manquant au passage de renverser son fauteuil en arrière.

– Jayden qu'est-ce qui se passe ?

L'inquiétude qui emplit son regard renforce son mauvais pressentiment.

– Jayden !

– C'est Eve ! Répond-il finalement lorsqu'il reprend ses esprits.

– Qu'est-ce qu'elle a ? Tu ne veux pas t'exprimer clairement à la fin !

Il secoue la tête de gauche à droite en fermant les yeux le temps de reprendre la maîtrise de lui-même.

– Vient, conclut-il en l'entraînant vers le bureau de la secrétaire.

Thérèse s'élance derrière lui sans hésiter et ils débarquent précipitamment peu de temps après dans la pièce où travaille la jeune fille.

Thérèse ne l'aperçoit pas immédiatement. Elle est recroquevillée dans un coin de la même manière que la veille, mais cette fois-ci, elle halète comme si elle ne parvenait plus à trouver son souffle.

– Eve !

Elle se précipite dans sa direction et vient s'agenouiller devant elle.

– Eve, regarde-moi. Ça va aller, d'accord ? Concentre-toi sur ma voix et respire avec moi.

L'autre relève sur elle un regard de détresse puis s'efforce tant bien que mal de suivre ses indications. Elle essaie de caler autant que possible ses inspirations et ses expirations sur les siennes et après encore quelques respirations laborieuses, elle parvient finalement à retrouver un souffle plus ou moins régulier.

Thérèse lui sourit gentiment en essuyant du bout du pouce une des larmes qui dévalent ses joues maintenant qu'elle est revenue à elle.

– Ça va mieux ?

Eve hoche fébrilement la tête. Puis les sanglots la gagnent et elle fond en larmes.

La trentenaire s'écarte doucement pour laisser Jayden, resté en arrière jusqu'à présent, la prendre dans ses bras.

– Est-ce que tu peux nous dire ce qui s'est passé ? Lui demande-t-elle quand elle s'apaise enfin.

– Je… Rien. Je travaillais et je me suis mise à ne plus pouvoir respirer, élude-t-elle en évitant son regard.

Thérèse la dévisage longuement. La secrétaire ne lui dit pas tout, mais la jeune femme n'insiste pas, respectant son silence. Elle comprend qu'Eve n'ait pas envie de revenir sur les évènements qui ont déclenché sa crise d'angoisse avec ses collègues.

– Tu es courageuse, lui murmure Jayden.

Elle ne répond pas, le regard rivé sur le sol. Elle paraît si loin que Thérèse en vient à se demander si elle a seulement encore conscience de leur présence dans la pièce.

– Tu as besoin de quelque chose ? Un verre d'eau, par exemple ?

La jeune fille reporte enfin son attention sur elle, revenant momentanément à la réalité. Elle secoue la tête de gauche à droite en signe de négation.

– Je vais vous laisser, annonce finalement Thérèse. Si tu as besoin de quoi que ce soit, n'hésite pas, ajoute-t-elle en se redressant.

– Merci.

Eve retourne à sa contemplation du plancher et se replonge dans son mutisme. Une ombre passe dans son regard et son corps s'affaisse un peu plus contre celui de Jayden qui la tient toujours entre ses bras.

Thérèse les laisse et referme délicatement la porte derrière elle pour leur permettre d'avoir un peu d'intimité.

Elle retourne dans son propre bureau sans parvenir à se défaire du sentiment d'inquiétude qu'elle éprouve pour Eve.

Toute cette histoire ne lui dit rien qui vaille.

A seize heures trente, Thérèse décide de s'accorder sa pause-café de l'après-midi et délaisse la stratégie du projet sur laquelle elle commençait à travailler. Elle sort de son bureau en étouffant un bâillement.

Quand elle arrive dans la salle de repos, Hélène, Achille, Assane et Jayden sont en pleine conversation.

Hélène s'interrompt aussitôt pour la saluer gaiement.

– Tu m'avais dit qu'on se retrouverait à la pause, ce matin ! lui reproche-t-elle ensuite en fronçant les sourcils. Tu te rends compte que j'ai cru qu'il t'était peut-être arrivé quelque chose !

Thérèse se souvient qu'en la laissant pour commencer sa journée, elle lui avait promis qu'elles se verraient à 10h.

– Excuse-moi. En même temps que voulais-tu qui me soit arrivé de grave au bureau, s'amuse la jeune femme devant l'expression excessive de son amie.

– Ce n'est pas sa faute si elle est paranoïaque en plus d'être conne, raille Jayden, ce qui lui vaut un regard mauvais de la blonde

– Et toi, tu sais ce que tu es, pauvre tâche ?

Il hausse un sourcil interrogatif en prenant tranquillement une gorgée de café.

– Une grande gueule !

– Je ne suis pas-

– Une grande gueule doublée d'une petite bite ! Tu compenses la taille de l'une par celle de l'autre !

– Je vais te-

– OK, stop ! les interrompt Assane en venant s'interposer entre eux, les mains en l'air en signe d'apaisement. Un partout, balle au centre !

– Tu sais où je vais te la foutre ta balle… ? Marmonne Jayden.

Ce qui lui vaut cette fois-ci un regard noir de la part d'Assane.

– Essaie un peu pour voir !

Thérèse secoue la tête, exaspérée par leur enfantillage, tout en se servant un café à la machine.

– Comment va Eve, demande-t-elle au jeune chef de produit pour étouffer dans l'œuf la dispute qui s'apprête à éclater entre les trois.

Jayden reprend aussitôt son sérieux et demeure un instant silencieux, comme s'il prenait le temps de réfléchir à sa question, avant de répondre :

– Ça va plus ou moins.

La jeune femme opine en comprenant le sous-entendu. En apparence, la jeune fille paraît aller mieux, mais aucun d'entre eux ne sait ce qu'il en est réellement.

Hélène les écoute, le regard empli de curiosité.

– C'est quoi le problème avec Eve ?

– Je l'ai trouvé en train de faire une crise d'angoisse dans son bureau en début d'après-midi, l'informe Jayden en buvant un peu de son café, la mine grave et pensive.

– Merde. Vous savez ce qui s'est passé ?

Il secoue négativement la tête.

– La pauvre. Je crois qu'elle n'a pas encore pris sa pause aujourd'hui, je vais lui amener un café et voir si je peux en savoir un peu plus sur ce qu'il s'est passé, décide la jeune femme.

– Je te préviens, tu n'as pas intérêt à te montrer casse-couille comme tu sais l'être, la met-il en garde.

Hélène lève les yeux au ciel.

– Je te connais ! Quand tu veux savoir quelque chose sur quelqu'un, tu peux vite devenir une vraie chieuse.

Elle ouvre la bouche, outrée.

– Je ne-

Assane s'interpose de nouveau.

– On se calme !

Hélène se tait et va remplir une tasse de café pour Eve sans manquer d'arborer une moue indignée, puis elle tourne vivement les talons et quitte la salle de repos pour rejoindre le bureau de la secrétaire sans un mot de plus.

– Bon débarras.

Assane envoie un coup de coude réprobateur à Jayden.

– Je t'entends toujours ducon ! lui lance Hélène depuis l'autre bout du couloir.

– Tant mieux tripl… !

– VOS GUEULES, BORDEL ! IL Y EN A QUI BOSSENT ! s'écrie la voix de Gabriel en coupant court à leurs provocations.

Thérèse se met rire, bientôt imitée par Achille et Assane, tous sauf Jayden qui marmonne ses excuses à son collègue avant de replonger le nez dans sa tasse de café.

Après le départ d'Hélène, les quatre restent un moment silencieux, sans que rien d'autre que le vrombissement régulier de la machine à café ne vienne perturber l'atmosphère paisible qui règne dans la pièce.

Ce sont un fracas de verre brisé, suivi d'un hurlement qui mettent soudain fin à ce silence de mort.

Les muscles de Thérèse se contractent aussitôt et tous ses sens se mettent en alerte. Près d'elle, les autres sont également passés sur le qui-vive. Achille a bondi hors de la chaise sur laquelle il était assis, la reversant au passage. Assane est tendu comme un arc, et Jayden prêt à s'élancer en direction du cri.

– C'était Hélène ! s'exclame Thérèse qui reconnaîtrait la voix de sa meilleure amie entre toutes.

Elle s'apprête à se précipiter hors de la pièce pour découvrir ce qui a provoqué la frayeur de la commerciale, lorsque celle-ci réapparaît soudain. Les mains vides, le teint aussi livide que celui d'un cadavre, elle franchit le pas de la porte en trébuchant, s'appuyant à demi au mur pour ne pas s'effondrer.

– Hélène ?! Qu'est-ce que... !

Achille n'a pas le temps de finir sa question que la jeune femme est prise d'un violent haut-le-cœur qui la plie en deux et lui fait répandre son âme sur le sol. Son corps est secoué de spasmes, les larmes lui montent aux yeux, et avant que quiconque ne l'ait vu venir, elle perd connaissance.

Assane, qui est le plus proche d'elle, parvient à la rattraper de justesse avant que sa tête ne heurte le sol et l'allonge prudemment sur le plancher tout en la maintenant aussi droite que possible pour qu'elle ne s'étouffe pas si elle vomit de nouveau. Il appelle son prénom dans le vain espoir de la ramener à elle. Son visage trahit toute son inquiétude et sa surprise.

– Hélène ?! Hélène, putain ! Tu m'entends ? Réponds-moi !

Jayden est le second, après lui, à retrouver suffisamment de présence d'esprit pour réagir.

– Putain, je ne le sens pas…

Il se rue sans perdre une seconde en direction du bureau d'Eve tout en hurlant son prénom.

Thérèse secoue la tête pour sortir de sa torpeur et s'élance sur ses talons, bientôt imitée par Achille, en proie au même mauvais pressentiment que le jeune chef de produit.

Lorsqu'elle arrive dans le bureau de la secrétaire, elle pile net devant l'horreur de la scène qui s'offre à son regard.

Le choc la pétrifie sur place. Le cri d'effroi qu'elle voudrait pousser se meure avant d'avoir franchi ses lèvres. D'un coup, c'est comme si le monde venait momentanément de cesser de tourner. Plus rien ne parvient jusqu'à elle.

Elle sent qu'à ses côtés Achille s'est figé, lui aussi, les yeux écarquillés d'effroi. Les couleurs quittent progressivement son visage. Seul Jayden garde suffisamment de sang-froid pour se précipiter vers la jeune fille en hurlant :

– EVE ! PUTAIN, EVE !! NON !

Il se tourne vers les deux autres, le regard plein d'un mélange de désarroi et de terreur pure.

– PUTAIN ! VENEZ M'AIDER A LA DÉCROCHER !!

Achille secoue la tête pour se tirer de sa stupeur et le rejoint aussitôt pour lui prêter main forte.

Thérèse, quant à elle, n'esquisse toujours pas le moindre mouvement. Ses membres sont comme paralysés, ses pupilles écarquillées. Incapable de bouger, elle demeure simple spectatrice de ce cauchemar.

Son cerveau semble lui refuser la réalité. Elle perçoit la scène comme au travers d'un écran opaque et sans réussir à comprendre ce qui vient de se produire.

Les deux garçons se jettent sur le bureau d'Eve afin d'être à hauteur suffisante pour atteindre la corde qui retient la jeune fille à l'éclairage, pendue à quelques dizaines de centimètres au-dessus du sol. Son corps flasque pend mollement dans le vide, sans vie.

Pendant qu'ils s'affairent à la détacher de l'emprise des liens, Thérèse songe en contemplant les yeux révulsés et le visage violacé, le long duquel coule un filet de sang comme une larme pourpre, qu'ils arrivent trop tard.

Thérèse, Achille, Jayden, Assane et Hélène, qui est enfin revenue à elle, demeurent silencieux dans la salle de repos depuis plusieurs minutes tandis que les membres de l'équipe de police s'agitent un peu plus loin, devant le bureau d'Eve où se trouve encore son corps sans vie.

Aucun d'entre eux n'a envie de parler de ce qui vient de se passer. C'est encore trop tôt. Trop brusque. Trop douloureux pour certain.

Hélène frissonne, enveloppée dans la couverture de survie que lui ont remis les ambulanciers qu'Assane a fait venir pour elle après son évanouissement. Le jeune homme garde les mains pressées sur ses épaules pour la réchauffer et la réconforter, mais dans le fond, probablement aussi pour se raccrocher à la sensation de sentir un être bien vivant sous ses doigts.

Achille et Thérèse sont avachis à même le sol.

En lui lançant un regard en coin, la jeune femme s'aperçoit que les mains du garçon tremblent encore sous l'effet de la montée d'adrénaline qu'il a éprouvée quand il a aidé Jayden à détacher le corps.

Pour ce qui est de l'homme aux yeux brun doré, il est quant à lui, assis sur une chaise, la tête penchée vers l'avant pour empêcher ainsi les autres de lire les expressions sur son visage. Sa jambe tressaute nerveusement depuis plusieurs minutes.

Tous gardent les yeux rivés au sol sur lequel ils voient se rejouer encore et encore l'horreur des dernières heures comme sur un écran qui projetterait le drame en boucle.

La porte de la salle finit par s'ouvrir sur un homme en uniforme de police qui les salue d'un bref signe de tête en refermant derrière lui.

— Bonjour, je suis l'officier Jenkins, se présente-t-il. C'est à moi qu'on a confié la charge de déterminer la cause de la mort de votre collègue et…

— Ça me paraît évident, non ? l'interrompt froidement Jayden sans même relever la tête. Il n'y a pas besoin d'être un putain de génie pour comprendre ce qu'elle a fait !

L'autre ne réagit pas, probablement habitué par l'expérience à ce genre de réaction. Il reprend posément comme s'il n'avait pas été coupé :

— J'aimerais vous poser quelques questions si vous êtes d'accord. Et si vous vous sentez en état d'y répondre, évidemment, ajoute-t-il avec un bref coup d'œil à l'attention de Jayden.

Thérèse, Achille et Assane opinent d'un même mouvement.

— Parfait. Pourriez-vous commencer par me dire précisément quand vous avez retrouvé le corps et comment ça s'est passé ?

C'est Achille qui se dévoue pour lui faire le récit de la découverte du cadavre. Thérèse appuie seulement ses propos de temps à autre lorsque le jeune homme reste silencieux un peu trop longtemps, se replongeant malgré lui dans l'horreur de la scène qu'il est en train de raconter.

— Est-ce que vous savez si votre collègue avait des raisons de vouloir mettre fin à ses jours ? Est-ce qu'elle vous a parlé de problèmes financiers, de problèmes familiaux ou avec un proche, par exemple ? reprend l'officier, une fois qu'il a terminé.

Cette fois, c'est Thérèse qui lui rapporte son échange avec Eve, le soir où elle l'a trouvé en pleurs dans la salle de repos et où la jeune femme lui a confié avoir une relation compliquée avec son copain depuis quelque temps.

La jambe de Jayden cesse de s'agiter pendant son témoignage. Elle devine sans mal qu'il boit ses paroles avec autant d'avidité, sinon plus, que le policier.

Lorsqu'elle conclut, l'officier hoche gravement la tête, pensif.

— Très bien, une dernière chose. Savez-vous si elle avait des ennemis, rivaux ou toute autre personne susceptible de lui vouloir du mal au sein de l'entreprise ?

— Pas que je sache, répond Assane. Elle ne parlait pas beaucoup et restait souvent à l'écart.

— Entendu. Merci de votre coopération, je me doute que ça ne doit pas être facile pour vous de parler de ce qui vient de se passer alors que c'est encore frais. Je vous laisse vous remettre de vos émotions. Mais surtout si quoi que ce soit vous revient, venez immédiatement m'en parler.

Ils approuvent en silence et l'officier sort de la salle en les laissant de nouveau seuls et silencieux se replonger lentement dans ce cauchemar éveillé.

Une atmosphère morbide plane sur *Unlimitless* quand Thérèse retourne y travailler le lundi matin.

Trois jours se sont écoulés depuis le suicide d'Eve pourtant il lui semble que l'âme de la secrétaire erre toujours dans les locaux de l'entreprise.

Bien qu'elle ait eu tout le *week-end* pour digérer sa mort, le drame est encore trop récent dans son esprit pour qu'elle ne cesse tout de suite de continuer à s'attendre à la voir apparaître au détour d'un couloir, l'air perdu dans ses pensées comme elle l'était souvent.

Si elle avait su alors quel genre d'idée la traversait dans ces moment-là…

En passant devant son bureau, Thérèse ne saurait dire si c'est son imagination qui lui joue des tours, ou si une vague odeur de corps en décomposition flotte réellement même après que les femmes de ménage aient récuré la pièce du sol au plafond.

La jeune femme va déposer ses affaires avant de rejoindre la salle de repos en espérant y trouver un peu de réconfort auprès de sa meilleure amie ou d'un autre de ses collègues.

Lorsqu'elle entre, elle est surprise de trouver là l'intégralité des employés de la boîte rassemblés devant Weber.

Celui-ci embrasse la foule du regard en attendant

vraisemblablement que son équipe soit au complet pour prendre la parole.

La plupart des personnes présentes chuchotent entre elles, l'air grave. Certains apprennent simplement la nouvelle du suicide de la secrétaire. Thérèse les repère à leur mine qui se décompose lorsqu'on leur annonce.

Tous se montrent affectés d'une manière ou d'une autre. Tous, à l'exception de Weber dont l'expression demeure comme à son habitude aussi froide qu'impassible. Rien ne semble l'atteindre.

Thérèse se fraie un chemin parmi la foule pour rejoindre Hélène qui se trouve au centre de la pièce avec Achille et Céleste.

Elle constate en approchant que bien que la responsable des ressources humaines ne fasse pas partie de l'équipe qui a trouvé le corps, elle semble presque la plus marquée des trois. Ses traits sont tirés et son visage est rougi par les larmes qui dévalent ses joues sans qu'elle cherche à les endiguer.

Hélène porte sur son amie ses yeux injectés de sang et bouffis par le manque de sommeil. Elle lui adresse un pâle sourire.

Thérèse songe en lui rendant qu'elle ne doit pas apparaître sous un meilleur jour. Elle n'a pratiquement pas dormi de la nuit, chaque fois rattrapée par des cauchemars dans lesquels elle se retrouve inlassablement face au corps suspendu à l'éclairage de la jeune fille.

— Comment tu te sens ? lui demande Hélène lorsqu'elle parvient à sa hauteur.

— Comme quelqu'un qui a retrouvé sa collègue pendue dans son bureau la semaine dernière, lui répond-elle sombrement. Et toi ?

Elle a posé la question pour la forme, car elle se doute de la réponse.

L'autre affiche un rictus.

– Pareil.

La brune reporte son attention sur Weber qui attend impatiemment que tout le monde soit là pour commencer.

– Vous savez ce qu'il veut ? demande-t-elle aux trois autres en observant leur patron parcourir la salle de son regard froid.

Achille hausse les épaules.

– Sûrement reparler de ce qui s'est passé vendredi.

Elle hoche la tête.

– Vous avez vu Jayden, d'ailleurs ?

La jeune femme vient seulement de s'apercevoir qu'elle ne l'a pas vu en arrivant.

Le garçon arque un sourcil pensif comme pour se remémorer les visages qu'il a croisés depuis son arrivée au bureau avant de répondre :

– Personnellement, pas ce matin en tout cas.

– J'espère qu'il ne viendra pas aujourd'hui.

Il ne fait aucun doute que Jayden a été le plus touché d'eux tous par la mort de la jeune fille, la dernière chose dont il a besoin pour surmonter le drame est de se retrouver dans le lieu où Eve a choisi de mettre fin à ses jours.

– Il tenait à Eve bien plus qu'il ne l'admettra jamais, dit Hélène, les larmes aux yeux.

Weber réclame soudain l'attention générale. Les derniers retardataires ferment la porte de la salle de repos derrière eux et s'empressent de se mêler à la foule.

– Bonjour à tous.

Thérèse grimace devant son choix de formule. Leur souhaiter

une bonne journée alors que leur secrétaire de vingt-huit ans vient tout juste de se suicider n'est pas l'apostrophe qu'elle aurait choisie pour commencer son discours. Mais Weber ne se soucie pas de ce genre de détail.

– Comme vous le savez déjà probablement tous, vendredi dernier, pour notre plus grande peine, la secrétaire d'*Unlimitless*, Eve Leca, a choisi de mettre fin à ses jours.

La jeune femme se pince la lèvre inférieure. L'homme s'exprime avec un ton dénué de la moindre émotion, comme parfaitement imperméable au drame. La foule se met à chuchoter avant que son interlocuteur ne la ramène au calme d'un geste de la main.

– C'est un évènement dramatique qui, je le conçois, a pu ébranler certains d'entre vous. Néanmoins, cela ne doit en aucun cas impacter les affaires de l'entreprise, reprend-il.

Près de Thérèse, Céleste a cessé de pleurer. Son expression témoigne à présent son profond dégoût pour les paroles de leur patron. La jeune femme partage son ressentiment.

Alors qu'il est question du suicide d'une gamine, la seule chose que Weber trouve bon de leur dire est de ne pas laisser sa mort affecter la production ? Si Thérèse sait qu'il pense avant tout au bien de son entreprise en s'exprimant ainsi, elle ne peut s'empêcher de lui reprocher son manque de tact.

L'homme semble avoir oublié qu'il se trouve face à des êtres humains pourvus d'émotions et non des machines à produire à qui il suffit d'ordonner quelque chose pour qu'elles obéissent sans le moindre état d'âme.

Même s'il est vrai que la charge que représente une société comme *Unlimitless* ne leur permet pas de prendre de retard sur la production, leur supérieur n'était tout de même pas obligé de leur exposer cette vérité d'une façon aussi crue si tôt après les récents évènements.

Au même moment, elle aperçoit du coin de l'œil un mouvement un peu plus loin dans la foule. A quelques mètres d'elle, Gabriel tente de retenir un Jayden fou de rage qui se serait probablement déjà jeté à la gorge de leur patron si l'autre ne l'en avait pas empêché. Le cœur de la jeune femme se serre. De toutes les personnes qui soient, c'est à Jayden qu'elle aurait voulu épargner le discours de Weber.

— J'attends de vous que vous mainteniez vos postes avec la même rigueur et implication que d'habitude et que vous mettiez de côté vos sentiments personnels lorsque vous venez travailler, conclut leur patron avant de quitter la salle sans un mot de plus, laissant place à des murmures choqués et des réactions outrées.

— Quel connard de merde ! marmonne Hélène en serrant le poing.

Thérèse rejoint Jayden qui continue de se débattre comme une furie dans les bras de Gabriel.

— BORDEL, LÂCHE-MOI !! hurle-t-il. JE VAIS LE TUER ! JE VAIS LE TUER, PUTAIN ! TU ENTENDS !!

— Jayden, calme-toi ! Le supplie son aîné.

Mais ses paroles n'ont pour effet que de décupler sa rage.

— TOUT ÇA C'EST SA FAUTE !! DE SA PUTAIN DE FAUTE A CE SALOP DE CONNARD DE MERDE !!

— Arrête de dire n'importe quoi !

Après encore quelques minutes, Jayden arrête finalement de s'agiter, le souffle le court, sans cesser de hurler pour autant :

– Ce n'est pas n'importe quoi !! Il lui parlait comme à une bonne à rien !! Comme si c'était sa putain de chienne ! S'il l'avait considéré avec un minimum de respect tout ça ne serait peut-être jamais arrivé !!

– On n'en sait rien, réplique Thérèse.

Jayden lui lance un de ses regards les plus sombres qui trahit à la fois toute la fureur et la détresse qu'il éprouve en cet instant.

– Ferme ta gueule, salope de merde ! Bordel !! Elle t'avait dit qu'elle n'allait pas bien ! Tu le savais !! Tu aurais pu la sauver, mais tu n'as rien fait !!

Sur le moment, les paroles de l'homme la heurtent avec la violence d'un coup de poing. La jeune femme a beau savoir qu'elle n'est pas directement responsable du suicide d'Eve, ses mots soulignent avec rudesse le sentiment de culpabilité qu'elle tente de réprimer au plus profond d'elle-même depuis qu'ils ont découvert le corps de la jeune secrétaire.

D'une certaine façon, elle se sent responsable de n'avoir rien tenté pour tirer la jeune fille à ses démons.

Thérèse parvient tant bien que mal à garder son sang-froid et à ne pas se laisser dévorer par les sentiments qu'elle est parvenue à maintenir enfouis ces deux derniers jours et qui menacent à présent de refaire surface.

– Arrête Jayden, putain ! s'écrit Gabriel. Elle n'est responsable de rien et tu le sais très bien ! Je comprends que tu aies besoin d'un coupable, mais merde, ressaisis-toi un peu !

– Lâche-moi !

– Pas tant que tu ne te seras pas calmé.

– J'ai besoin de prendre l'air ! LÂCHE-MOI, JE TE DIS !!

Thérèse fait signe à Gabriel d'obtempérer.

L'homme la regarde avec surprise, puis s'ensuit un moment

pendant lequel il semble hésiter, avant de finir par obtempérer en libérant Jayden.

Le jeune chef de produit chancelle un instant en haletant, puis s'éloigne d'un pas vif. Il bouscule au passage sans ménagement ceux qui se trouvent sur son chemin et quitte la salle de repos en claquant la porte derrière lui.

Gabriel soupire.

– Ça va être compliqué.

– Il finira par s'en remettre, le rassure Thérèse. Mais il va lui falloir du temps. Sûrement plus que nous.

Il approuve d'un geste de tête.

– Peu importe ce qui s'est passé dans sa vie qu'on ignore, elle ne méritait pas ce qu'elle s'est infligée.

La jeune femme comprend qu'il parle d'Eve à présent.

– Personne ne mérite d'en arriver là.

– Non, tu as raison. Tu n'es pas responsable de son geste, tu sais, ajoute-t-il en cherchant son regard tandis qu'elle s'efforce d'éviter le sien.

– Je sais.

Il continue de la dévisager avec intensité pendant quelques instants, mais n'insiste pas plus. Ce dont elle le remercie silencieusement.

– J'imagine qu'on est censé se remettre à travailler comme si de rien n'était.

La jeune femme lance un regard vers les employés qui quittent la salle de repos pour reprendre leur poste et acquiesce.

– Je crois, oui.

– Au moins, maintenant que la situation est au plus bas, elle ne peut que s'améliorer.

Thérèse réprime une moue dubitative.

Elle ne saurait expliquer pourquoi, mais la jeune femme n'en est pas si certaine.

Thérèse sursaute, lorsque Weber débarque soudainement dans son bureau dans le courant de la matinée.

Elle se redresse aussitôt dans son fauteuil sur lequel elle s'était avachie.

– Monsieur.

– La famille de Leca a appelé, lui annonce-t-il sans s'encombrer des formules de politesse. Son enterrement est prévu dans trois jours. Ils vous proposent, à vous et ceux qui ont découvert le corps, d'y participer si vous pensez que cela peut vous aider à surmonter le choc. Ils n'avaient pas vos numéros respectifs alors, ils m'ont chargé de vous faire passer le message.

La jeune femme opine, touchée que la famille d'Eve ait pensé à eux dans un moment pareil alors qu'ils n'en étaient absolument pas tenus.

– Merci de m'avoir prévenu.

– Vous mettrez Menard, Huet, Blanchet et Bertin au courant, conclut-il avant de quitter la pièce aussi vite qu'il y est entré.

Thérèse termine ce qu'elle était en train de faire avant l'arrivée de Weber, puis se rend en premier dans le bureau de Jayden.

Lorsqu'elle frappe seul un grognement lui répond. Elle décide de le prendre comme une invitation à entrer.

Thérèse entrouvre prudemment la porte. Le jeune chef de

produit est derrière son bureau, le visage entre les mains et l'air mort.

Il relève la tête à son arrivée.

– Qu'est-ce que tu veux ?

– La famille d'Eve nous propose d'assister à son enterrement, lui annonce-t-elle doucement, appréhendant un peu sa réaction.

Il la fixe un moment, avant de détourner le regard en secouant la tête.

– OK.

La jeune femme hésite à lui poser la question qui lui brûle les lèvres.

– Quoi encore ? demande-t-il en percevant son hésitation.

– Tu viendras ?

– Peut-être.

– Je pense sincèrement que ça pourrait t'aider à faire ton deuil.

Il grogne une seconde fois pour toute réponse et reporte son attention sur son ordinateur, lui indiquant de cette manière qu'il souhaite être seul.

Elle n'insiste pas plus et ressort. Il ne lui reste plus qu'à espérer qu'il soit présent le jour de la cérémonie.

– Tu es sublime, murmure Hélène en contemplant la jeune femme de haut en bas dans le tailleur noir qu'elle a choisi pour l'enterrement.

Thérèse lui retourne le compliment devant sa robe noire très simple, mais d'un chic et d'une élégance propres à sa meilleure amie, puis la prend dans ses bras.

L'autre lui rend son geste sans hésitation et les deux femmes s'étreignent mutuellement un peu plus longuement que nécessaire, profitant du réconfort que leur apporte le contact de l'autre après l'horreur de ces derniers jours. Un geste intime qu'elles n'ont pas pris le temps de partager depuis le drame, s'aperçoit Thérèse en appréciant d'autant plus de sentir enfin le corps familier de sa meilleure amie contre le sien.

Elles se relâchent avec un sourire.

Thérèse lance un regard à la dérobée autour d'elle. Si elle est reconnaissante envers la famille d'Eve d'avoir pensé à eux en les conviant à l'enterrement de la jeune fille pour les aider à surmonter leur deuil, elle avoue ne pas être à son aise parmi les invités. Elle a le sentiment de ne pas être à sa place, et à voir l'attitude gênée d'Hélène et les coups d'œil nerveux qu'Achille lance autour d'eux, elle devine qu'il en va de même pour ses amis.

La jeune femme reporte pour la millième fois son attention

sur le portail par lequel les derniers retardataires affluent encore. Elle était la première de ses collègues à arriver au cimetière, il y a maintenant plus d'une demi-heure et la cérémonie ne devrait plus tarder à commencer, mais toujours aucun signe de Jayden.

Alors qu'elle commence à croire qu'il ne viendra pas, l'homme au regard brun doré fait soudain son apparition à l'entrée, la mine sombre. En les apercevant un peu à l'écart, il s'empresse de les rejoindre.

– Je suis contente que tu sois venu, lui lâche-t-elle avec soulagement en faisant mine de le prendre dans ses bras lorsqu'il arrive à leur hauteur.

Il la repousse en grommelant et plonge les mains dans les poches de son pantalon avec une attitude fermée qui la défie d'insister. Ce qu'elle ne fait pas. Au contraire, elle s'éloigne même un peu pour lui montrer qu'elle respecte son besoin de distance.

Une voix attire soudain l'attention générale. Un homme d'une soixantaine d'années se dresse face à la foule, prêt à prendre la parole à côté du cercueil où repose le corps d'Eve sur lequel Thérèse n'a encore osé poser le regard depuis son arrivée.

Elle le contemple pour la première fois avec plus d'intérêt qu'elle ne le voudrait, incapable de détourner les yeux.

La trentenaire sent son ventre se nouer.

Tout est mis en œuvre pour créer l'illusion que la jeune fille vit encore. Son teint violacé a été maquillé de telle façon que son cadavre arbore une mine aussi éclatante que possible, et ses paupières rabaissées sur ses yeux clairs lui donnent l'air de reposer paisiblement. Sans les traces de strangulation qui persistent autour de son cou malgré les tentatives visibles pour les camoufler, Thérèse pourrait presque se laisser convaincre qu'Eve est simplement plongée dans un profond sommeil.

Ce qui, en y réfléchissant bien, n'est pas si loin de la vérité.

Cette pensée la fait frissonner.

Elle détache enfin son regard de la dépouille pour le porter sur Jayden qui fixe lui aussi le corps en déglutissant avec difficulté. Elle remarque qu'il réprime les sanglots qui menacent de le gagner en se mordant cruellement la lèvre inférieure presque jusqu'au sang. Le cœur de Thérèse se serre. Elle n'ose imaginer ce qu'il peut ressentir à cet instant.

L'homme qui se tient face à eux prend la parole une fois le silence retombé sur l'auditoire. Il présente la même paire d'yeux bleus qu'Eve, en moins hantés.

– Avant de commencer la cérémonie, je tiens à remercier toutes les personnes présentes aujourd'hui d'être venues rendre un dernier hommage à ma fille, Eve, que j'aimais plus que tout au monde, amorce-t-il.

Un silence respectueux accueille ses paroles. L'homme se lance ensuite dans un long et émouvant discours dans lequel il évoque les souvenirs qu'il gardera de sa fille.

Thérèse apprend pendant son témoignage que sa femme est elle aussi, décédée plusieurs années auparavant, lorsque Eve n'avait encore que six ans. Sachant cela, la jeune femme se demande si ce drame, qu'elle a connu enfant, a pesé dans la balance lorsque la secrétaire a pris la décision de mettre fin à ses jours.

Après réflexion, elle suppose que oui. Si ce n'était pas la raison principale de son suicide, savoir que quelqu'un l'attendait de l'autre côté lui a au moins rendu la perspective de la mort plus douce.

Les proches d'Eve défilent les uns après les autres pour prononcer une dernière parole à l'attention de la jeune fille. Après son père vient le tour de ses grands-parents, puis de son oncle et sa tante, jusqu'à ce qu'un homme d'une trentaine d'années les remplace tous. Il est le dernier à s'exprimer.

Thérèse l'observe attentivement. C'est un jeune garçon plutôt attirant, avec un regard confiant qui témoigne d'une assurance naturelle où se mêlent aujourd'hui la douleur de la perte. Ses muscles parfaitement dessinés saillent sous son costume sombre et ses cheveux châtains demeurent insolemment en bataille malgré ses efforts visibles pour tenter de les discipliner avec une couche de gel.

A côté d'elle, Jayden s'est tendu. Lui aussi a deviné qu'il s'agit du copain d'Eve. Les yeux brun doré du jeune homme se réduisent à deux fentes et Thérèse l'observe avec attention, inquiète de savoir ce qui peut bien lui traverser l'esprit au moment où l'autre prend la parole d'une voix émue.

– C'est un honneur pour moi d'être présent aujourd'hui pour vous parler une dernière fois d'Eve, la fille la plus merveilleuse qu'il m'ait été donné de rencontrer, et qui m'a accordé la joie de me laisser partager sa vie durant ses deux dernières années.

Les poings de Jayden se serrent et se relâchent successivement comme s'il se contenait. La jeune femme le voit contracter les mâchoires. Ce n'est pas bon signe.

– Elle a été la femme que j'ai aimé le plus. Intelligente, douce et d'une beauté à couper le souffle. Du moins c'est mon avis, précise-t-il avec un sourire.

Le souffle de Jayden se fait de plus en plus rauque. Les paroles du garçon semblent faire écho chez lui et se superposer à ces propres sentiments pour lui provoquer une douleur terrassante.

Thérèse tente de déposer une main réconfortante sur son épaule, de plus en plus anxieuse devant les expressions que prend son visage. Il la repousse brutalement.

– On aurait dû avoir encore de nombreuses années devant nous. Je me voyais déjà faire ma vie avec elle, lui offrir tout ce dont elle rê…

C'est à ce moment que Jayden explose pour de bon. Thérèse n'a pas le temps de réagir qu'il est déjà sur l'homme resté immobile trop longtemps.

Son agresseur pousse un hurlement de fureur qui fait trembler toutes les personnes présentent.

– FERME TA GUEULE, ESPÈCE DE CONNARD !

Il le saisit par le col, emporté par une rage sourde. A cet instant, plus rien ne semble le raccrocher à la réalité.

– ON SAIT TOUS QUE VOTRE COUPLE PARTAIT EN COUILLE, ENCULÉ ! ELLE PLEURAIT AU BOULOT PAR TA FAUTE, FILS DE PUTE !!

Jayden lui envoie ses phalanges en plein visage alors que l'autre demeure incapable du moindre geste, en proie à l'incompréhension la plus totale.

Son nez se brise dans un craquement écœurant. Il se met alors à hurler de douleur et à saigner abondement sous les coups répétés de son assaillant. Il tente de répliquer par un coup de poing lancé au hasard qui atteint sa cible à la mâchoire.

Le jeune homme accuse le coup en grognant. Un filet de sang s'échappe de ses lèvres.

Les spectateurs sortent enfin de leur stupeur. Avant qu'il n'ait eu le temps de surenchérir, le père d'Eve se jette sur lui et parvient *in extremis* à l'empêcher de s'en prendre de nouveau à son gendre, aidé par Achille. Thérèse et Hélène se précipitent auprès d'eux.

– Putain, Jayden !! s'écrie la blonde avec un mélange de colère et d'effroi. Pourquoi tu as fait ça ?!

– ELLE S'EST TUÉE PAR SA FAUTE ! Hurle-t-il, enragé.

– TU ES COMPLÈTEMENT CON OU QUOI ?!

Le jeune homme cesse de se débattre contre les deux qui le retiennent et lui décroche un regard assassin.

– TU CROIS QUE TU PEUX ACCUSER LA TERRE ENTIÈRE DE SON SUICIDE POUR TROUVER UN COUPABLE ?! lui assène-t-elle en laissant libre cours à sa colère et son exaspération. TU PENSES AVOIR LE DROIT D'INSULTER ET DE VIOLENTER LES GENS QUI L'AIMAIENT, QUI L'AIMENT, PUTAIN ! LE JOUR DE SON ENTERREMENT ?! TOUT ÇA POUR TE TROUVER UN PUTAIN DE RESPONSABLE DE MERDE QUI N'EXISTE PAS ?!

– POUR QUI TU TE PRENDS A ME PARLER SUR CE TON ?!

– Pour qui je me prends ? répète-t-elle dans un faux rire lourd de sarcasme et d'animosité. POUR QUI JE ME PRENDS ?! TOI, POUR QUI TE PRENDS, BORDEL !!

La jeune femme prend sur elle le temps de retrouver suffisamment le contrôle d'elle-même avant de continuer :

– Tu penses être le seul à avoir mal ?! Ses proches n'ont pas déjà assez souffert de sa mort, il faut en plus que tu en rajoutes une couche en venant t'en prendre à eux parce que tu refuses d'entendre qu'il n'y a pas de coupable dans cette histoire ?! ELLE A *CHOISI* DE SE TUER, PUTAIN ! TU COMPRENDS ÇA ?!

Le visage de Jayden se ferme d'un coup. Il serre les dents,

99

toujours retenu par Achille et le père d'Eve, tandis que les larmes commencent à dévaler le long de ses joues.

La blonde soupire.

– Si on te lâche, tu promets de ne plus frapper personne ? l'interroge Hélène après un moment.

Thérèse sait que la jeune femme aurait préféré ne pas avoir à se montrer si dure envers Jayden, qui morfle déjà suffisamment depuis la mort d'Eve, si seulement il y avait eu une autre solution pour lui ouvrir les yeux sur le fait qu'il n'est pas le seul à souffrir. Pourtant, elle n'ignore pas non plus que savoir qu'elle n'a pas eu le choix n'empêche pas son amie de culpabiliser.

Il hoche silencieusement la tête.

– Promets-le.

– Promis.

Achille le relâche, bientôt imité par le sexagénaire avec plus de prudence cependant.

Jayden se passe la main sur le visage pour chasser ses larmes, et avant que qui que ce soit ait pu ajouter mot, se précipite hors du cimetière.

Thérèse le suit des yeux en soupirant pendant qu'Achille présente leurs excuses pour lui auprès de la famille d'Eve et de son copain, dont le nez a cessé de saigner et prend maintenant une teinte anormalement violacée. Jayden va plus mal qu'elle ne l'imaginait.

Hélène se jette lourdement sur le canapé en soufflant tandis que Thérèse va leur chercher un pot de glace à la vanille format familial dans le congélateur.

Les deux femmes viennent de rentrer de l'enterrement. Elles se sont éclipsées juste après la mise en terre pour échapper aux échanges qui accompagnent le buffet. Elles ont jugé plus juste de laisser les proches d'Eve partager ce moment de recueillement dans l'intimité familiale.

Alors qu'elle s'apprête à tirer deux petites cuillères du tiroir, la blonde l'arrête en se redressant brusquement.

– Non !

Thérèse repose les cuillères à café pour en saisir de plus grosses.

– Voilà ! approuve son amie avec un soupir de satisfaction en se laissant retomber sur les coussins.

– Jayden t'a vraiment mis hors de toi, constate Thérèse en revenant vers elle avec leur « nécessaire de survie après une rude journée ».

– C'est peu de le dire, confirme la blonde en s'écartant un peu pour lui laisser de la place.

Thérèse envoie valser ses talons à l'autre bout de la pièce pour venir s'asseoir en tailleur à côté de son amie. Elle place le pot de glace entre elles.

La jeune femme prend une première cuillerée. Le goût sucré de la crème glacée, lorsqu'elle entre en contact avec son palais, a aussitôt l'effet escompté. Elle s'enfouit un peu plus profondément dans le canapé.

– D'un côté, je comprends que la mort d'Eve l'ait impacté. En plus, découvrir son cadavre de cette manière, c'est horrible. Mais il s'est complètement renfermé sur lui-même et il ne se rend même plus compte qu'il n'est pas le seul à souffrir, lâche sa meilleure amie.

La jeune femme approuve d'un hochement de tête pendant qu'Hélène reprend, en enfournant une énorme cuillère de glace dans sa bouche :

– Che qu'il peu'être con quand il est comme cha… (Elle déglutit). J'aurais vraiment préféré ne pas m'emporter contre lui devant tout le monde, mais il m'a rendu folle en se comportant comme il l'a fait et je n'ai pas trouvé de meilleurs moyens pour le ramener sur terre.

– Je sais, la rassure Thérèse en déposant une main compatissante son épaule. Sinon dis-moi, toi, comment tu te sens depuis ce qu'il s'est passé ? l'interroge-t-elle ensuite.

Elle n'a pas oublié que la découverte du corps lui a tout même fait perdre connaissance.

L'autre hausse les épaules.

– Ça va. Et puis ça peut paraître un peu insensible comme réflexion, mais dans le fond, je me dis qu'on ne la connaissait pas vraiment cette fille. Je ne sais pas si ça t'a fait la même chose, mais j'ai eu l'impression de ne pas avoir ma place à son enterrement.

– Moi aussi.

– Enfin, je suis bien contente que tout ça soit fini, soupire-t-elle.

Elle rejette la tête en arrière en fermant les yeux avant de se redresser.

– J'imagine que cette histoire ne va pas vous aider à avancer dans le projet que vous a donné Weber Avec Jayden dans cet état, ça risque d'être d'autant plus compliqué, remarque-t-elle.

Cette fois-ci, c'est au tour de Thérèse de presser les paupières.

– Merde, je n'y pensais plus…

– Si tu veux mon avis, ne te prends pas trop la tête avec ça. Weber comprendra que vous ayez besoin de plus de temps étant donné les circonstances.

Thérèse adresse à son amie un rictus ironique qui lui arrache un sourire.

– D'accord, peut-être pas…Mais disons que pour cette fois, il n'aura pas d'autre choix que de patienter un peu.

La brune demeure silencieuse, pensive. Il leur reste encore du temps avant de rendre la stratégie et le plan de leur projet. De plus, elle avait bien avancé sur la première partie avant le drame. Tout n'est pas encore perdu.

Quoi qu'il en soit, elle ne lâchera rien tant qu'elle n'aura pas tout essayé pour rendre son travail dans les temps.

– On verra bien, répond-elle vaguement.

Les sourcils de son amie se froncent.

– Tu ne voudrais pas qu'on regarde un film pour se vider la tête, enchaîne-t-elle aussitôt pour changer de sujet avant de laisser à Hélène l'opportunité de renchérir.

– Si tu veux. Tu penses à quoi ?

– Après tout ce qui s'est passé, quelque chose simple. *Volt*, ça te dit ?

Hélène rit.

C'était leur film *Disney* préféré quand elles étaient plus jeunes. Elles ont bien dû le visionner quelques centaines de fois.

– Si j'ai un enfant un jour, je suis sûre qu'il adorera sa tata Thérèse.

La jeune femme rend à la blonde le sourire qu'elle lui lance et les deux amies viennent à bout du pot de crème glacée devant le dessin-animé.

Lundi matin, après avoir passé le *week-end* à réfléchir sur le sujet, Thérèse réunit finalement ses deux chefs de produit pour leur expliquer la façon dont elle envisage la suite du projet avec la stratégie commerciale.

– Qu'est-ce que vous en pensez ? leur demande-t-elle lorsqu'elle achève de leur présenter ses idées.

Si la jeune femme s'attendait à les entendre lui donner leur opinion, à sa grande déception Gabriel se contente de hocher distraitement la tête comme s'il ne l'avait écouté que d'une oreille et Jayden reste carrément les bras croisés sur la poitrine et les yeux rivés au sol comme depuis son arrivée dans son bureau. Il ne cherche même pas à masquer son désintérêt.

– Alors ? insiste Thérèse en espérant vainement parvenir à leur arracher un mot quel qu'il soit. Évidemment ce n'est qu'un début, précise-t-elle.

Gabriel se redresse contre le dossier de sa chaise, l'air gêné et complètement épuisé tandis que Jayden lui répond franchement :

– Je n'en pense foutrement rien.

– Excuse-moi, je n'étais pas concentré, avoue l'autre.

Elle ravale le soupir irrité qui lui monte les lèvres. Même si elle espérait un peu plus d'implication de la part des deux hommes, elle ne peut pas réellement leur en vouloir d'avoir l'esprit ailleurs en ce moment. Gabriel parce que sa famille qui doit accaparer une grande partie de ses pensées et Jayden à cause du deuil auquel il fait face. Elle-même admet qu'elle a connu des jours meilleurs.

– Pourquoi on continue de faire ça ? laisse tomber l'homme aux yeux brun doré en mettant soudainement fin au silence qui est retombé sur la pièce.

– Faire quoi ? Avancer sur le projet ?

– Bah ouais. Putain c'est quoi le but de tout ça ? Travailler comme des chiens pour un connard fini afin de proposer des produits inutiles à une bande de cons ?

Thérèse reste silencieuse, ne sachant que répondre. Il relève enfin les yeux sur elle.

– Tu vois, toi-même, tu ne saurai pas dire quel est l'intérêt de notre boulot, remarque-t-il dans un rire amer. En prime, je ne vois pas pourquoi il faudrait nous presser étant donné que quoi qu'il arrive on ne pourra pas rendre à Weber ce qu'il veut dans les temps. Il nous reste quoi, allez, un mois et demi pour mettre au point la stratégie et préparer un plan d'action. Il faut se rendre à l'évidence, on n'y arrivera jamais.

– Jayden… commence Thérèse le cœur serré.

Il la fait taire d'un grognement. Son regard désorienté trahit néanmoins que l'agressivité dont il fait preuve lui sert de masque pour cacher sa douleur.

Plus le temps passe et plus l'état du jeune chef de produit se dégrade. Thérèse ne se défait pas de l'idée qu'il vaudrait mieux pour lui laisser le travail de côté, au moins le temps de passer le gros de son deuil. Elle est en train de chercher la meilleure façon de lui formuler sa pensée quand Gabriel, qui partage vraisemblablement son avis, la devance.

— Écoute, ces derniers jours ont été compliqués, et on a tous été plus ou moins fortement touchés par le suicide d'Eve…

A la mention de la jeune fille, une ombre passe dans le regard de Jayden.

— … faire un deuil aussi brutal n'a rien de simple. Les choses ne se feront pas du jour au lendemain et c'est normal. Mais je pense sincèrement qu'en attendant que « ça passe », tu devrais prendre un peu de recul sur les évènements et faire une pause, conclut Gabriel en guettant sa réaction.

Son interlocuteur reste d'abord silencieux. Thérèse ne sait pas si elle doit s'attendre à ce que le jeune homme cède, ou au contraire, explose.

Jayden soutient un bon moment le regard de ses deux collègues sans rien laisser paraître. Puis la lueur froide que la jeune femme finit par voir s'allumer dans son regard ne lui annonce rien de bon.

— Tu penses que je n'ai pas les épaules ?

— Ce n'est pas ce qu…

Il se lève, furieux.

— Tu penses que je ne suis pas capable d'aller au bout de ce PUTAIN DE PROJET DE MERDE ?!

Thérèse secoue la tête, exaspérée de le voir s'emporter une fois de plus.

— C'est faux, se défend Gabriel. Mais tu l'as dit toi-même, tu ne trouves même plus d'intérêt dans ce-

— JE ME FOUS DE CE QUE J'AI DIT ! C'est ce CONNARD qui nous sert de patron qui me fout les boules avec sa mentalité de MERDE ! J'ai dit ça sur le coup de la colère. Je ne compte pas vraiment lâcher ce projet à la con.

— Je ne te comprends plus, admet son aîné dans un souffle

résigné.

Jayden laisse échapper un cri de rage en envoyant son poing frapper contre le bureau de la jeune femme, ce qui la fait sursauter.

La violence du coup lui laisse les phalanges à vif. Un second suffirait pour les lui mettre en sang.

— Ce n'est pas comme si vous ne compreniez jamais quoi que ce soit ! BANDE DE CONS !

Il quitte la pièce sans un mot de plus en claquant si violemment la porte derrière lui que Thérèse se demande comment elle ne se brise pas sous le choc.

Gabriel se passe les paumes de main sur le visage, à la fois épuisé et excédé. Thérèse vient faire le tour de son bureau pour s'appuyer contre la table face au chef de produit.

— Il est...

— Totalement hors de contrôle ? suggère-t-elle.

Il opine en soupirant.

— Il ne tiendra pas longtemps comme ça.

— Je sais.

Un silence s'installe momentanément entre eux puis il reprend :

— Et moi non plus...

La jeune femme plonge son regard clair dans celui cerné que l'homme relève sur elle.

— C'est ton fils, c'est ça ?

— C'est lui, c'est Natacha, c'est mon rôle de père que j'ai l'impression de ne pas réussir à assumer comme je le devrais, c'est le boulot avec le projet et les délais de Weber, c'est...

— Trop ?

— C'est beaucoup, nuance-t-il.

– Tu t'es encore pris la tête avec Natacha si je comprends bien.

Thérèse n'est pas sans connaître les disputes fréquentes du couple depuis quelques temps. La femme de Gabriel lui reproche fréquemment (pour ne pas dire constamment) de ne pas être assez présent pour leur fils. Ce que la responsable *marketing* peut comprendre et que l'homme admet lui-même.

Leur métier ne leur laisse pas énormément de temps libre pour mener une vie personnelle en parallèle. C'est l'une des raisons pour lesquelles Thérèse n'est d'ailleurs pas pressée de trouver quelqu'un avec qui partager sa vie. Si Hélène a eu la chance de tomber sur un homme qui travaille pratiquement autant qu'elle et à qui le peu de temps qu'ils peuvent passer ensemble lui suffit, ce n'est pas le cas pour tout le monde. La preuve avec Natacha.

– C'est vrai que je suis souvent absent, mais j'ai l'impression d'être déjà au maximum et je ne sais pas comment je pourrais leur accorder plus de temps sans délaisser le boulot.

–Je suis persuadée que ça finira par s'arranger, tente de le rassurer Thérèse bien qu'elle doute elle-même de ses propres paroles.

– C'est compliqué de trouver un équilibre entre vie pro et vie perso quand on travaille dans une entreprise comme *Unlimitless*, conclut-il en forçant un pâle sourire.

La jeune femme lui rend.

Effectivement, c'est loin d'être simple, d'autant plus avec un patron comme Weber.

– Tu pourrais me faire passer une photocopie de tes idées pour la stratégie ? Finit-il par lui demander en se redressant. Pour que je puisse regarder tout ça calmement et te donner mon avis.

– Pas de soucis, je te fais parvenir ça dans la journée.

– Merci. Fais-moi signe si tu as du nouveau pour le projet, de mon côté, je vais essayer de garder un œil sur Jayden.

Elle approuve. Il la salue et sort du bureau. La jeune femme le suit des yeux avec un pincement au cœur jusqu'à ce qu'il ait disparu dans le couloir, puis elle se remet au travail.

Thérèse guette la réaction de son patron avec appréhension. Peu après le départ de Gabriel, elle est allée frapper à sa porte pour lui présenter à lui aussi ses premières idées. Elle attend maintenant impatiemment qu'il termine la lecture de ses notes, pressée d'une part d'avoir son avis, tout en le redoutant d'une autre.

Weber relève enfin le nez des documents et la dévisage.

Le cœur de la jeune femme se met à battre un peu plus rapidement encore dans sa poitrine pendant l'interminable minute qui s'écoule avant qu'il finisse par lâcher :

– Vous voyez quand vous voulez Besson.

La responsable *marketing* soupire imperceptiblement et recommence à respirer normalement.

– C'est un bon début.

Il repose les feuilles sur la table.

– Merci, monsieur.

– Ne me remerciez pas.

L'homme se lève pour faire le tour de son bureau et venir se poster en face d'elle. Son corps ne se retrouve alors plus qu'à quelques dizaines de centimètres de celui de la jeune femme et Thérèse sent ses muscles se tendre aussitôt. L'appréhension succède une nouvelle fois à son bref sentiment de soulagement tandis que le souvenir de la dernière fois où il s'est trouvé

111

aussi proche lui revient en mémoire.

– Je sais parfaitement ce dont chacun d'entre vous est capable, lui susurre-t-il à l'oreille. C'est pour ça que je vous pousse à aller au-delà de ce que vous pensez, à tort, être vos limites. Maintenant, vous comprenez pourquoi, n'est-ce pas ?

Thérèse approuve en se détournant de son regard insoutenable.

Elle sent l'homme continuer à la contempler pendant encore quelques secondes qui lui paraissent une éternité et durant lesquelles une espèce de tension plane entre leurs deux corps. Les seuls sons qui troublent le silence, sont la respiration paisible de Weber, assez proche pour que la jeune femme puisse l'entendre, calme et régulière, ainsi que le martellement de son propre cœur qui tambourine contre sa cage thoracique.

– Remettez-vous au travail Besson, conclut-il doucement. Et s'il vous plaît, ne me décevez pas, bougez-vous le cul pour me rendre ce projet en temps et en heure. Compris ?

– Compris…, approuve-t-elle dans un murmure avant de récupérer ses papiers sur le bureau et de sortir vivement de la pièce, le souffle court.

Thérèse déteste cette façon systématique qu'a Weber de se tenir si près de son interlocuteur de manière à le déstabiliser et s'assurer de le maintenir sous pression. Enfin, au moins, elle a à présent la confirmation qu'elle est sur la bonne voie.

L'approbation de son patron pour le début de la stratégie lui donne exactement le regain d'énergie dont elle avait besoin pour continuer.

Un éclat de rire suivi d'un grognement irrité parvient à Thérèse depuis l'extérieur de la salle de repos au moment où elle s'apprête à y entrer. Elle reconnaît aussitôt les voix de Papy et d'Hélène.

Thérèse rentre dans la salle avec un sourire en les trouvant en train de se chamailler comme à leur habitude. Ça faisait longtemps que sa meilleure amie ne s'était pas amusée à faire tourner l'homme en bourrique.

– Qu'est-ce que tu as encore fait ? Interroge-t-elle la blonde en roulant des yeux faussement exaspérés tout en allant se servir un café à la machine.

Papy se tourne vers elle, le visage pourpre et le regard qui lance des éclairs.

– Ce qu'elle a fait ?! Mais je vais te dire, moi, ce qu'elle a fait ! Cette salo… sale gamine ! A glissé l'un de ses soutien-gorge arrosé de parfum dans ma veste ! Résultat, quand je suis rentré chez moi et que ma femme est tombée dessus avant que je m'en aperçoive, elle est devenue complètement enragée ! Et allez lui expliquer que ce n'est qu'une des mauvaises farces de mon abru… andouille de collègue !

Hélène se met à rire de plus belle en se tenant les côtes pendant que Thérèse tente vainement de se retenir de l'imiter en se mordant la lèvre inférieure.

113

– CE N'EST PAS DRÔLE !! hurle-t-il devant les deux femmes pliées en deux.

– Oh si je t'assure ! se marre la blonde en essuyant les larmes qui perlent au coin de ses yeux.

– Sale petite… !

Elle lève la main en signe d'apaisement.

– T'inquiète, j'irai tout expliquer à ta femme.

L'homme pointe aussitôt sur elle un doigt menaçant.

– Ne t'avise pas d'aller lui raconter quoi que soit ! Je préfère encore attendre le temps qu'il faut qu'elle arrête de me faire la gueule d'elle-même, plutôt que de prendre le risque de te laisser lui parler ! Qui sait ce qui pourrait sortir de ta bouche.

– De quoi tu as peur Papy ? Que je me fasse passer pour ton amante ? (Elle lâche un rire vaniteux). Sérieusement, tu m'as vu ?

Il fronce les sourcils.

– Qu'est-ce que tu insinues au juste ?

– Que tu n'es plus très frais comme mec et qu'en prime… (Elle jette bref coup d'œil sur son entre-jambe), tu dois commencer à être un peu trop rouillé là-dessous pour satisfaire une jeune fille de mon âge.

Le visage de l'homme vire du carmin au livide alors qu'il se jette en direction d'Hélène qui s'empresse de déguerpir en hurlant de rire.

– Je n'ai même pas encore cinquante ans, saloperie !! NON MAIS POUR QUI TU TE PRENDS ?!

Thérèse les regarde se poursuivre à travers toute la pièce en riant, jusqu'à ce que son amie manque de justesse de se prendre la porte de la salle en plein visage au moment où elle s'ouvre brusquement sur Kim Meyer, leur responsable financière.

Les grands yeux verts rehaussés d'un trait d'*eyeliner* excessif de la quadragénaire s'écarquillent lorsque la blonde s'arrête juste à temps pour ne pas lui rentrer dedans. Elle contemple tour à tour, Hélène et Emmanuel comme si elle se tenait face à deux fous.

– Je peux savoir ce qui se passe ici ?

Papy pile net et Hélène se redresse pour soutenir le regard hautain de son interlocutrice.

– Rien du tout.

– C'est ça, prenez-moi pour une quiche.

Elle lève les yeux au ciel et s'avance vers la machine à café, en roulant exagérément les hanches dans sa démarche, ce qui a le don d'agacer Hélène au plus haut point.

Thérèse s'écarte pour la laisser récupérer une tasse dans le placard. S'il faut attribuer ses atouts à Kim, il va sans dire que son physique est envoûtant. Avec ses longs cheveux bruns parfaitement lisses, ses traits fins et sa poitrine généreuse, elle a tout d'une tombeuse. Seulement la jeune quadragénaire n'ignore pas qu'elle retient les regards et ne manque jamais une occasion d'en jouer, ce qui fait également d'elle une femme prétentieuse et désagréable.

Hélène la regarde remplir une tasse de café en haussant un sourcil.

– Depuis quand tu bois du café, toi ? Je croyais que tu roulais à la tisane ? Triple pute, ajoute-t-elle plus bas pour elle-même.

La brune séduisante se tourne d'un bloc dans sa direction en la foudroyant du regard.

– Comment tu m'as appelé, sale blondasse ?!

– Je ne t'ai pas appelé, je t'ai posé une question, réplique l'autre avec impatience

Kim mordille sa lèvre pulpeuse rouge vif avant de rétorquer :

– Ce n'est pas pour moi, c'est pour le patron.

Habituellement, c'est à sa secrétaire que Weber demande de lui amener son café, mais depuis qu'Eve n'est plus là pour assumer cette tâche, et en attendant que l'entreprise lui trouve une remplaçante, la charge est attribuée aléatoirement à la première personne qui passe devant son bureau au moment où son besoin de caféine se fait sentir.

Quand elle y songe, Thérèse remarque qu'étrangement, Kim est celle qui se retrouve le plus souvent assignée au poste.

– Tu n'as vraiment pas de bol pour toujours être chargée de lui amener son café, ou tu rôdes exprès derrière sa porte comme une putain de psychopathe pour te rendre intéressante ? l'interroge Hélène, à qui ce détail n'a pas échappé non plus.

Le visage de Kim change de couleur.

Dans la boîte tout le monde est au courant de son palmarès de tentatives peu subtiles pour essayer d'attirer sur elle l'attention de leur patron. Tentatives qui n'ont été jusque-là qu'une succession d'échecs.

– Alors toi, ma pute…

– Ne te chauffe pas trop Barbie, ton maquillage est en train de fondre.

La brune fulmine, visiblement à court de répartie, puis finit par adopter un air faussement indifférent en tournant les talons pour s'en aller.

– Allez tous bien vous faire foutre !

La porte claque derrière elle.

– C'est ça, *ciao*, la pute ! se moque Hélène.

Papy soupire d'exaspération devant la réaction enfantine de la commerciale et renonce, comme toujours, au courroux qu'il lui réservait avant qu'ils ne soient interrompus. Il décide plutôt d'aller se servir un café. Thérèse est surprise de le voir préparer deux tasses

— Toi aussi, tu veux amener un café à Weber ? lui demande Hélène en désignant d'un geste le second mug. Si tu veux mon avis, tu as plus de chance de le séduire que l'autre pouffiasse, lui assure-t-elle.

L'homme laisse échapper un souffle excédé.

— Tu ne t'arrêtes jamais toi. Tu es pire qu'une gosse, ma parole ! Non. Si tu veux tout savoir, c'est pour Céleste.

— Aah ! C'est elle que tu veux draguer ! Je comprends mieux.

— Quoi ? Non ! La mort d'Eve l'a mise dans tous ses états, je m'assure simplement qu'elle tient le choc.

Thérèse prend une gorgée de café. Elle se souvient que la responsable des ressources humaines paraissait en effet plus ébranlée que les autres à l'annonce de la mort de la jeune fille.

— Oui bien sûr… Je vois.

— Je sais à quoi tu penses, sale perverse blonde ! Et ça n'a rien à voir !

— Je ne te critique pas Papy. Simplement, je pense que ta femme devrait être au courant que son mari batifole de droite et de gauche quand elle a le dos tourné. Ce serait plus correcte envers elle, tu comprends ?

Une étincelle d'amusement s'allume dans le regard d'Hélène alors que l'homme part de nouveau au quart de tour.

— JE T'INTERDIS DE… (Il prend une profonde inspiration pour se calmer et lâche un faux-rire). Oh non. Pas cette fois. Je ne vais pas rentrer dans ton petit jeu. Je vais simplement prendre cette tasse et sortir d'ici, tranquillement… AVANT D'ÊTRE TENTÉ DE T'ÉVISCÉRER ET DE REPEINDRE

LES MURS DE CETTE SALLE AVEC TES ORGANES !

La jeune femme ricane et le regarde quitter la pièce en claquant la porte.

– Je l'adore ! Dit-elle avec tendresse.

Thérèse lève les yeux au ciel avant de rire comme elle ne l'a plus fait depuis un moment. Et ça lui fait du bien.

Thérèse relève le nez de son travail lorsqu'on toque à la porte de son bureau.

– Entrez !

Jayden fait son apparition.

– J'ai quelques suggestions concernant la stratégie commerciale de nos produits si tu as cinq minutes ? annonce-t-il en franchissant l'ouverture.

– Bien sûr, dis-moi.

Le garçon prend place sur le siège face au sien et commence à lui expliquer ses idées.

Thérèse l'écoute d'une oreille tout en profitant qu'il porte son regard sur ses notes pour le dévisager avec attention.

Depuis sa dernière crise lorsque Gabriel lui a suggéré de prendre du recul, Jayden se montre particulièrement investi dans leur projet, proposant régulièrement des modifications intéressantes aux idées de ses collègues et faisant preuve d'un calme à toute épreuve qui ne lui ressemble pas. Thérèse le tient d'autant plus à l'œil depuis ce brusque changement d'attitude. Car si dans sa façon d'être, tout indique que le jeune homme semble aller mieux, ses cernes de plus en plus creux le démentent. La jeune femme redoute que le chef de produit ne fasse que masquer la bombe à retardement qu'il garde enfouie en lui depuis le décès d'Eve et craint le moment où elle explosera pour de bon.

– Alors ? demande-t-il en relevant les yeux sur elle, une fois sa présentation terminée.

– C'est une bonne idée, peut-elle répondre honnêtement grâce au peu qu'elle a suivi. Ça te dérangerait de me laisser tes idées, que je puisse réfléchir à la façon de les mettre en place ?

– Non, pas de souci.

Il regroupe ses feuilles et les dépose sur son bureau, puis fait mine de se lever pour retourner travailler, mais la jeune femme le retient soudain sans réfléchir, bien décidée à lui poser la question qui lui brûle les lèvres depuis un moment.

Il lui lance un regard interrogateur.

– Qu'est-ce qu'il y a ?

Ses yeux vides et dénués d'émotion la font frissonner.

– Est-ce que… Est-ce que tout va bien, Jayden ?

– Ouais, pourquoi ?

– Je ne sais pas, tu as l'air… différent depuis quelque temps.

Elle fronce les sourcils, inquiète. Il se contente de hausser les épaules.

– Je commence simplement à me faire à l'idée de la mort d'Eve, je crois.

La jeune femme le regarde attentivement pour essayer de mesurer la sincérité de ses paroles.

– C'est vrai ?

– Oui. Et puis, je me dis que d'une certaine façon qu'elle n'a pas totalement disparu, qu'une partie d'elle demeure dans les lieux où elle a vécu.

Thérèse se mord imperceptiblement la lèvre inférieure. Elle n'aurait jamais pensé entendre ce genre de paroles dans la bouche de Jayden. S'il ne se tenait pas en face d'elle à cet instant, elle pourrait croire que c'est quelqu'un d'autre qui les a

120

prononcées à sa place.

Ce nouvel état du chef de produit ne lui laisse présager rien de bon.

– Tu as raison, approuve-t-elle néanmoins.

– Je me sens plus proche d'elle quand je suis au bureau, dit-il en se confiant pour la première fois sur ce qu'il ressent. J'ai parfois l'impression de sentir sa présence. Mais ça te paraît peut-être con ce que je te dis…

– Non, pas du tout.

La responsable *marketing* est touchée que Jayden se sente suffisamment en confiance pour parler de ça avec elle.

Il lui sourit doucement. Ça non plus, il ne l'avait jamais fait. Son expression qui se veut rassurante est cependant loin d'apaiser les craintes de la jeune femme. Au contraire.

– Alors tout va bien ? insiste-t-elle.

– Impec'. C'est tout ce que tu voulais savoir ?

– Oui. Tu peux y aller, merci.

Il la salue d'un bref signe de tête et elle le regarde sortir de la pièce en refermant la porte derrière lui, pour la laisser seule avec son mauvais pressentiment.

Thérèse passe ses paumes de mains sur son visage dans un vain espoir de parvenir à chasser sa fatigue. Ses paupières la brûlent. C'est à peine si elle parvient encore à maintenir suffisamment d'attention sur son écran pour continuer de le fixer sans que sa vue se trouble. Elle soupire.

Hélène qui passe dans le couloir à ce moment-là s'arrête devant son bureau en la voyant à moitié avachie sur son siège. Elle lui adresse un sourire compatissant et s'approche.

– Tu travailles encore ?

– Sûrement plus pour longtemps, lui répond la brune épuisée.

Elle voudrait continuer d'avancer sur le projet. Il lui reste moins d'un mois afin d'en concevoir le plan d'action marketing. Les garçons et elle sont enfin parvenus à mettre au point leur stratégie, en grande partie grâce à Jayden dont le calme apparent inquiète Thérèse de plus en plus. Seulement ce soir, la jeune femme est trop fatiguée pour réussir à entreprendre quoi que soit.

– J'allais rentrer, tu veux venir à la maison ? Max est en déplacement pour le boulot. On pourrait commander à manger et passer la soirée tranquille entre fille, ça fait longtemps. En plus, tu as l'air d'avoir besoin de te changer les idées.

Thérèse hésite un instant devant la proposition alléchante de son amie, mais finit par accepter. Elle sait d'avance qu'elle n'arrivera pas à travailler plus aujourd'hui, et Hélène a raison, elle a besoin de penser à autre chose qu'au travail.

– Tu me laisses cinq minutes, le temps que je finisse ça et j'arrive.

La blonde mime un « *yes* » triomphant qui lui arrache un sourire avant de lui annoncer qu'elle l'attend dehors.

Thérèse termine ce qu'elle est en train de faire et éteint son écran d'ordinateur. Puis, elle récupère ses affaires et suit sa meilleure amie jusqu'à son appartement.

* * *

– Je repensais à un truc…, amorce Hélène.

Thérèse relève la tête de sa box repas, la bouche pleine de nouilles de Soba.

Les jeunes femmes ont commandé japonais comme à leur habitude lorsqu'elles font une soirée entre filles.

Elle les aspire à l'aide de ses baguettes pendant que son amie continue :

– Tu te souviens lorsque l'officier nous a demandé si Eve avait un rival au sein de l'entreprise ?

L'autre hoche la tête. Mauvaise idée, le bouillon dans lequel ont trempé les pâtes gicle à ce mouvement.

– On a répondu que non en pensant (moi du moins) à un rival dans le sens d'une personne qui convoiterait son poste. Mais en y réfléchissant bien, peut-être que quelqu'un l'enviait pour une autre raison.

Thérèse hausse un sourcil interrogatif, toujours occupée avec ses pâtes.

– Je me demande si Kim n'était pas jalouse de la

proximité qu'Eve avait avec Weber, conclut Hélène.

Cette fois, la responsable *marketing* manque de s'étouffer en terminant d'avaler ses nouilles et son amie s'empresse de venir lui tapoter dans le dos en rigolant.

– Eh ! C'est sérieux ce que je te dis ! Tu ne voudrais pas arrêter cinq minutes de faire la nouille, s'amuse-t-elle alors que la brune tousse tellement qu'elle se demande un instant si elle ne va pas y passer.

– « La nouille ». Tu as capté ? Parce que tu viens de t'étouffer avec des…

– J'ai compris l'idée, merci ! la coupe Thérèse d'une voix rauque lorsqu'elle retrouve ses moyens. Tu penses vraiment que Kim louchait sur leur relation ? Reprend-elle dubitative en déposant sa box de pâte sur la table basse pour essuyer son menton couvert de bouillon.

Hélène hausse les épaules.

– Pourquoi pas ? Cette garce n'a pas manqué l'occasion de se faire remarquer par Weber depuis qu'Eve n'est plus là. Quand tu regardes bien, il passait plus de temps avec sa secrétaire qu'avec n'importe qui d'autre, connaissant Kim, elle devait certainement le voir d'un mauvais œil.

Thérèse incline imperceptiblement la tête de côté, pensive. Même si elle doit admettre que l'idée d'Hélène tient debout, elle n'est pas totalement convaincue. Weber a pour réputation de solliciter ses secrétaires comme si elles étaient à son service, il n'y a selon elle rien à envier à ce genre de relation.

– Tu penses qu'elle aurait fait quoi exactement ?

– Va savoir…

Thérèse reste momentanément muette devant l'insinuation de son amie.

– Tu penses sérieusement qu'elle aurait pu la tuer ?

L'autre hausse les épaules.

– Je n'en sais rien.

– Tu te rends compte de la gravité de ce dont tu l'accuses ? On parle de meurtre !

Hélène se redresse dans le canapé pour contempler son amie dans les yeux.

– Je ne l'accuse de rien, c'est simplement une supposition. Mais ne me dis pas que tu n'as pas un doute, toi aussi ? Admet que Kim a parfois des réactions excessives et qu'elle agit bizarrement de manière générale.

Thérèse s'empresse de secouer la tête, encore sous le choc des suspicions de la commerciale.

– C'est vrai qu'elle peut être impulsive, mais de là à tuer quelqu'un !

Hélène se laisse retomber sur les coussins, la mine sombre. Thérèse se pince la lèvre inférieure. Elle connaît suffisamment son amie pour savoir qu'elle a une idée derrière tête.

– A quoi tu penses, Hélène ?

– Je veux en avoir le cœur net.

La brune ferme les yeux en redoutant déjà la réponse à sa prochaine question.

– Comment tu comptes obtenir les réponses à tes questions ?

Une lueur s'allume dans le regard de la jeune femme.

– Il n'y a qu'une façon de procéder, confronter Kim en direct et la forcer à nous révéler la vérité.

Thérèse soupire. Tout ça ne lui dit rien qui vaille.

Thérèse arrive tôt au travail le lendemain matin, bien décidée à avancer au maximum sur son projet. Le délai qu'elle a pour le rendre à Weber s'amenuise de jour en jour et elle commence sérieusement à se demander comment elle va parvenir à finir dans les temps.

La veille, Hélène et elle n'ont pas pu s'empêcher de rester éveillées jusque tard dans la nuit. Cela faisait longtemps qu'elles n'avaient pas pris le temps de se retrouver toutes les deux. Cependant, à cause de son réveil matinal, la jeune femme regrette à présent sa courte nuit. Elle a déjà les yeux gonflés et cernés ainsi que le corps alourdi par la fatigue alors que la journée vient juste de commencer.

Le soleil se lève à peine. Sa faible lueur qui émane par les fenêtres, éclaire fébrilement les couloirs silencieux d'*Unlimitless*.

Lorsque Thérèse a quitté sa meilleure amie aux aurores, la blonde dormait encore. Sur le chemin du bureau, elle a pris soin de lui envoyer un message pour la prévenir de son départ afin qu'elle ne s'inquiète pas lorsqu'elle se réveillera seule. Si elle éprouve une once de remords à l'idée de lui avoir faussé compagnie pendant son sommeil, elle n'a pas eu le choix si elle espère finir le plan du projet à temps.

Seul le bruit de ses pas trouble le silence qui pèse sur les

126

locaux déserts. Thérèse s'arrête enfin devant la porte de son bureau et s'apprête à l'ouvrir. Elle est soudain interrompue dans son action par le son d'un souffle saccadé.

Son cœur manque un battement. Elle s'immobilise.

Cette scène lui rappelle le soir où elle a retrouvé Eve dans la salle de repos, or cette fois, il ne peut vraisemblablement pas s'agir de la secrétaire.

Le ventre de la jeune femme se noue et tous ses sens se mettent en alerte, à l'affût du danger.

La poitrine battante, elle relâche doucement la poignée de la porte pour se diriger le plus silencieusement possible vers l'origine du bruit. Ses muscles se contractent douloureusement à chaque pas.

Elle retient son souffle et plaque une main contre sa bouche pour étouffer le hoquet de surprise qui monte à ses lèvres lorsqu'elle s'aperçoit soudain que la respiration provient de l'ancien bureau d'Eve. Personne à sa connaissance n'a osé y mettre les pieds en dehors des femmes de ménage depuis la mort de la jeune fille.

Son imagination s'emballe aussitôt, alimentée par tous les scénarios de films sur les esprits qu'elle a pu voir dans sa vie, tandis qu'elle continue de se rapprocher prudemment de sa destination finale Un pas après l'autre.

Elle s'arrête de respirer en ouvrant lentement la porte. A présent, elle s'attend presque à découvrir le spectre de la secrétaire, mais ce sur quoi elle tombe réellement l'effraie encore d'avantage.

La silhouette masculine de quelqu'un de bien réel lui tourne le dos quelques mètres en amont, penchée sur l'ancien bureau de la jeune fille.

Une boule lui noue la gorge et elle doit s'efforcer de ne pas se laisser gagner par la panique. Heureusement pour elle, l'autre ne semble pas l'avoir entendu arriver ce qui donne un peu de temps pour réfléchir à la façon dont elle va pouvoir se tirer de cette situation. Son cerveau turbine à plein régime jusqu'au moment où son regard tombe soudain sur une paire de ciseaux qui repose dans un pot à crayon sur un meuble non loin.

Les battements de son cœur redoublent bien qu'elle eût cru la chose impossible. Si elle parvient à saisir l'objet alors, elle sera en mesure de se défendre en cas d'attaque.

Il n'en faut pas plus à la jeune femme pour se décider. Elle tente de se rapprocher de l'arme en s'assurant de faire le moins de bruit possible. Sa respiration devient rapidement haletante sous le coup de la tension et Thérèse est bientôt obligée de plaquer une main sur ses lèvres pour couvrir le son de son souffle saccadé par la peur.

Elle tend le bras pour réduire la distance qui la sépare encore du ciseau.

Plus que quelques centimètres…

Dix.

Sept.

Quatre.

Un…

Le pot à crayon tombe dans un fracas métallique assourdissant qui fait sursauter l'intrus au moment où elle saisit enfin la paire de ciseaux. Thérèse l'empoigne à deux mains et la pointe vers l'homme sans hésiter une seconde lorsque celui-ci se retourne d'un bloc pour voir ce qui a provoqué la chute du pot. Sa bouche s'entre-ouvre alors dans une expression qui reflète toute la surprise de s'apercevoir qu'il n'est pas seul.

— N'approchez pas ou je..., commence Thérèse, avant de s'interrompre.

La jeune femme laisse brusquement retomber la pointe de l'arme vers le bas en reconnaissant l'homme qui lui fait face.

— Jayden ? Nom de dieu, mais qu'est-ce que tu fais ici ?! Tu m'as fait peur !

— Et toi alors ? Tu crois que tu ne fais pas flipper avec tes ciseaux peut-être ? lui crache-t-il d'une voix étrangement éraillée.

La jeune femme soupire de soulagement en laissant progressivement redescendre la tension dans son corps et repose les ciseaux sur le meuble.

Jayden se détourne aussitôt lorsqu'elle allume la lumière dans le bureau à peine éclairé par celle du jour. Le luminaire a été changé depuis le suicide d'Eve, celui d'origine ayant été trop endommagé par sa pendaison. La nouvelle lampe baigne la pièce d'une lueur vive.

Lorsqu'elle l'entend renifler, malgré ses efforts pour être discret, Thérèse comprend alors que l'homme cherche à lui cacher qu'il était en train de pleurer avant son arrivée. Elle s'empresse donc d'appuyer une nouvelle fois sur l'interrupteur pour les replonger dans une semi-obscurité et préserver ainsi à minima l'intimité déjà troublée du jeune chef de produit.

— Elle est agressive cette ampoule, dit-elle platement pour justifier son geste.

L'autre émet à peine un grognement en guise de réponse et un silence gêné ne tarde pas à retomber entre eux.

Jayden garde le dos tourné à Thérèse, ne lui laissant percevoir que le faible tremblement de ses épaules secouées par ses sanglots silencieux.

– Je crois que… Enfin, je vais te laisser, annonce la jeune femme après un temps.

Elle fait volte-face aussitôt en direction de la sortie pour ne pas lui imposer davantage sa présence. Elle se dit qu'il doit vouloir rester seul.

Jayden la surprend cependant en prenant soudain la parole d'une voix terrassée par ses larmes qu'il ne parvient plus à contenir. Elle s'interrompt alors pour l'écouter.

– Elle n'est… Je ne… Je ne la reverrai plus jamais, putain ! C'est comme si elle avait simplement… disparu du jour au lendemain…

Le cœur de la jeune femme se serre lorsqu'elle comprend qu'il parle d'Eve.

Au regard vide que le garçon maintient sur le bureau de l'ex-secrétaire et au ton qu'il emploie et qui lui donne l'impression qu'il s'exprime plus pour lui-même que pour elle, Thérèse se demande un instant s'il sait qu'elle se trouve encore dans la pièce ou s'il la croit déjà partie.

– Pas vraiment… Enfin pas complètement…, murmure-t-elle doucement dans l'espoir de parvenir à l'apaiser à minima. Tu le disais toi-même, elle continue de…

– DES CONNERIES ! Tout ça ce ne sont que des conneries… Elle est juste… morte.

La jeune femme se mord la lèvre inférieure, la poitrine contractée. La douleur qu'elle perçoit dans la voix froide de Jayden lui fend le cœur. Le jeune homme semble avoir franchi une nouvelle étape de son deuil et pas la plus simple.

– Elle n'est plus là, il faut que je me fasse à l'idée, lâche-t-il, les yeux toujours rivés sur le bureau sans le voir.

– Je suis tellement désolée, Jayden…

130

Il se tourne vers sa collègue, la laissant enfin voir pour la première fois le mélange complexe d'émotions qui marquent son visage épuisé.

– Il ne faut pas. Ce n'est pas à toi de t'excuser. C'est à cette salope d'être désolée.

Thérèse s'efforce à rester aussi impassible que possible devant ses paroles injustes lâchées avec un calme effrayant. Elle se doute que dans le fond, Jayden n'en pense pas un mot. Il les a prononcées sous le coup du chagrin qui le ronge.

Puis sans prévenir, le visage du jeune homme se pare soudain d'une expression enragée.

– ELLE N'AVAIT PAS LE DROIT, PUTAIN !!

Thérèse tente un pas dans sa direction, mais il recule aussitôt comme si elle l'avait brûlé à distance.

– POURQUOI ELLE A FAIT ÇA ?! POURQUOI ELLE NOUS A LAISSÉ TOMBER ?! POURQUOI ELLE *M*'A LAISSÉ TOMBER ?!

Son souffle se fait de plus en plus saccadé.

– QUEL DROIT ELLE AVAIT DE ME LAISSER DÉCOUVRIR SON PUTAIN DE CADAVRE ?! QUEL GENRE D'ÉGOÏSTE FAIT ÇA ?!

Il halète maintenant. Son visage carmin prend progressivement une teinte violacée qui inquiète Thérèse au plus haut point.

– Jayden, écoute-moi, je-

Mais il continue sans même lui prêter attention.

– ELLE S'EST TUÉE COMME UNE LÂCHE !! ELLE N'AVAIT PAS LE DROIT !!

Il laisse échapper un hurlement de rage et se met à frapper contre le bureau de la secrétaire avec une violence inouïe.

– ELLE N'AVAIT PAS LE DROIT DE FAIRE ÇA !!

Thérèse est momentanément incapable de faire le moindre geste pour essayer d'apaiser le flot d'émotions qui déferlent du garçon.

Le bois craque horriblement à chaque nouveau coup de poing qu'il porte contre la table.

– JAYDEN ARRÊTE ! Parvient-elle finalement à s'écrier quand elle reprend ses esprits.

Le bureau est déjà maculé du sang du chef de produit lorsqu'il cesse enfin d'y abattre ses jointures mutilées à force de frapper, pour s'effondrer à genoux sur le sol dans un dernier cri de fureur. Sa respiration est sifflante et saccadée.

Il lutte pour retrouver son souffle, la bouche grande ouverte dans de vaines tentatives d'aspirer l'air qui ne parvient plus jusqu'à ses poumons.

Thérèse se précipite vers lui. Elle saisit son visage en coupe entre ses paumes pour le forcer à relever sa tête inclinée vers l'avant et plonger son regard dans le sien.

Les mains de la jeune femme tremblent affreusement, mais elle parvient malgré tout à conserver son sang-froid.

– Jayden, tu vas te concentrer sur ma voix et respirer en rythme avec moi, d'accord ? Un, deux, trois. Un, deux, trois. Un, deux, trois…

Au début l'homme continue de haleter comme s'il ne l'avait pas entendu. Son visage livide évoque à Thérèse celui d'Eve lorsqu'ils l'ont retrouvée pendue au luminaire. Elle s'efforce de chasser cette pensée pour ne pas se laisser gagner par la terreur.

– Respire avec moi s'il te plaît. Un, deux, trois. Un, deux…

Cette fois-ci, Jayden essaie enfin laborieusement de caler sa respiration sur la sienne.

Un, deux, trois.

Un, deux, trois.

Son souffle se fait peu à peu plus régulier et son visage reprend progressivement ses couleurs habituelles alors que les larmes dévalent à présent ses joues de manière incontrôlée.

Thérèse l'observe revenir progressivement à lui et reprendre ses esprits. Elle relâche enfin son visage et dépose ses mains tremblantes sur ses genoux, le temps de le laisser se remettre de ses émotions.

Il lâche un soupir lorsqu'il reprend enfin le contrôle de lui-même et laisse la jeune femme l'enlacer. Elle sent d'abord qu'il se contracte à son contact. Puis au fur et à mesure qu'elle raffermit son étreinte, il se détend jusqu'à s'abandonner complètement en laissant son corps secoué de sanglots s'affaisser contre le sien.

Thérèse le tient un peu plus fort en fermant les yeux, la gorge nouée et le cœur serré de le voir pour la première fois sans filtre, dans toute sa peine et sa détresse.

Ils restent un moment ainsi. La jeune femme passe doucement les mains dans les cheveux du garçon comme s'il s'agissait d'un enfant qui risquerait à tout moment de se briser sous ses doigts. L'homme finit par reprendre contenance et se redresser en chassant ses dernières larmes d'un revers de manche. Il la repousse doucement pour aller s'asseoir un peu plus loin en prenant une profonde inspiration pour achever de se calmer.

Thérèse attend encore un peu avant de prendre la parole pour mettre fin au silence qui s'immisce entre eux à présent.

– Tu as besoin de quelque chose ?

Elle le voit passer la langue sur ses lèvres sèches. Elle songe qu'il doit être déshydraté après sa crise d'angoisse, mais il lui répond simplement d'une voix enrouée :

– Oui, d'Eve.

La jeune femme se tait. Il lui lance un regard avant de se reprendre :

– Excuse-moi.

Il ne s'était jamais excusé auparavant.

– Ça a le mérite d'être sincère, dit-elle simplement en lui adressant un léger sourire.

Il la dévisage un instant puis détourne de nouveau les yeux sur le sol.

– Jayden… tu sais, je partage l'avis de Gabriel. Je pense aussi que tu as besoin de prendre le temps de te remettre de tout ce qui s'est passé.

Il reste silencieux, perdu dans ses pensées. Thérèse se demande même s'il l'a entendu jusqu'au moment où il répond enfin :

– Pourquoi… Pourquoi est-ce que j'ai l'impression d'être le seul à être aussi *faible* ?

– Tu n'es pas…

– Si.

Elle secoue vivement la tête.

– Non, écoute-moi ! On a tous une façon qui nous est propre de vivre un deuil et on a été affecté à des niveaux différents. Tu es celui qui était le plus proche d'Eve et tu l'as vue…

Elle hésite à prononcer la suite à voix haute, craignant la réaction de Jayden. C'est finalement lui qui achève de compléter sa phrase à sa place.

– Pendue à ce putain de luminaire ?

– Voilà… Ça n'a rien d'anodin, c'est arrivé alors qu'on ne s'y attendait pas, tout ça combiné fait que tu as sûrement… du mal à reprendre ta vie comme si rien ne s'était passé, je me trompe ?

Il approuve d'un léger signe de tête.

— Avant elle, je ne m'étais jamais attaché à une femme, lui confie-t-il dans un murmure.

Thérèse l'écoute avec attention.

— J'allais dans les bars, j'en trouvais une qui cherchait un partenaire pour la nuit, elle me ramenait chez elle et le lendemain, je me débrouillais pour avoir levé le camp quand elle se réveillerait. C'était une situation qui me convenait et je ne pensais pas avoir un jour besoin de plus. Puis, elle a débarqué…

— Et tu es tombé amoureux, achève la jeune femme avec un sourire attendrit.

— Ouais, voilà. Je n'imaginais pas qu'on pouvait désirer autant être avec quelqu'un.

— Je suis désolée, Jayden. Pour tout.

Il secoue la tête comme pour chasser ses excuses.

— On n'y peut rien de toute façon… Je crois que vous avez raison, reprend-il après un moment pour changer de sujet. Je vais m'arrêter quelque temps.

— Je pense sincèrement que c'est la meilleure chose à faire, approuve-t-elle.

— Je m'en veux quand même de vous laisser dans la merde avec Weber.

— On se débrouillera.

Ils échangent un sourire puis Jayden se lève, imité par Thérèse. Ils sortent ensemble du bureau d'Eve et se dirigent sans un mot vers la sortie.

Avant de franchir le pas de la porte des locaux, le chef de produit s'arrête pour faire face à la jeune femme.

– Je crois que c'est la dernière fois qu'on se voit avant un moment.

Elle hoche la tête.

– Je crois.

– Je te remercie.

– Je n'ai rien fait de…

– Si je t'assure, la contredit Jayden. On se reverra Besson, conclut-il en tournant les talons.

– Prend soin de toi Menard.

Il lui adresse un dernier de ses rares sourires, puis s'en va sans se retourner.

Thérèse fixe la porte se refermer derrière lui en silence, la gorge nouée.

Lorsque les premiers de ses collègues arrivent au bureau, Thérèse s'y trouve déjà depuis plus d'une heure.

Son regard se perd momentanément sur son écran d'ordinateur et sa vue se trouble de fatigue, alors que son attention dérive vers les bruits extérieurs au fur et à mesure qu'elle se laisse distraire par l'écho familier de l'entreprise qui se met en route.

Lorsqu'elle s'en aperçoit, elle s'efforce tant bien que mal de revenir à elle en secouant la tête pour reprendre ses esprits et parvient difficilement à ramener sa vision nette. Elle bâille à s'en décrocher la mâchoire. A cet instant, elle ne rêve que de retrouver son lit et d'y dormir jusqu'à la fin du mois.

La jeune femme tente de se concentrer pour se replonger dans l'avancée du plan, mais les sons parasites qui lui parviennent de l'extérieur comme amplifiés à cause de son épuisement, l'empêche d'y parvenir. Elle laisse échapper un grognement irrité et se lève pour aller fermer la porte restée entrouverte.

Gabriel passe au même moment dans le couloir et la responsable *marketing* en profite alors pour le héler. Autant le mettre au courant dès maintenant du départ de Jayden.

– Gabriel !

Il s'arrête et approche dans sa direction.

– Tu es déjà en train de bosser ? Tu ne perds pas ton temps.

– Ouais, répond-elle distraitement. Je voulais

te prévenir que Jayden a décidé de se mettre en arrêt pour faire une pause comme on lui avait conseillé. Ça sera sûrement officiel dans la journée.

L'homme hausse un sourcil, surprit.

— Il s'est passé quelque chose qui l'a fait changer d'avis ?

Thérèse comprend son étonnement. Il est rare que Jayden revienne sur l'une de ses décisions. Elle décide cependant de garder pour elle les évènements de la matinée afin de préserver l'intimité du jeune. Elle se contente donc de hausser les épaules.

— Je ne sais pas, il ne m'a rien dit de plus.

— Tu l'as croisé, ce matin ?

— Au moment où il partait, dit-elle vaguement en changeant aussitôt de sujet. Ça veut dire également qu'on n'est plus que deux pour finir le projet en quelques semaines, lui fait-elle remarquer.

— Ce qui explique pourquoi tu es déjà en train de charbonner, comprend-il. OK. (Il soupire en se passant la main sur le visage). Ça va être chaud. Vraiment chaud.

— Je vais essayer une fois de plus de demander à Weber de nous laisser un délai supplémentaire, lui annonce-t-elle.

Thérèse a longuement hésité avant de prendre cette décision. D'autant plus que l'idée de se retrouver seule dans le bureau de son patron ne la met pas à l'aise après leurs deux dernières entrevues. Mais le départ de Jayden ne lui laisse pas vraiment le choix. Si à trois, ils avaient déjà peu de chance de réussir à finir le plan dans les temps, en duo ça semble pratiquement impossible. Elle espère que devant leur effectif réduit Weber se montrera clément. Même si pour être sincère, elle en doute fortement.

Gabriel opine d'un hochement de la tête avant d'ajouter :

– Honnêtement, à moins qu'il n'accepte de nous accorder deux,
voire trois semaines de plus, je ne sais pas comment on va pouvoir s'en sortir sans passer nos soirées à faire des heures sup'.

Thérèse approuve ses propos en s'abstenant de mentionner que c'est déjà ce qu'elle fait depuis plusieurs jours.

– Je vais tout faire pour le convaincre, promet-elle. En attendant, on devrait s'y remettre.

Il approuve.

– Tu me tiens au courant.

– Ça marche.

L'homme s'éloigne et Thérèse retourne s'enfermer dans son bureau, le pas lourd de fatigue.

Elle se laisse tomber à moitié sur son fauteuil et après un instant passé les paupières closes dans l'espoir d'apaiser la brûlure de ses yeux asséchés par le manque de sommeil et les écrans, elle reprend où elle s'en était arrêtée.

Thérèse fait tressauter nerveusement sa jambe pendant qu'Hélène garde les sourcils froncés et les yeux rivés sur la porte de la salle de repos, bras croisés sur sa poitrine dans un air qui se veut intimidant.

Les deux femmes sont assises là, à attendre que Kim vienne chercher le café matinal de Weber, depuis plus d'une vingtaine de minutes. Elles ont vu passer pratiquement tous leurs collègues pour leur pause de dix heures, mais toujours aucun signe de la séduisante quadragénaire.

Thérèse commence sérieusement à s'impatienter. Un grognement lui échappe.

– Je crois qu'il faut se rendre à l'évidence, elle ne viendra pas, dit-elle au bout d'un moment avec irritation en songeant au temps qu'elle est en train de perdre alors qu'elle pourrait avancer sur le projet.

– Attends encore un peu, je sens qu'elle ne va plus tarder.

– Hélène ! J'ai du boulot, et toi aussi d'ailleurs !

– Encore deux petites minutes ! La supplie la blonde. Ensuite, je te promets que je te laisse tranquille.

Thérèse soupire en se pinçant l'arête du nez. Elle savait bien que les choses avaient peu de chance de se passer comme prévu.

« – *Comment tu comptes la « confronter » précisément ?*
avait-elle interrogé son amie, après que la jeune femme lui ait
partagé ses craintes sur la responsabilité que pourrait avoir
Kim dans la mort d'Eve.
– Demain matin, on va l'attendre dans la salle de repos et au
moment où elle viendra chercher le café de Weber, on la
piégera à l'intérieur pour lui poser des questions.
– Par « on » j'imagine que tu m'inclus d'office dans ton plan
sans me demander mon avis.
– Tu n'as quand même pas cru que j'allais pouvoir à la fois
l'empêcher de sortir en bloquant la porte ET l'interroger ?
Thérèse avait soupiré.
– Tu es grave, tu sais ça ?
– Mais tu vas m'aider quand même, pas vrai ?
Et elle avait cédé. »

Et elle le regrette un peu plus à chaque minute qui passe sans
le moindre signe de Kim.
– C'est bon, j'en ai-
– Tais-toi, j'entends quelque chose ! la coupe soudain Hélène
en déposant un doigt sur ses lèvres pour la faire taire.
Thérèse tend l'oreille, le cœur battant.
– Tu te fous de ma gueule, c'est ça ? Reprend-elle après un
instant de parfait silence.
– J'essayais de gagner du temps, admet l'autre en grimaçant
un sourire désolé devant son regard qui lance des éclairs.
Thérèse lâche un souffle agacé et s'apprête à quitter la salle de
repos pour de bon, quand le son de talons aiguilles qui claquent
contre le carrelage résonne soudain dans le couloir. Une minute
plus tard, la porte s'ouvre sur Kim, vêtue d'une jupe en cuir

moulante et d'un haut laissant très peu de place à l'imagination.

Ni à sa poitrine, constate Thérèse pour elle-même en voyant le tissu tendu à craquer du décolleté.

La quadragénaire sursaute et ses lèvres pulpeuses, joliment maquillées d'un rouge vif mat, s'entrouvrent de surprise en voyant les deux femmes qui l'attendent au pied de guerre.

– Vous ne devriez pas être en train de bosser à cette heure-ci ? leur lance-t-elle avec sa suffisance habituelle une fois qu'elle a repris contenance.

– On pourrait te poser la même question, lui réplique froidement Hélène qui s'est levée de sa chaise d'un bond.

– Weber m'a demandé un café.

Kim passe devant la blonde sans un regard pour elle et se dirige avec indifférence vers la machine. Pendant qu'elle saisit une tasse dans le placard, Hélène fait alors signe à Thérèse, qui referme brutalement la porte. Elle vient aussitôt faire barrage de son corps en se postant devant, empêchant Kim de toute tentative de sortie.

La jolie brune se retourne d'un bloc en entendant la porte claquer derrière elle et manque de peu d'en lâcher le mug qu'elle tient dans les mains. Son visage prend soudain une expression mi-surprise et mi-méfiance.

– Qu'est-ce que vous fichez ?

– Assieds-toi, lui intime Hélène en lui désignant une chaise.

– Je peux savoir ce qui vou…

– J'ai dit. Assieds. Toi.

Kim la foudroie du regard, mais obtempère sans un mot.

Hélène attrape une chaise qu'elle retourne pour s'asseoir dessus à califourchon, dossier vers l'avant, face à la femme.

– J'ai quelques questions à te poser et je te conseille de répondre honnêtement, lui annonce-t-elle de but en blanc en adoptant un ton menaçant.

L'autre rit, avec cependant un peu moins d'assurance que quelques minutes auparavant.

– Vous vous êtes crues dans une série télé ? Pour qui vous vous prenez ?

– C'est moi qui pose les questions ! réplique Hélène.

Son interlocutrice lève les yeux au ciel, mais n'ajoute rien.

– Dis-moi, Meyer, tu n'as jamais rêvé d'être à la place d'Eve ? commence-t-elle en lui arrachant des mains la tasse qu'elle a sortie pour leur patron.

– Si tu entends par là morte et six pieds sous terre, non jamais.

La blonde soupire avec impatience.

– De son vivant, je veux dire, abrutie !

– Explique-moi pourquoi j'aurais souhaité une telle chose ? crache la responsable financière en prenant un air supérieur.

– Parce qu'elle avait une relation particulière avec Weber que tu aurais pu lui envier, par exemple. Tout le monde sait à quel point tu fantasmes qu'il remarque enfin ta présence, or, elle te faisait de l'ombre.

Kim baisse avec dédain le regard sur ses ongles parfaitement manucurés avant de répondre dans un faux rire :

– Ça pour avoir une relation particulière, c'est le moins qu'on puisse dire.

La blonde hausse un sourcil.

– Qu'est-ce que tu entends par là ?

La femme relève la tête pour la contempler avec toute l'intensité de ses yeux verts.

– Vous vous comportez tous comme si c'était un *ange* ou une *sainte.* En réalité, je suis la seule à l'avoir déjà vue sous son vrai visage. La seule à la regarder comme ce qu'elle était vraiment ! Une pute !

Thérèse s'interroge silencieusement sur le sens de ses paroles, pendant qu'Hélène la pousse à continuer.

– Qu'est-ce que tu veux dire ? Parle, salope !

L'autre lève les mains en signe d'apaisement avant d'expliquer tranquillement :

– Un soir, je m'apprêtais à quitter du boulot après être restée un peu plus longtemps que prévu pour boucler un dossier important, quand je les ai surpris, elle et Weber, en train de baiser dans son bureau. Cette pute gémissait pendant qu'il la prenait contre le mur comme une bête ! Et si vous voulez mon avis ce n'était pas la première fois qu'ils s'envoyaient en l'air, conclut Kim avec un rictus satisfait.

Thérèse reste muette, incapable même si elle l'avait voulu de prononcer le moindre mot. Un coup d'œil vers son amie lui indique que celle-ci n'en mène pas large non plus. La blonde reprend cependant avec obstination :

– Tu mens !

Kim rit sincèrement avec un mépris non dissimulé.

– Oui si tu veux.

Hélène secoue la tête de gauche à droite, refusant d'y croire. Néanmoins, son expression perd son assurance, ce qui arrache un nouveau sourire à la quadragénaire.

– Je ne te force pas à me croire, mais je suis intimement persuadée que leur relation est la raison de son suicide, continue-t-elle tranquillement. Elle a voulu jouer avec le feu et elle s'est brûlée. Il a dû lui chanter la messe, l'arroser de « *je t'aime* » ou quelque chose du genre et quand elle s'est enfin rendu compte qu'il ne faisait que jouer avec elle depuis le début, elle ne l'a pas supporté.

Hélène ne répond rien, le regard dans le vide, pensive. Thérèse a, quant à elle, du mal à superposer le souvenir qu'elle garde de la jeune fille au portrait que Kim vient de leur dresser. Pour autant le sourire bien trop satisfait sur le visage de la femme lui assure qu'elle ne leur ment pas.

Kim se lève tranquillement de son siège et récupère la tasse qu'Hélène lui a arraché des mains un peu plus tôt. Elle la remplit en silence, puis prend paisiblement la direction de la sortie.

– Sur ce, si vous n'avez plus besoin de moi.

Elle bouscule Thérèse pour dégager la porte. La jeune femme se laisse faire, encore sous le choc. La responsable financière s'en va pour de bon, en laissant les deux autres perdues dans leur réflexion.

Hélène est toujours assise sur la chaise, les coudes posés contre le dossier, l'air songeur.

Thérèse se passe la paume de main sur le visage, pour le moment incapable de réfléchir clairement.

– Je pense qu'on devrait… se remettre à bosser et prendre le temps de digérer tout ça avant d'en reparler, suggère-t-elle.

– Ouais, je pense, approuve Hélène en se levant.

Elle s'empresse d'ouvrir la porte comme si elle ne supportait soudain plus l'idée de rester enfermée une seconde de plus. Les deux femmes retournent dans leur bureau respectif sans un mot de plus.

Thérèse se rend dans le bureau de son patron en début d'après-midi.

En toquant à la porte, elle ne peut s'empêcher de repenser à ce que Kim leur a appris, à Hélène et elle, au sujet de la relation de leur supérieur avec Eve. Cette information lui fait appréhender d'autant plus l'entrevue qui l'attend et la met mal à l'aise. Weber s'est toujours comporté d'une façon particulière avec ses secrétaires et Thérèse devine maintenant pourquoi. Ça ne doit pas être la première fois qu'il se sert de l'une de ses employées pour satisfaire ses besoins charnels.

Ses mains sont prises de légers tremblements et elle doit serrer les poings pour les empêcher de trembler.

– Entrez ! lui lance la voix froide et sèche.

Elle respire un bon coup avant de pénétrer dans le bureau.

– Besson, je m'attendais justement à votre visite, lui lance-t-il en portant son regard sur elle. J'ai reçu l'arrêt maladie de Menard en fin de matinée et quelque chose me dit que ç'a à voir avec la raison de votre venue.

La jeune femme réprime un frisson sous l'œil scrutateur de l'homme. Pendant un instant, elle est prise de la sensation désagréable qu'il peut lire en elle. Elle déglutit avec difficulté puis approuve d'un hochement de tête.

Weber se laisse aller nonchalamment contre le dossier de son fauteuil en laissant échapper un soupir désabusé.

– Je ne vous cache pas ma déception. Je le pensais plus solide que ça. Enfin, (il se redresse pour lui faire face,) comme quoi, parfois les drames qui nous frappent ont du bon, ils permettent

146

de faire le tri pour ne garder que les meilleurs. Pour tourner correctement, une entreprise comme *Unlimitless* nécessite des employés capables de se maîtriser. Les plus faibles n'ont pas leur place ici.

Ces paroles dépourvues d'humanité laissent la responsable *marketing* nauséeuse.

Le visage de Weber se pare soudain d'un rictus glacial, puis secoue la tête comme pour chasser les pensées qui lui traversent l'esprit.

— Dites-moi plutôt pourquoi vous souhaitiez me voir ? Reprend-il.

La jeune femme s'efforce de calmer les battements de son cœur qui s'est emballé dans sa poitrine pour se concentrer sur la raison de sa venue.

— Comme Menard risque d'être absent un certain temps, je voulais vous demander de nous accorder un délai supplémentaire pour vous rendre notre projet, lui annonce-t-elle d'une traite avant de retenir son souffle en attendant sa réponse.

Weber la dévisage un moment, puis reporte son attention sur un dossier qui traîne négligemment sur son bureau. Comme si la tournure que venait de prendre la conversation l'ennuyait.

— C'est toujours non, répond-il finalement en saisissant tranquillement le paquet devant lui pour y mettre de l'ordre. C'est tout ce que vous vouliez savoir ?

Même si elle s'y attendait, Thérèse ne peut empêcher la déception de l'envahir en entendant son refus. L'irritation décuplée par la fatigue de ses dernières semaines pulse dans ses veines lorsqu'elle réplique plus sèchement qu'elle ne l'aurait souhaité :

– Comment voulez-vous qu'on réussisse à temps alors que nous ne sommes plus que deux sur le projet ?

– La façon dont vous devez vous y prendre pour remplir vos objectifs n'est pas mon problème. La seule chose qui m'importe est que vous me rendiez votre travail dans les délais.

La jeune femme s'emporte.

– Le temps qu'il nous reste n'est pas suffisant ! s'obstine-t-elle.

Les yeux de son patron se réduisent à deux fentes, puis se mettent à briller d'un éclat qui refroidit Thérèse et lui donne la chair de poule.

– Mettez-y-vous jour et nuit s'il le faut, mais débrouillez-vous pour réussir.

Elle ravale la réplique acerbe qui lui brûle les lèvres en serrant les poings pour conserver son calme.

– Bien, se résigne-t-elle finalement après une dernière minute de silence tendu.

Elle sait pertinemment qu'elle ne fera pas changer son patron d'avis quoi qu'elle dise.

Le visage de l'homme se radoucit pour se parer d'une expression satisfaite.

– Je sais de quoi vous êtes capable, Besson. Je vous connais mieux que ce que vous ne l'imaginez.

Elle frissonne sans chercher à comprendre ce qu'il entend par là.

– Je vais me remettre au travail.

Il se lève de son bureau au moment où elle fait mine de se diriger vers la sortie et lui bloque le passage avant qu'elle ait pu saisir la poignée.

Le cœur de la jeune femme fait un bond dans sa poitrine.

— Je vais vous dire quelque chose, Besson. Vous êtes l'un des meilleurs éléments de cette entreprise. Je sais que vous êtes à la hauteur pour ce projet et c'est pour cela que je vous l'ai confié, à vous. Alors *ne me décevez pas.*

Ne me décevez pas

L'écho de ses paroles résonne étrangement en elle.

Ne me décevez pas

Elle ne comprend pas immédiatement pour quelles raisons ces mots lui laisse un sentiment de déjà vécu, jusqu'au moment où un souvenir qu'elle avait enfoui au plus profond de sa mémoire pendant toutes ces années refait soudain surface.

« *Tu me déçois ! Espèce de bonne à rien ! NE T'AVISE PLUS JAMAIS DE ME DÉCEVOIR !* »

Thérèse ferme les paupières, le souffle momentanément coupé par la brutalité avec laquelle cette pensée a ressurgi.

Son ventre se tord. Il lui semble tout à coup que la pièce se rétrécit autour d'elle et cherche à l'étouffer entre ses murs. Il faut qu'elle sorte, mais Weber continue de lui barrer le passage. Son corps se crispe, son souffle se saccade et elle se retrouve bientôt incapable de faire le moindre mouvement ou même simplement de garder les idées claires.

Après plusieurs minutes dans cet état, la jeune femme parvient enfin avec effort à se ressaisir pour reprendre le contrôle d'elle-même.

— Je ne vous décevrai pas, déclare-t-elle en faisant naître un nouveau rictus sur le visage de son patron.

Il hoche lentement la tête pour marquer sa satisfaction et lui ouvre enfin la porte pour la laisser sortir.

La jeune femme se jette pratiquement hors du bureau et file dans le sien. Elle ferme précipitamment la porte derrière elle et se laisse glisser au sol.

Le visage enfoui dans ses paumes de mains, elle attend que son corps cesse de trembler. Puis, elle prend une profonde inspiration et se relève pour aller mettre Gabriel au courant du nouveau refus de Weber et pouvoir effacer de son esprit les dernières minutes qui viennent de s'écouler.

Thérèse avale une gorgée de l'une des infusions qu'elle a prise à Kim en laissant le liquide brûlant apaiser ses nerfs. Si son corps épuisé aurait plutôt besoin de sa dose de caféine habituelle pour affronter le reste de cette journée interminable, depuis qu'elle est sortie du bureau de son patron, la jeune femme peine suffisamment à retrouver un rythme cardiaque régulier sans avoir besoin d'une boisson excitante. Il est clair que ce n'est pas aussi bon que le café, cependant, elle doit admettre que c'est tout de même meilleur que ce à quoi elle s'imaginait.

Hélène arrive dans la salle pour sa pause de l'après-midi. Elle la salue. La brune lui répond par un marmonnement vague en prenant une nouvelle gorgée de tisane tandis que son amie se fait couler un café. Celle-ci fonce soudain les sourcils.

– Je rêve ou ça sent… (elle lève le nez pour inspirer profondément) La cannelle ? Kim est dans les parages ?

– Non, la rassure Thérèse. C'est moi qui teste une de ses infusions ayurvé-je-sais-pas-quoi.

Hélène la rejoint à table en prenant un air halluciné.

– Toi, Thérèse Besson, la grande amatrice de café plus noir que le cœur de Weber, tu te mets à l'eau infusée aux herbes ? Mademoiselle, qu'avez-vous fait de ma meilleure amie !

– Ce n'est pas si mal, répond-elle dans un haussement

151

d'épaules. Et puis ça détend. Tu devrais peut-être essayer.

Hélène adopte une expression outrée, puis son visage se radoucit et elle reprend son sérieux.

– Toi non plus, tu ne t'es toujours pas remise de ce qu'on a appris à propos d'Eve et Weber ?

Thérèse lève les yeux sur son amie en s'abstenant de mentionner ce qui s'est passé lorsqu'elle était dans le bureau de son patron. Elle se contente donc simplement d'approuver ses propos en profitant du prétexte qu'elle lui offre pour justifier sa nervosité.

– Ouais, c'est ça.

– Tu… Enfin, tu penses que Kim nous a dit la vérité ?

– Tu l'as admis toi-même, on ne connaissait pas vraiment Eve, répond-elle.

– Quand même, je ne sais pas… il y a quelque chose d'étrange dans cette histoire.

Thérèse émet un claquement de langue irrité.

– Arrête un peu, il n'y a rien à comprendre ! Elle est morte, c'est tout !

L'autre sursaute, prise au dépourvu par ses paroles sèches.

Les mâchoires de la brune se contractent lorsqu'elle se rend compte de la dureté de ses propos et elle prend une nouvelle gorgée d'infusion d'ans l'espoir de faire retomber l'agacement qu'elle sent monter en elle à cause de la fatigue. Hélène la dévisage avec attention.

– Tu es sûre que ça va ? Demande-t-elle avec une once d'inquiétude dans la voix.

– Bien-sûr. Pourquoi ?

– Je ne sais pas, depuis quelque temps, tu as l'air vraiment épuisée.

— J'ai pas mal de boulot, c'est tout, rétorque-t-elle.

— Justement. Je pense que tu devrais faire une pause. Tu enchaînes les heures sup' depuis plusieurs jours et tu as l'air d'avoir le plus grand besoin de changer d'air.

La jeune femme réprime la réplique qui lui brûle les lèvres.

— Je vais très bien, dit-elle à la place.

— Non, Thérèse. Je te connais. Je vois bien qu'il y a quelque chose qui ne…

— S'il te plaît, Hélène ! Tu n'en as pas marre de toujours te mêler des affaires des autres ? Je t'assure que je gère.

— Non, tu ne gères rien du tout ! Sérieusement, regarde-toi ! On dirait Eve juste avant son suicide, putain !

Thérèse demeure un instant frappée par ses paroles. Lorsqu'elle s'aperçoit de ce qu'elle vient de dire, son amie reste, elle aussi, muette avant d'essayer maladroitement de se rattraper :

— Ce n'est pas ce que je voulais-

Cette fois la brune sent ses nerfs l'abandonner pour de bon et se laisse emporter en relâchant d'un coup toute la tension et l'irritation qu'elle accumule depuis ces dernières semaines. Son amie prend pour le départ de Jayden, la révélation de Kim, le stress dans lequel la met le projet et l'entrevue avec Weber.

— C'EST QUOI TON PUTAIN DE PROBLÈME, BORDEL ?! C'EST PARCE QUE TU N'ES PAS FOUTUE DE RÉUSSIR A FAIRE UN GAMIN QUE TU TE SENS OBLIGEE DE JOUER LES MÈRES DE SUBSTITUTION POUR LES AUTRES ?! PARCE QUE SI C'EST LE CAS LAISSE-MOI T'APPRENDRE UN TRUC : PERSONNE N'A BESOIN D'UNE PAUVRE FILLE PATHÉTIQUE POUR JOUER LES MAMANS !

Il n'est pas dans les habitudes de Thérèse de se laisser emporter de cette façon, seulement, pour le moment l'épuisement prend le pas sur tout le reste.

Ses paroles dépassent sa pensée, mais elle n'a plus la force de réfléchir clairement et ce qui lui échappe sont les premiers mots blessants qui lui viennent.

Hélène recule comme si elle l'avait giflé. Ses yeux s'agrandissent sous l'effet du choc et d'une autre émotion que la jeune femme identifie comme de la douleur. Elle vient de frapper de toute sa fureur sur un point sensible.

L'expression blessée de son amie est rapidement remplacée par un mélange de colère et de dégoût.

Papy, qui a assisté à la fin de leur dispute depuis le pas de la porte, alerté par leurs cris, fait soudain son entrée et vient se placer aux côtés d'Hélène pour faire face à Thérèse.

– Est-ce que tu te rends compte de ce que tu dis ?! S'indigne-t-il.

– Reste en dehors de ça, cela ne te regarde pas, crache la responsable *marketing* en soutenant son regard noir.

– En théorie, il est vrai que vos histoires ne me regardent pas, mais en l'occurrence, vous avez décidé de régler vos comptes sur mon lieu de travail, alors j'estime avoir le droit de me sentir concerné.

Thérèse s'efforce de prendre une profonde inspiration pour se contenir. Finalement, elle dégage l'homme de son passage d'un coup d'épaule et quitte vivement la salle en claquant la porte derrière elle avant de se laisser de nouveau emporter par la fureur.

Elle se jette pratiquement sur sa chaise et se passe plusieurs fois les paumes de mains sur le visage avec toutes les peines du monde pour se calmer.

La colère continue de bouillonner dans ses veines et son cœur tambourine dans sa poitrine. Ses yeux la brûlent douloureusement à cause de la fatigue. La jeune femme a l'impression qu'elle pourrait s'effondrer d'un instant à l'autre, à bout de force.

Il lui faut une bonne dizaine de minutes pour revenir totalement à elle.

Elle ramène ensuite ses jambes contre sa poitrine sur son fauteuil, sa tête enfouie entre les genoux, dépassée par tout ce qui vient de se passer et désirant uniquement oublier cette journée.

Achille lui fait relever sa tête plongée entre ses genoux lorsqu'il toque à sa porte. Thérèse s'empresse de se rasseoir correctement et d'essuyer d'un revers de manche les larmes qui ont coulé le long des joues, avant de lui annoncer qu'il peut entrer. Lorsqu'elle prend la parole, sa voix est plus rauque qu'elle ne l'aurait voulu. Elle l'éclaircit alors en se raclant la gorge.

Il passe prudemment la tête par l'encadrure de la porte et s'avance timidement dans la pièce. La jeune femme le regarde approcher en songeant qu'elle ne doit pas avoir fière allure avec ses yeux bouffis par le manque de sommeil et injectés de sang.

Il s'écoule plusieurs secondes avant que l'un d'entre eux ne prenne la parole :

– Je peux faire quelque chose pour toi ? Demande-t-elle finalement, tandis qu'il se contente de rester silencieux à la dévisager.

Il secoue imperceptiblement la tête comme pour s'éclaircir les idées.

– C'est plutôt moi qui devrais te poser la question, dit-il enfin de sa voix chaude et douce comme le miel. Tu t'es disputée avec Hélène ?

– Les nouvelles vont vite à ce que je vois…

– J'ai entendu Papy et elle qui en parlaient lorsque je suis allé me chercher un café, explique-t-il dans un haussement d'épaules.

Il désigne le siège face au bureau de la jeune femme d'un signe de tête interrogatif. Elle approuve, il prend place.

Achille plonge son regard dans le sien et elle se laisse momentanément happer par la profondeur de ses yeux clairs.

– Si tu es venu me dire que j'ai fait de la merde, économise ta salive, je suis déjà au courant, lâche-t-elle avec amertume en se détournant.

Il la surprend en glissant son index sous son menton pour ramener son regard dans sa direction avec douceur et l'inciter ainsi à le replonger dans le sien.

Ce geste fait naître en elle une chaleur agréable qu'elle serait incapable d'expliquer.

Il secoue la tête et laisse échapper un faible soupir.

– Je ne suis pas là pour te reprocher quoi que ce soit. D'autant plus que je sais que celle qui s'est emportée contre Hélène n'est pas la véritable Thérèse, je me trompe ?

Le cœur de la jeune femme fait un bond dans sa poitrine. Elle s'écarte pour se dérober à son contact.

– Qu'est-ce que tu en sais ?

– Vous êtes bien trop proche pour que tu t'en sois pris à elle sans raison.

L'assurance qui transperce dans sa voix la fait frissonner.

Il n'a pas tort. Sans la fatigue, la tension, et toutes les émotions accumulées au cours de ces derniers jours, elle n'aurait jamais prononcé les paroles infectes qu'elle a dit à Hélène.

– Comment tu peux affirmer ça de moi alors que tu me connais à peine, rétorque-t-elle cependant.

– Hélène me parle de toi et de vos histoires sans arrêt.

Thérèse reste silencieuse un moment. Elle imagine sans mal son amie arroser Achille de leurs anecdotes à longueur de journée. Elle laisse échapper un léger rire qui se mue malgré elle en sanglot.

– Eh…

Le jeune homme avance timidement la main vers son visage lorsqu'elle se met à pleurer pour de bon, puis comme il hésite, Thérèse réduit à sa place les derniers centimètres qui séparent encore sa paume de sa joue pour entrer en contact avec la chaleur réconfortante de sa peau.

Son esprit est totalement dans le flou après cette journée éreintante et la seule chose dont elle a besoin à présent est de ne pas se sentir complètement seule. Achille semble comprendre, car il commence à caresser doucement sa pommette en lui murmurant qu'il est là si elle a besoin. Sa présence apaise peu à peu la jeune femme tout en diminuant la sensation de pression dans sa poitrine.

Elle finit par relever la tête et laisse un soupir franchir ses lèvres.

– Je devrais peut-être rentrer. Je crois que je n'arriverai plus à rien aujourd'hui.

– Je pense que c'est une bonne idée, approuve le blond avec douceur.

– Merci, Achille…

Sa voix n'est plus qu'un murmure à peine audible, mais le garçon doit tout de même l'entendre, car il répond :

– N'hésite pas si tu as besoin de quoi que ce soit

Elle opine et se lève de son fauteuil en rompant définitivement leur proximité. Il l'imite et la devance même pour aller lui ouvrir la porte.

Ils sortent ensemble du bureau de la jeune femme. Achille lui adresse un dernier sourire compatissant tandis qu'elle rejoint la sortie.

Thérèse rentre directement chez elle et s'endort aussitôt après s'être laissée tomber sur son canapé, à bout de force.

Thérèse parcourt des yeux le plan d'action *marketing* sur lequel Gabriel et elle sont penchés depuis plus d'une heure.

Elle soupire doucement en prenant un instant pour détendre sa nuque raide à force de rester inclinée vers l'avant tandis que l'homme se redresse lui aussi en s'étirant.

Plusieurs semaines se sont écoulées depuis que la jeune femme s'est disputée avec sa meilleure amie, et elles ne se sont plus adressées la parole depuis. Thérèse sait que c'est incontestablement à elle de faire le premier pas et de s'excuser auprès d'Hélène si elle désire qu'elles se réconcilient et elle n'aura aucun mal à s'attribuer ses torts le moment venu. Mais après y avoir mûrement réfléchi, elle préfère d'abord rendre son projet à Weber. Monter le plan d'action risque de ne pas lui laisser le temps de souffler et entre la pression du délai et la fatigue, Thérèse sait que ces prochains jours, elle risque de ne pas être de bonne compagnie. Autant épargner à Hélène de se retrouver à nouveau dans le rôle du *punching-ball*. Il n'est plus question que de trois semaines tout au plus, leur réconciliation peut bien attendre jusque-là.

— On avance…, constate Gabriel avant d'être soudain interrompu par la sonnerie de son téléphone.

Il le sort de sa poche en s'excusant dans l'intention de le mettre sur silencieux, mais suspend son geste lorsqu'il lit le

160

message qui s'affiche à l'écran. Thérèse aperçoit alors son visage s'éclairer et ses lèvres s'étirer imperceptiblement.

– Qu'est-ce qui te fait sourire comme ça ? lui demande-t-elle avec curiosité.

Les yeux du jeune père étincellent lorsqu'il ouvre sa boîte mail et tourne l'écran dans sa direction pour la laisser lire le message de sa femme, accompagné de la photo d'un enfant aux yeux bruns et brillants en tout point identiques aux siens.

Cha'. 15 H 10

**Devine qui vient de prononcer son premier mot !!
(image)**

Thérèse sourit à son tour.

– C'est adorable ! Qu'est-ce qu'il a dit ?

– Je ne sais pas. Attends, je vais lui demander ! Répond-il avec excitation en s'empressant de taper le message.

Pendant ce temps, Thérèse rassemble les feuilles qui traînent sur son bureau.

– Papa ! Il a dit papa !

La jeune femme se laisse aussitôt gagner par son enthousiasme contagieux et un rire sincère franchit ses lèvres. Le premier depuis un mois.

– C'est génial !

Ce moment de gaieté est cependant de courte durée. Le téléphone de son collègue vibre de nouveau. Gabriel s'empresse de regarder la notification qui vient d'arriver et

Thérèse le voit se renfrogner instantanément et un voile sombre éteint soudain l'éclat dans ses yeux. Il laisse échapper un soupir las.

Elle glisse un coup d'œil par-dessus son épaule pour lire le message de Natacha et comprend pourquoi son expression a brusquement changé du tout au tout.

Cha'. 10 H 16

Il a dit papa !!

Cha'. 10 H 17

A croire que ta présence lui manque autant qu'à moi…

Thérèse relève les yeux sur Gabriel. Il se racle la gorge en essayant de garder contenance bien qu'elle devine que ce message l'a touché plus qu'il n'accepte de l'admettre.

– On s'y remet ? Dit-il en faisant mine de se replonger dans leur plan.

Mais son regard fixe les documents sans les voir.

– Gab'…

Il l'ignore.

– Gabriel…

– J'aurais dû être là, lâche-t-il dans un murmure.

– C'est le genre d'évènement qui ne se planifie pas, tente-t-elle de le rassurer. Ça aurait très bien pu arriver pendant que tu étais avec Léo et non Natacha.

Le chef de produit laisse échapper un rire amer.

– Ah ouais ? Et quand, dis-moi ? Elle s'est mise en télétravail depuis la naissance du petit, justement pour ne pas passer à côté de ce genre de moment. Il n'y a que moi qui sois constamment absent pour notre fils !

Il secoue la tête en soupirant.

– J'ai l'impression de passer à côté de tout… D'abord ses premiers pas, maintenant ses premiers mots. Je… Je ne veux pas, dans quelques années, quand il commencera à aller à l'école et à avoir des passes-temps, être ce genre de père qui n'est jamais là dans les moments importants parce qu'il travaille. A sa première rentrée : « Il est où papa ? », « Déjà parti au travail, mon cœur » ; son premier spectacle d'école : « Il est où papa ? », « Au travail, chéri » ; son premier but au football :   « Ouais, j'ai marqué ! Tu as vu ça papa ! Papa ? », « Il travaille encore, mais je suis sûr qu'il serait très fier de toi ! »

Un faux rire qui se mue en un sanglot difficilement contenu s'échappe des lèvres de Gabriel.

Thérèse sent son cœur se contracter en songeant que ses paroles sentent le vécu.

L'homme confirme son intuition lorsqu'il reprend, les yeux tournés vers le plafond.

– Je ne veux pas devenir le genre de père que j'ai eu. Celui qu'on admire parce qu'il a un poste important et haut placé, mais qu'on déteste finalement tout autant parce qu'il n'est jamais là.

Une première larme dévale sa joue, qui se tarit avant d'être remplacée aussitôt par une autre, puis encore une. La brune regarde l'homme se mettre à pleurer pour de bon.

– J'ai toujours adoré ce job. J'ai rêvé pendant des années de travailler pour une entreprise comme *Unlimitless*, mais je ne suis plus si sûr que ce soit encore le cas…

Thérèse ferme les yeux, touchée par sa tristesse. Lorsqu'elle les rouvre, c'est pour s'adresser à son collègue d'une voix ferme et assurée :

– Va rejoindre ta femme.

Gabriel se tourne brusquement dans sa direction, frappé par la soudaine dureté de son ton.

– Va-t'en ! répète Thérèse. Ton fils va grandir sans te laisser le temps de savoir si tu veux être un père présent dans sa vie ou un homme qui a préféré sa carrière. Alors si tu penses que ta place n'est pas ici, tire-toi ! Tire-toi, putain !

Les larmes commencent également à couler le long de son visage. Ses émotions lui paraissent démultipliées sans qu'elle sache si c'est à cause de la fatigue ou pour une autre raison qu'elle ignore.

Gabriel se lève sans la quitter des yeux, hésitant.

– Prend une journée, une semaine, démissionne, je ne sais pas, mais va profiter de ton premier enfant Gabriel !

Il cherche ses mots, visiblement tout aussi surpris qu'elle par sa réaction.

– Jayden est déjà parti… je ne vais pas te laisser seule pour…, bafouille-t-il.

– ON S'EN FOUT ! On s'en fout de ce putain de projet. VA REJOINDRE TON FILS ! s'emporte-t-elle pour qu'il finisse enfin par hocher fébrilement la tête, encore sous le choc.

– Je… Ouais… Ouais, j'y vais…

Il fait un pas vers la sortie, sans oser s'en aller pour autant, comme s'il attendait une dernière confirmation sa part.

– TIRE-TOI ! hurle-t-elle maintenant en proie aux larmes.

L'homme la regarde une dernière fois de ses yeux profondément marqués par la fatigue de l'intensité de ces dernières semaines de boulot, avant de partir pour de bon, laissant Thérèse enfin seule pour donner libre cours à son débordement.

Lorsqu'elle se calme enfin, ses nerfs sont relâchés pour la première fois depuis des jours et la jeune femme se laisse retomber complètement épuisée contre le dossier de son fauteuil, mais le cœur enfin apaisé.

Thérèse reçoit un message de Gabriel un peu plus tard, dans le courant de l'après-midi. Elle sourit en découvrant la photo qu'il lui a envoyée, sur laquelle il pose en forêt avec son fils dans les bras. Le jeune père est en train de désigner quelque chose au loin et l'enfant fixe cette direction avec des yeux brillants et attentifs. Ils sont tous les deux adorables.

La jeune femme repose son téléphone, écran à plat contre la table de la salle de repos et reprend une gorgée de café serré, comme elle les aime. Les infusions ont fait du bien à ses nerfs pendant un temps, mais rien ne remplacera jamais sa dose de caféine.

Elle se crispe lorsqu'elle entend soudain approcher un duo de voix suivi d'un rire amusé dans le couloir. Ce rire, elle le reconnaîtrait entre mille. Quand Hélène fait son apparition en compagnie d'Assane et de Papy, le sourire de la commerciale s'efface au moment où elle aperçoit son amie. Son visage se ferme instantanément.

– Salut, lance Thérèse qui ne peut malgré elle s'empêcher d'espérer une réponse.

Sa meilleure amie lui manque terriblement depuis leur dispute. Son cœur se serre lorsque Hélène prend la direction de la machine à café sans même lui adresser un regard. Elle se fait couler une tasse en feignant d'être absorbée par sa

166

tâche, puis une fois chose faite, ressort aussitôt, suivi par Emmanuel, après qu'il ait jeté un œil mauvais à la responsable *marketing*.

Thérèse les observe s'éloigner en soupirant. Assane suit son regard jusqu'à ce que les deux soient hors de portée, puis vient prendre place à table avec elle.

– Elle t'en veut, tu sais.

La jeune femme lui grimace un sourire ironique.

– Sans blague.

– Pourquoi tu ne vas pas simplement t'excuser ? Ça se voit que cette situation vous met aussi mal l'une que l'autre.

Thérèse se redresse.

– Elle t'a dit quelque chose ?

Il lève les yeux au ciel.

– Non, mais il faudrait être aveugle pour ne pas l'avoir deviné.

La jeune femme se mordille la lèvre inférieure.

– Tu n'as pas répondu à ma question, insiste-t-il.

– Parce que ce n'est pas si simple, justement, répond-elle finalement.

– Qu'est-ce qui ne l'est pas ?

Elle hésite à lui avouer qu'elle souhaite garder son amie à distance d'elle-même le temps d'achever son projet. Comme il continue de la dévisager en attendant sa réponse, elle finit par dire :

– J'irai m'excuser, mais avant, je veux terminer le boulot que m'a confié Weber. Je dois lui proposer une nouvelle gamme de produits dans deux semaines et c'est encore loin d'être au point. En plus, avec Jayden en moins dans l'équipe, j'ai vraiment besoin de pouvoir m'y consacrer pleinement si je veux que ce soit fini à temps.

– Et tu penses que te réconcilier avec Hélène t'empêcherait d'avancer efficacement ? lui demande-t-il sans chercher à masquer son air dubitatif.

Elle secoue la tête.

– Ce n'est pas vraiment ça... C'est juste que lorsque je suis sous pression, j'ai tendance à être... disons à fleur de peau. Je préférerais être en pleine possession de mes moyens pour lui faire mes excuses. Tu comprends ?

– Oui et non, admet-il. D'un côté, j'entends ta démarche d'attendre un retour au calme pour lui parler posément, mais de l'autre, est-ce que ce n'est pas justement maintenant que tu as le plus besoin du soutien de ton amie ? Pour préserver un certain équilibre pendant que tu finis ton projet ?

Thérèse prend un temps pour réfléchir à ses paroles, mais finit par désapprouver en secouant la tête.

– Je préfère être totalement à ce que je fais et achever rapidement mes objectifs avant de me consacrer pleinement à ma vie perso.

– C'est ton choix, consent-il. Mais fait quand même attention à toi. Je suis d'accord avec Hélène lorsqu'elle dit que tu n'as pas l'air au mieux de ta forme depuis quelque temps, conclut-il en se relevant.

Elle opine tandis qu'il dépose une main sur son épaule avant de ressortir à son tour de la pièce, la laissant seule avec ses pensées.

La jeune femme vide la fin de son café refroidit dans l'évier en soupirant puis prend la direction de son bureau pour aller se remettre au travail.

– Tu as bien profité de ton *week-end* de trois jours ?

Gabriel sursaute, brusquement tiré de ces pensées lorsque Thérèse entre sans prévenir dans la salle de repos le lundi matin. La jeune femme laisse échapper un sourire amusé. Vraisemblablement, il ne l'avait pas entendu arriver.

Il prend le temps de s'étirer en bâillant pour chasser les derniers signes de somnolence avant de lui répondre :

– Ouais, génial. On en a profité pour improviser un séjour à la campagne chez les parents de Natacha, pour changer d'air et pour faire découvrir autre chose que la ville au petit. Ses parents étaient ravis de revoir leur petit-fils et ça nous a permis de leur confier le temps de nous retrouver, Cha' et moi.

Thérèse approuve tout en se faisant couler un café. Elle n'a aucun mal à croire que cette escapade lui ait fait du bien, Gabriel a bien meilleure mine qu'à son départ vendredi matin. Il semble reposé par son *week-end*. La jeune femme aimerait pouvoir en prétendre autant, mais elle doit admettre que ses deux jours de repos à elle sont loin d'avoir été reposants justement.

En se regardant dans le miroir avant de partir ce matin, elle s'est trouvée un teint affreux.

– Ça t'a permis d'y voir un peu plus clair sur ce que tu veux faire maintenant ? Continue-t-elle en se laissant tomber sur une chaise près de lui. Au sujet de ta carrière, je veux dire ?

L'homme fait tourbillonner distraitement le contenu de sa tasse, l'air pensif.

– Je ne sais pas. J'aime ce travail, mais je crois que j'apprécierais davantage les moments que je pourrais passer avec ma femme et mon fils s'il n'était pas si prenant. Je réfléchis encore.

Elle approuve en avalant une gorgée de café brûlant.

– Et toi, comment s'est passé ton *week-end* ? lui demande-t-il à son tour.

– Bien, élude-t-elle.

Thérèse n'a pratiquement pas cessé de travailler des deux jours pour rattraper leur retard et avoir encore une chance de rendre à Weber leur projet dans les temps Seulement, elle préfère ne pas l'évoquer devant Gabriel, pour qu'il ne se reproche pas d'avoir profité de sa famille pendant qu'elle avançait seule dans leur mission.

Il opine à son tour avant de lancer :

– Je crois qu'on est d'accord pour dire maintenant qu'on n'arrivera jamais à terminer le projet avant vendredi. J'espère que ça ne te dérange pas trop…Je sais que c'était important pour toi et c'est en partie ma faute si on a pris autant de retard sur le plan. Si je t'avais aidé vendredi dernier et ce *week-end*, peut-être que…

Thérèse le coupe avec un sourire rassurant :

– Ne t'en fais pas. Ta famille était plus importante. Et puis, qui sait, tout n'est peut-être pas encore complètement perdu ?

En effet, c'est encore faisable. La jeune femme s'en est assurée en prenant la charge du travail de Gabriel pendant son absence, mais ça l'homme ne peut pas le deviner.

Il répond sans grande conviction :

– Peut-être. Sur ce, je m'y remets, j'ai encore quelques bricoles de vendredi à rattraper.

Il se lève et fait mine de prendre la direction de la sortie, mais s'arrête devant la porte.

– Au fait, Weber s'est rendu compte de mon absence ? En d'autres termes : est-ce que je dois préparer mon testament avant de sortir de cette salle ?

Thérèse rit.

– Non, il est resté cloîtré dans son bureau toute la matinée et il était en réunion l'après-midi.

L'homme lâche un soupir de soulagement.

– Tant mieux. A plus tard.

– A plus.

Il sort pour retourner dans son bureau et la jeune femme ne tarde pas à faire de même.

171

Son crâne bat dans ses tempes et la nausée commence à poindre tant la douleur est insupportable. Thérèse plonge le visage entre ses paumes de main et ferme les yeux un instant avec un vain espoir de soulager à minima le mal de tête qui lui vrille le crâne depuis maintenant plus d'une demi-heure.

Sa vision, portée sur le plan *marketing* qu'elle n'est plus si loin d'avoir fini, devient floue. Elle s'efforce de la ramener net en secouant la tête. Elle touche au but, elle ne peut pas abandonner maintenant. Pas après tant d'efforts.

La jeune femme relève la tête pour reporter son attention sur son écran et penser à autre chose que sa migraine, quand on frappe soudain à la porte de son bureau. Elle grimace. Les coups donnés contre l'ouverture se répercutent dans son crâne et amplifient son mal de tête ainsi que sa nausée par la même occasion. Thérèse réprime un grognement, irritée d'être dérangée alors qu'elle a déjà du mal à se concentrer. Elle répond tout de même :

– Entrez !

Céleste fait son apparition, une tasse de café à la main qu'elle dépose sur le bureau de la responsable *marketing*.

– Comme on ne t'a pas vu sortir de la journée, je viens te ravitailler en café, lui annonce-t-elle.

– Bien vu.

172

En réalité la simple idée d'avaler la moindre goutte suffit pour lui retourner l'estomac, mais la jeune femme n'en dit rien.

– Pour être tout à fait honnête, c'est Hélène qui y a pensé, mais à cause de ce qui s'est passé entre vous, je me doutais qu'elle ne passerait pas elle-même t'apporter une tasse.

Thérèse approuve d'un hochement de tête. Son cœur chauffe un peu à l'idée que son amie continue d'avoir ce genre d'attention pour elle malgré leur dispute. L'espace d'un instant cette pensée suffit même à la faire se sentir un peu mieux. Il est grand temps qu'elle finisse le projet pour enfin renouer avec la jeune femme.

Les sourcils de Céleste se froncent.

– Est-ce que tout va bien ? demande-t-elle en s'apercevant soudain de sa pâleur effroyable. On dirait que tu t'apprêtes à faire un malaise.

Thérèse se retient de lui répondre que ce n'est effectivement pas une éventualité à exclure, mais force un léger sourire à la place.

– Ça va, je suis juste un peu fatiguée. Merci pour le café, ajoute-t-elle dans la foulée pour couper court à la conversation dans l'espoir que sa collègue comprenne le sous-entendu et s'en aille sans insister.

Mais l'autre reste immobile à la fixer. La jeune femme commence à perdre patience.

– J'ai encore du boulot.

– Dis-moi, tu es là depuis quelle heure ? Lui demande-t-elle en ignorant sa phrase.

– Je ne sais pas, huit heures et demie, répond-elle sur la défensive, d'un ton plus sec qu'elle ne l'aurait voulu.

En réalité, elle est arrivée deux heures plus tôt que ce qu'elle

173

prétend pour avancer sur le projet, mais elle se doute que si elle l'avoue à la quinquagénaire, celle-ci tentera de la forcer à s'arrêter. Or, elle touche enfin au but et il faut à tout prix qu'elle ait fini avant vendredi, elle ne peut pas relâcher maintenant. Elle ne tient pas à décevoir son supérieur.

« Tu me déçois ! Espèce de bonne à rien ! NE T'AVISE PLUS JAMAIS DE ME DÉCEVOIR ! »

Un frisson parcourt sa colonne vertébrale.

— Tu mens, réplique Céleste en la dévisageant avec un regard perçant.

— Qu'est-ce que ça change de toute façon ? grogne Thérèse à bout de nerfs. J'ai un projet à finir et il fallait que je bosse dessus, c'est tout. Je ne suis pas la seule qui arrive parfois plus tôt pour terminer un travail important.

— Non, en revanche, tu es la seule qui le fasse plusieurs jours de suite et qui cumule des arrivées matinales à des soirées prolongées au bureau.

La jeune femme laisse échapper un soupir irrité. D'abord Hélène, maintenant Céleste. Est-ce que tout le monde compte lui faire la morale sur son implication dans ce projet ? Elle est encore à même de déterminer quand elle doit s'arrêter. Or, elle sent qu'elle a encore les ressources nécessaires pour aller au bout dans les délais.

Sa tête recommence à tambouriner.

Il faut qu'elle se débarrasse de Céleste.

— Pour la millième fois. Je. Vais. Bien.

— Non.

Son interlocutrice prend place sur le siège en face de son bureau, bien décidée à ne pas lâcher le morceau. Ce qui augmente encore d'avantage l'agacement de Thérèse ainsi que les battements dans son crâne.

– Il est presque dix-sept heures et je ne sais pas depuis combien de temps tu es enfermée là-dedans, mais je parierais que ça fait beaucoup trop longtemps. Alors, je ne sortirai pas d'ici tant que tu n'auras pas laissé ce projet de côté pour la journée, annonce-t-elle d'un ton ferme et décidé.

La jeune femme soupire en se pinçant l'arête du nez.

– Bien, si tu n'as rien de mieux à faire que de perdre ton temps à me regarder bosser, tant mieux pour toi, finit-elle par répliquer en faisant mine de se replonger dans son travail et de faire fi de sa menace.

Elle ne compte pas s'arrêter avant d'avoir achevé ce qu'elle a prévu de faire aujourd'hui. Elle espère que la femme finira par se lasser devant son entêtement et par s'en aller.

Mais alors qu'elle s'apprête à reprendre son travail, son écran d'ordinateur s'éteint brusquement.

– Eh ! s'insurge-t-elle en foudroyant Céleste du regard.

Sa collègue se contente de la fixer en silence avec une lueur de défi dans les yeux. Lorsque Thérèse tente de rallumer l'appareil, elle l'en empêche. La trentenaire se débat un moment sa collègue. Elle sent la colère grimper en elle alors que l'autre s'applique à lui bloquer l'accès au bouton d'allumage.

– Céleste !

– Arrête, putain !

La quinquagénaire se lève brutalement de son siège et plante son regard acéré dans celui de
la jeune femme.

– Arrête tes conneries ! Tu es morte de fatigue, ça crève les yeux !

175

– Je vais bie…

L'autre la coupe aussitôt.

– Non justement ! Tu es à bout Thérèse ! Il n'y a que toi qui refuses de le voir !

La jeune femme soutient son regard dur dans lequel elle perçoit également de l'inquiétude. Ce constat ne fait que renforcer sa fureur. Elle n'a pas besoin qu'on s'en fasse pour elle comme pour une enfant fragile.

– Remets ton travail à demain, tu en as déjà assez fait aujourd'hui, tu ne penses pas ? Lui dit Céleste au bout d'un moment avec un ton radouci.

– Je ne peux pas, on a déjà trop de retard sur le projet !

– Alors accepte de le rendre un peu plus tard que prévu dans ce cas. Peu importe, ça ne changera pas la face du monde, merde !

– Je vais y arriver ! s'obstine-t-elle.

– Pourquoi tu t'acharnes comme ça si c'est pour finir à moitié morte d'épuisement ?!

– Je *dois* y arriver !

– QU'EST-CE QUI TE FAIT PEUR AU JUSTE ?! Dis-moi ! Qu'est-ce que tu crains tant qu'il t'arrive si tu ne rends pas ce putain de projet le jour dit ?!

Thérèse entrouvre la bouche, mais ne trouve rien à lui répondre. Les mots de la femme résonnent dans son crâne douloureux.

De quoi a-t-elle peur ?

« *Tu me déçois ! Espèce de bonne à rien ! NE T'AVISE PLUS JAMAIS DE ME DÉCEVOIR !* »

Sa tête l'élance effroyablement lorsqu'elle la secoue pour chasser ses pensées.

« *Tu me fais HONTE !* »

Ses mains se mettent à trembler malgré elle au moment où ces paroles qui datent de plusieurs années ressurgissent soudain dans son esprit. Des mots si profondément enfouis dans sa mémoire et depuis si longtemps qu'elle pensait les avoir oubliés.

« *Tu es tout juste bonne à finir comme ta mère !* »

Thérèse ferme les yeux.

En la voyant contenir ses larmes avec difficulté, la dureté disparaît instantanément du visage de Céleste pour ne laisser place qu'à son inquiétude.

– Eh… non… Excuse-moi, je ne voulais pas te mettre dans cet état…

Elle s'approche prudemment et dépose une main sur son épaule. S'apercevant que l'autre continue de chercher à reprendre le contrôle pour ne pas craquer, elle reprend d'une voix presque suppliante :

– Je t'en prie, rentre chez toi. Tu n'es plus en état de travailler aujourd'hui.

La jeune femme rouvre ses yeux humides. Elle respire profondément pour contenir encore un peu les émotions que la quinquagénaire a fait remonter à la surface. Thérèse hoche la tête et s'avoue vaincue. Elle sent les barrières internes, qu'elle a érigées inconsciemment ce fameux soir, qui commencent à s'effriter. Ce n'est plus qu'une question de temps avant qu'elles ne cèdent sous l'assaut des souvenirs que sa collègue a fait resurgir et elle ne tient pas à être au bureau lorsqu'elles s'effondreront pour de bon.

– Je… C'est ce que je vais faire… Je vais y aller.

Elle se dégage du contact de la responsable des ressources

humaines en se relevant vivement de sa chaise. Puis, elle saisit sa veste et sans un regard en arrière, se précipite dehors.

Elle atteint son étage et pénètre à l'intérieur de son appartement au moment où tout en elle s'effondre. Thérèse parvient avec peine à rejoindre son canapé pour s'y laisser tomber avant que ses jambes ne cèdent définitivement sous son poids. Son corps se retrouve secoué de sanglot.

Son cœur se tord douloureusement dans sa poitrine au souvenir de cette fameuse soirée. Il lui semble que même ce jour-là, la douleur qu'elle avait ressentie n'était pas équivalente à celle qu'elle éprouve aujourd'hui. Ses émotions la terrassent avec une force inouïe. Jamais elle n'aurait imaginé que ses paroles aient laissé en elle une marque si profonde qu'elles reviennent la hanter des années plus tard.

Elle ferme les yeux en cherchant son souffle.

Les mêmes mots tournent en boucle dans son esprit.

« *Tu me déçois ! Espèce de bonne à rien ! NE T'AVISE PLUS JAMAIS DE ME DÉCEVOIR !* »

« *Tu me fais HONTE !* »

« *Tu es tout juste bonne à finir comme ta mère !* »

Pourquoi maintenant ?

Pourquoi ce discours d'il y a dix-neuf ans resurgit soudain, plus douloureux que jamais ?

La jeune femme souffle doucement pour garder le contrôle d'elle-même autant que possible, tandis que la scène de ce soir-là se rejoue sous ses paupières closes.

19 ans plus tôt.

Thérèse franchit la porte de chez elle en soupirant, la feuille récupérée à la fin de son dernier cours de la journée toujours serrée dans la main droite.

Elle laissa choir son sac à dos dans l'entrée, défit ses chaussures, avant de passer l'ouverture qui menait au salon.

Son cœur fit un bond immense dans sa poitrine lorsqu'elle le vit.

Assis dans le fauteuil qui restait vide durant ses longues absences, – lorsqu'il partait pour l'une de ses missions militaires – se tenait son père.

La jeune fille se sentit d'abord prise d'un frisson d'excitation. Cette fois, il était parti si longtemps qu'elle se demandait s'il reviendrait un jour. Ce sentiment fut néanmoins de courte durée, rapidement remplacé par l'appréhension lorsqu'elle aperçut la bouteille à moitié entamée qui pendait mollement dans le prolongement de son bras.

Il était enfin rentré après des mois sans qu'elle sache s'il était encore en vie et la première chose qu'il avait fait comme souvent, avait été de s'alcooliser.

Thérèse resserra la prise sur sa copie. Elle l'adorait autant qu'elle le détestait. Elle avait beau admirer de tout son être le chef d'armée respecté, dieu sait ce qu'elle trouvait minable l'homme qui, les rares fois où il rentrait à la maison, se saoulait avec la bouteille de scotch qu'il gardait dans un placard pour ces moments-là.

Elle croisa le regard de sa mère qui contemplait son mari de loin, dissimulée dans un coin du salon. L'air anxieux comme chaque fois qu'il rentrait et se mettait à boire. Elle portait encore le tablier de cuisine qu'elle avait le matin-même lorsque Thérèse était partie au lycée. Elle ne travaillait pas à proprement parler. Elle faisait partie de ses rares femmes à exercer encore la profession de mère au foyer. Son mari était donc leur unique source de revenus, cependant suffisante pour préserver les deux femmes du besoin. Dans ses yeux luisait une lueur d'appréhension. Thérèse la savait plus tranquille lorsque l'homme qu'elle avait aimé (qu'elle aimait peut-être encore ?) se trouvait loin d'elles. Lorsqu'il n'occupait pas le salon, bourré, et ne risquait pas d'avoir soudain un comportement imprévisible et violent.

La jeune fille prit une profonde inspiration avant de s'élancer à travers la pièce. L'homme qui somnolait jusque-là dans les brumes de l'alcool, releva brusquement la tête pour la regarder passer sans s'arrêter de ses yeux vitreux. Elle poursuivit son chemin en s'efforçant de ne pas se détourner de sa destination finale, mais ne put s'empêcher de lui jeter un regard en passant.

Thérèse n'était plus qu'à quelques pas d'atteindre les escaliers et de pouvoir se carapater dans sa chambre comme sa mère la suppliait de le faire lorsque son mari était là, quand la voix pâteuse de l'homme la retint :

— Alors comme ça tu ne viens même plus dire bonjour à

papa ? Ce n'est pas comme ça que je t'ai élevé !

Son ton grondant et menaçant la fit frissonner et revenir aussitôt sur ses pas.

– Bonjour papa.

– Bonjour, ma fille. Ça fait longtemps qu'on ne s'est pas vu, je t'ai manqué ?

Elle opina. Ce n'était pas un mensonge. Il lui manquait chaque fois qu'il partait en mission, pour autant elle n'aimait pas la présence qu'il ramenait chez eux lorsqu'il rentrait enfin à la maison. Elle aurait préféré qu'il reste avec sa mère et elle, le même homme admirable que les gens de l'extérieur connaissaient plutôt qu'il devienne ce minable auquel elles avaient droit.

Chaque fois qu'il se saoulait, Thérèse ne pouvait s'empêcher de penser que c'était en partie sa faute s'il éprouvait le besoin de se mettre dans cet état. Parce que, bien qu'elle ait profondément désiré le rendre fier, elle n'était pas à la hauteur de ce qu'il attendait de sa fille. Rien de ce qu'elle était capable d'accomplir n'était jamais suffisant à ses yeux.

Le regard de l'homme devint plus perçant lorsqu'il tomba sur la feuille qu'elle tenait à la main.

Elle sentit son corps tout entier se crisper lorsqu'il lui posa la question qu'elle redoutait tant :

– Qu'est-ce que c'est ?

Son cœur cessa de battre un instant, avant de reprendre ses pulsations à un rythme effréné.

– Rien.

Son père se leva de son fauteuil et envoya rouler nonchalamment sa bouteille un peu plus loin, répandant le reste de son contenu sur le sol.

– Tu mens maintenant ? C'est nouveau. Montre-moi.

Thérèse eut une vaine tentative pour l'empêcher de lui arracher la copie des mains.

Quand il la déplia, elle vit son sourcil gauche s'arquer.

– C'est une note que tu veux me cacher ?

Une sueur froide coula le long de la colonne vertébrale de la jeune fille tandis qu'il commençait à parcourir le document du regard. Elle cessa de respirer. La fureur remplaça la curiosité sur le visage de l'homme au moment où ses yeux finir inévitablement leur course sur la note en question.

Le premier zéro de toute sa vie.

Elle ignorait pourquoi, son professeur semblait avoir une dent contre elle. Aussi lorsque sa voisine lui avait demandé si elle pouvait lui emprunter un correcteur lors du contrôle, l'homme avait sauté sur l'occasion pour accuser Thérèse de tricher en réclamant des réponses. Il s'était alors fait un plaisir mesquin de tracer au rouge vif un ovale parfait sur sa copie.

Le teint de son père vira du carmin au livide, retournant l'estomac de la jeune fille qui attendit anxieusement qu'il explose pour de bon. Ce moment ne tarda pas à arriver. L'homme jeta la feuille au sol après l'avoir réduit en boule et se mit à hurler :

– Je peux savoir CE QUE ÇA SIGNIFIE ?!

Elle déglutit avec difficulté en ouvrant la bouche pour s'expliquer, mais il ne lui en laissa pas le temps.

– Dis-moi, ce n'est pas comme ça que je t'ai élevé, mon ange. EST-CE QUE JE T'AI APPRIS A ÊTRE UNE BONNE A RIEN ?!

Thérèse sentit sa gorge se nouer sous la menace des larmes de honte et de terreur qui lui montaient aux yeux. Elle s'efforça de les contenir en se mordant cruellement la lèvre inférieure. Elle secoua négativement la tête.

— Pourquoi je me suis donné tant de peine alors SI C'EST POUR QUE TU FINISSES QUAND MÊME COMME TA MÈRE ?!

Les larmes ruisselaient déjà sur les joues de sa femme lorsqu'il avait commencé à hausser le ton sur leur fille. Elles redoublèrent à ses mots. Elle tenta malgré tout de s'interposer fébrilement.

— Chéri, je t'en prie, ne sois pas si…

— TOI, FERME TA GUEULE !

Elle obéit sans insister et ses sanglots s'intensifièrent encore. Thérèse ne s'attendait pas à plus de sa part, elle n'avait jamais su faire face à son mari. La jeune fille ne lui reprochait pas. Personne ne pouvait tenir tête au chef d'armée. Personne.

Son corps se mit à trembler lorsque l'homme reporta son attention sur elle et se mit à hurler ces mots qui la marqueraient encore des années plus tard sans qu'elle se soit rendu compte sur le moment de l'impact qu'ils avaient eu.

Ceux qui la pousseraient par la suite à toujours viser au-delà de ses limites.

— Tu me déçois ! Espèce de bonne à rien ! NE T'AVISE PLUS JAMAIS DE ME DÉCEVOIR !

C'en était trop. Les larmes prirent le dessus, et à la seconde où la première roula sur sa joue, l'homme entra dans une fureur noire. Il lui colla une gifle mémorable qui faisait encore bourdonner ses tympans une heure plus tard.

— Tu me fais HONTE !

Elle ferma les yeux, tentant tant bien que mal de garder contenance encore un peu pour ne pas fondre en sanglots devant lui. Pour ne pas le laisser gagner en s'écroulant à ses pieds.

Le visage de son père était si proche du sien qu'elle pouvait sentir son haleine boisée par le scotch.

– Tu es tout juste bonne à finir comme ta mère ! C'EST ÇA QUE TU VEUX ! FINIR COMME TA MÈRE ?!

Elle secoua la tête de gauche à droite, le menton tremblant. Elle ne pouvait pas craquer maintenant. Elle ne devait pas craquer maintenant. Elle mordit sa lèvre jusqu'à ce qu'un goût métallique emplisse son palais.

Son père sembla enfin se calmer un peu, bien que la colère continuât de briller dans ses yeux sombres.

– Fous le camp, je ne supporte plus de te voir. DÉGAGE, JE TE DIS !

Elle monta s'enfermer dans sa chambre sans se faire prier et laissa enfin s'effondrer ses barrières pour donner libre cours à des sanglots qui secouèrent son corps si violemment qu'elle fut surprise que ses os ne se brisent pas sous ses tremblements.

Plus jamais elle ne laisserait une chose pareille arriver de nouveau. Plus jamais. A présent, elle saurait se montrer à la hauteur. Elle s'en fit la promesse. A partir de ce jour, elle ferait partie des meilleurs.

« NE T'AVISE PLUS JAMAIS DE ME DÉCEVOIR ! »

Elle fit tout ce qui fut en son pouvoir pour que ça n'arrive plus.

Thérèse soupire et s'allonge sur le côté dans son canapé, à bout de force.

Son corps lui fait mal à force de trembler sous ses sanglots, mais maintenant qu'ils se calment enfin, ses muscles douloureux se relâchent peu à peu.

Elle laisse échapper un bâillement, accablée de fatigue et s'essuie le nez d'un revers de manche à défaut d'avoir la force pour aller chercher un mouchoir.

Elle se sent soudain vidée de toutes ses substances. Son énergie, ses émotions, ses larmes. Cependant, la jeune femme se sent également étrangement plus légère, comme débarrassée d'un boulet qu'elle traînerait derrière elle depuis des années sans même s'en rendre compte.

Son esprit s'embrume peu à peu à mesure que l'épuisement la gagne. Son corps s'alourdit dans les coussins, sa respiration se fait plus lente et régulière tandis qu'elle se laisse glisser dans un sommeil sans rêve.

Thérèse ouvre difficilement les yeux lorsque l'alarme de son portable sonne le lendemain matin. A cause des larmes de la veille, ses paupières sont engluées l'une contre l'autre.

Elle s'étire en bâillant, encore groggy, tout en constatant avec surprise que les rayons du soleil inondent déjà le salon d'une lueur anormalement vive. Elle saisit son téléphone pour jeter un coup d'œil à l'heure et ses pupilles s'écarquillent aussitôt.

– Merde ! Merde, merde, merde !

Elle comprend mieux maintenant pourquoi le soleil est déjà si haut, il est presque dix heures ! Et si son alarme ne sonne que maintenant, c'est tout simplement parce qu'elle ne l'a pas entendu les…

Un, deux, trois, quatre…

Seize premières fois ! Une sonnerie tous les quarts d'heure depuis six heures et demie !

Elle se lève d'un bond et se précipite dans sa chambre le temps de troquer sa tenue de la veille dans laquelle elle a dormi pour des vêtements propres, ne manquant pas au passage de se prendre le gros orteil dans la table basse du salon.

– Putain !

Elle se passe rapidement la main sur le visage pour chasser les dernières bribes de sommeil qui persistent encore et se change en vitesse avant de foncer au bureau.

Si Weber lui tombe dessus, elle est mal.

La jeune femme arrive devant la porte de son bureau, haletante. Une main posée sur son cœur battant après avoir pratiquement couru pour arriver jusqu'ici. Elle s'accorde le temps de prendre quelques profondes respirations pour retrouver son souffle avant d'entrer.

Par chance, personne ne semble s'être aperçu de son absence. Ses collègues sont trop absorbés par leur propre travail et son patron n'a probablement pas dû quitter son bureau de la matinée.

Thérèse passe une main dans sa tignasse brune pour tenter de remettre un peu d'ordre dans ses cheveux ébouriffés, puis une fois qu'elle a suffisamment repris contenance, ouvre enfin la porte.

Son cœur cesse de battre dans sa poitrine lorsque le dossier de son fauteuil pivote soudain avec lenteur pour lui dévoiler Weber qui l'attend paisiblement, installé derrière son bureau.

Il la dévisage de son regard perçant.

– Je trouve que vous arrivez bien tard pour quelqu'un qui doit me rendre son projet dans à peine deux jours, Besson.

Il se lève et contourne la table pour venir s'y adosser sans la quitter de ses yeux aussi sombres que deux abysses.

La jeune femme pâlit.

– Je… Enfin, je me m'étais endormie et je n'ai pas

190

entendu…, commence-t-elle à bredouiller avant que l'homme ne la coupe en levant une paume rassurante tout en se parant d'une expression étrangement calme et indifférente qui ne la rassure pas le moins du monde

— Peu m'importe l'heure à laquelle vous arrivez du moment que j'ai votre travail sur mon bureau à la première heure vendredi matin, lui lâche-t-il simplement.

Un éclat menaçant s'allume cependant dans son regard lorsqu'il ajoute :

— En revanche, il est clair qu'au vu des circonstances, je ne tolérerai aucun retard.

Le visage de la jeune femme se décompose et elle hoche fébrilement la tête. Weber prend tranquillement la direction de la sortie, non sans l'avoir avant laissé entrevoir son rictus satisfait.

Il se retourne une dernière fois au moment de saisir la poignée.

— Vous feriez bien de vous y mettre si vous ne voulez pas passer la nuit ici. L'heure tourne, Besson. Tic-tac, tic-tac.

Sur ce, il s'en va pour de bon, laissant la jeune femme en plan et nauséeuse.

Thérèse sent sa gorge se nouer en songeant au travail qui lui reste encore à accomplir avant vendredi pour finir son plan. C'est à la fois ridicule à côté de ce qu'elle et ses chefs de produit ont accompli jusqu'ici, mais énorme si on regarde le temps qui leur reste.

Les derniers de ses collègues ont quitté les locaux depuis maintenant plusieurs heures et la nuit commence à tomber. La jeune femme soupire en se levant avec peine pour allumer la lumière de son bureau avant de finir par ne plus rien y voir du tout.

Une fois chose faite, elle se laisse tomber plus qu'elle ne se rassoit dans son fauteuil. Maintenant que Weber a surpris son retard, ce matin, elle n'a plus d'autre choix que de lui rendre ce qu'il désire en temps et en heure sinon qui sait de quoi il serait capable.

La jeune femme tente donc de se reconcentrer sur son écran, mais il faut dire que la nuit précédente est loin de l'avoir reposé et elle tombe de fatigue. Ses paupières se font de plus en plus lourdes, tout comme le reste de son corps qui tend au sommeil. Elle tente de résister en se donnant une claque sur la joue pour se réveiller, mais cela lui accorde à peine quelques secondes de répit avant que ses yeux ne recommencent à se fermer d'eux-mêmes.

192

Un café. Voilà ce dont elle a vraiment besoin pour se maintenir éveillée. Un café bien serré.

Thérèse s'efforce de se redresser bien que son corps entier proteste d'être arraché au confort de son siège. Elle sort de son bureau pour se rendre dans la salle de repos.

Aucun bruit ne trouble le silence des locaux hormis le son du clavier de Weber sur lequel la jeune femme l'entend taper frénétiquement depuis des heures.

Elle se surprend à se demander comment il fait. L'homme semble passer son temps dans son entreprise à travailler jour et nuit comme s'il ne dormait jamais, et ce, sans jamais montrer le moindre signe de faiblesse. A sa place, n'importe qui se serait déjà effondré depuis longtemps.

Mais Weber n'est pas n'importe qui justement.

La lumière artificielle de la salle de repos est aveuglante après l'obscurité des couloirs déserts. Elle grogne en plissant les paupières lorsqu'elle allume l'éclairage.

La jeune femme sort une tasse du placard et lance la machine à café. Elle profite du temps qu'elle se remplisse, pour se passer un coup d'eau froide sur le visage et tenter vainement de se remettre les idées en place.

Elle se sèche les mains et récupère son mug de café brûlant avant de s'installer à table, les yeux mi-clos. Si elle cesse de lutter contre l'appel du sommeil, il ne fait aucun doute qu'au bout de la minute suivante, elle dormira profondément.

Son cœur tressaute dans sa poitrine lorsque que la porte de la salle s'ouvre soudain.

A cause de la fatigue, elle n'a pas fait attention que les claquements réguliers des doigts de Weber sur son clavier ont cessé depuis quelques minutes et ne l'a non plus entendu approcher.

L'homme lui jette à peine un regard en entrant dans la pièce. Il ne parait pas le moins du monde surpris de la croiser ici à une heure pareille. Il se contente de se diriger sans un mot vers l'armoire verrouillée par un cadenas au fond de la salle et dont il est le seul à détenir la clé.

Thérèse le regarde faire en luttant toujours pour empêcher ses paupières de se clore contre son gré.

Les employés d'*Unlimitless* s'amusent souvent à imaginer ce que peut bien refermer ce meuble de si mystérieux pour que leur supérieur garde son contenu à double tour. Ils ont élaboré tout un tas d'hypothèses tournant autour du sexe pour répondre à la question. Films et revues pornographiques, *sex-toys*, lingerie féminine…

L'homme sort un trousseau de sa poche et ouvre l'armoire dont il extrait ce qui semble à la jeune femme être une bouteille de rouge.

Ses pupilles s'écarquillent lorsqu'elle le voit ensuite tirer deux verres à vin dans lesquels il verse le liquide pourpre.

– Qu'est-ce que vous faites ? ose-t-elle demander après un moment.

– Fermez les yeux.

Le temps d'une hésitation, la responsable *marketing* n'en fait rien. Elle se demande si ce n'est pas la fatigue qui la fait délirer.

– Fermez les yeux, insiste-t-il d'une voix plus profonde qu'à l'accoutumée tout en lui jetant un coup d'œil alors qu'il achève de remplir le second verre.

Elle frissonne, mais obéit finalement. Après tout, si tout ça n'est que le fruit de son imagination, elle le saura bien assez tôt.

Pendant une bonne minute, il ne se passe rien et la jeune femme perçoit uniquement les sons que produit Weber en refermant le placard. Puis son nez se retrouve soudain empli d'une odeur prenante à la fois fruitée et subtilement boisée qui lui fait aussitôt rouvrir les yeux, surprise.

Son patron tient devant elle l'un des deux verres de rouge.

– A quoi cette odeur vous fait-elle penser ?

La jeune femme demeure d'abord muette devant sa question, trop perplexe pour prononcer le moindre mot, puis voyant qu'il attend une réponse de sa part, elle finit tout de même par remarquer :

– On dirait un parfum de fruits rouges… Mêlé à celui des bois après la pluie.

L'homme hoche doucement la tête en rapprochant le vin de son propre visage pour en humer à son tour les fragrances avec attention.

– Une robe profonde, une odeur prometteuse. Que diriez-vous de goûter cette bouteille avec moi ?

Il lui tend le verre qu'il tient dans son autre main et Thérèse le saisit d'un geste hésitant, peinant toujours à croire ce qui est en train de se passer.

Weber penche imperceptiblement la tête vers l'arrière en portant le verre à ses lèvres pour s'humecter la langue du liquide pourpre avec la même subtilité que s'il goûtait au nectar des Dieux.

Thérèse suit son exemple de manière plus rustre. Si son patron semble être habitué à la consommation de vins prestigieux, ce n'est pas son cas.

Le palais de la jeune femme se retrouve alors empreint d'un

surprenant arôme de rose.

– Une bouche suave et dense… Une excellente bouteille, conclut Weber.

La responsable *marketing* hoche la tête avec approbation. Elle ne possède pas suffisamment de connaissance en la matière pour s'épancher sur le sujet, mais partage son avis.

L'homme prend appui de sa main libre contre la table et la regarde reprendre une gorgée de rouge et laisser l'alcool parcourir ses veines.

– Vous savez, je trouve votre persévérance remarquable, lui annonce-t-il finalement de but en blanc.

Thérèse relève un regard étonné dans sa direction en déglutissant avec difficulté.

– Je vais être honnête avec vous, après notre dernière entrevue, j'ai pensé que vous n'iriez pas jusqu'au bout du projet que je vous ai confié, mais que vous vous contenteriez de me le rendre en dehors des délais. J'admets avoir eu tort. Je n'aurais pas dû douter de ma première impression sur vous. Vous savez réellement donner le meilleur de vous-même lorsque la chose est nécessaire. Sachez que c'est une qualité rare que j'apprécie particulièrement chez mes employées.

Le cœur de la jeune femme fait un bond dans sa poitrine.

– Je… Merci.

– C'est sincère, dit-il simplement en portant le liquide à ses lèvres.

La jeune femme hoche la tête en vidant d'une traite la fin de son verre, encore sous le choc.

L'homme repose le sien sur la table et un sourire étrange allume son visage. Thérèse songe que c'est bien la première fois qu'elle voit s'étirer sur sa bouche autre chose qu'un rictus.

Puis d'un coup, sans qu'elle sache pourquoi, son esprit se fait soudain brumeux et confus. Ses muscles se relâchent brusquement. Son corps était déjà fébrile à cause de sa fatigue, mais cette fois-ci, elle sent que ce sont ses dernières forces qui l'abandonnent sans prévenir.

– Vous vous sentez bien Besson ?

La voix de Weber lui parvient lointaine et étouffée.

La jeune femme ouvre la bouche pour lui répondre, mais le monde ploie autour d'elle. Avant qu'elle n'ait pu prononcer le moindre mot, c'est le noir complet.

Son cœur bat dans ses tempes et une douleur insoutenable vrille le crâne de Thérèse lorsqu'elle revient progressivement à elle. La jeune femme laisse échapper un gémissement. Elle ignore où elle se trouve ainsi que ce qui a bien pu se passer au cours de ses dernières heures.

Son premier réflexe est de tenter d'entrouvrir un œil pour avoir au moins une idée de l'endroit où elle a atterri. Elle regrette néanmoins sa tentative à la seconde où lumière du jour franchit la barrière de ses paupières et l'aveugle en amplifiant sa migraine. Elle les rabaisse aussitôt pour calmer les pulsations dans son crâne et décide de rester un moment les yeux fermés avant de faire une nouvelle tentative.

En sollicitant sa mémoire autant que lui permet son mal de tête, la jeune femme parvient peu à peu à restituer les derniers souvenirs qu'elle garde d'avant sa perte de connaissance. Elle revoit Weber qui lui demande si elle se sent bien au moment où le monde vacille.

Elle fronce les sourcils, les paupières toujours closes. Usant du peu de forces intellectuelles qui lui reste, la responsable *marketing* s'évertue à remonter le fil de ses pensées pour se rejouer mentalement les scènes qui ont précédé, tâchant du même temps de se remémorer le plus de détails possibles. Seulement, plus elle remonte dans sa mémoire et plus

198

ce qu'elle entrevoit lui paraît absurde. Elle a probablement tout imaginé pendant qu'elle était inconsciente, il n'y a pas d'autre explication possible. Jamais son patron ne lui aurait proposé de prendre un verre avec lui avant de la complimenter pour son travail acharné.

Elle secoue prudemment la tête pour chasser cette idée stupide. Mis à part dans son imagination, il n'y aucune chance pour que ce genre de chose se soit produit dans la vraie vie.

Son ouïe restée inactive jusque-là se remet soudain à fonctionner. Thérèse entend alors une porte claquer au loin au moment où elle rouvre enfin les yeux. Elle demeure un instant éblouie par les rayons du soleil qui dardent dans sa direction.

La première chose qu'elle voit lorsque sa vision s'habitue enfin à la lueur vive est le visage inquiet d'Achille penché sur elle.

Elle laisse échapper un cri de surprise et heurte assez violemment le dossier du canapé sur lequel elle découvre être allongée en reculant brusquement.

La jeune femme lance rapidement un coup d'œil autour d'elle, et remarque qu'elle se trouve dans un salon décoré de manière simple et minimaliste et meublé avec goût bien qu'il manque selon elle d'une touche féminine. Elle devine à la présence d'Achille dans la pièce qu'elle doit être chez lui.

L'homme se pare d'un sourire rassurant et se redresse de sa position accroupie.

– Enfin, tu te réveilles ! On a bien cru que tu ne reprendrais jamais connaissance. Excuse-moi si je t'ai fait peur, ajoute-t-il.

Elle fronce les sourcils.

« On » ?

Elle se remémore alors la porte qu'elle vient d'entendre

claquer et comprend que la personne qui se trouvait avec Achille a dû partir en la voyant reprendre connaissance.

Elle se redresse prudemment en position assise et prend un instant pour masser ses tempes douloureuses dans l'espoir de soulager son crâne avant de demander d'une voix rauque :

– Comment je suis arrivée là ?

Elle se rend compte en prenant la parole à quel point sa gorge est sèche et douloureuse.

Comme s'il lisait dans ses pensées, Achille s'empresse de saisir un verre d'eau sur la table basse et lui tend. Elle le vide d'une traite avec reconnaissance pendant qu'il répond à sa question :

– Hélène s'inquiète énormément pour toi ses derniers temps. Elle trouve que depuis que Weber t'a confié ce projet, tu n'es plus vraiment toi-même. Elle voulait te convaincre de prendre du recul vis-à-vis du travail et comme elle sait que tu commences ton service tôt en ce moment, elle voulait profiter que les autres ne soient pas encore arrivés pour te parler. Elle m'a proposé de l'accompagner et j'ai accepté.

Thérèse fait le lien entre les explications d'Achille et le claquement de la porte. Elle devine que son amie est restée à son chevet le temps de s'assurer qu'elle reprenait bien connaissance, puis s'est empressée de mettre les voiles en la voyant émerger. Elle hoche la tête sans parvenir à déterminer quel sentiment prédomine en elle à cet instant. Bien qu'elle ressente un certain agacement à l'idée que la blonde s'entête à la surveiller comme si elle était incapable de se gérer seule, savoir qu'elle continue de garder un œil sur elle malgré tout ce qu'il s'est passé entre elles gonfle sa poitrine d'une douce chaleur.

— C'est en arrivant au bureau qu'on t'a retrouvé inconsciente dans le couloir, conclut Achille.

Thérèse demeure pensive un instant. Si les derniers souvenirs qu'elle garde d'avant son évanouissement étaient réels, alors elle aurait logiquement dû se trouver dans la salle de repos et non dans le couloir comme Achille vient de le mentionner. Cette incohérence confirme son intuition première que son tête-à-tête avec Weber n'est que le fruit de son imagination.

— Je… Enfin, j'étais seule quand vous êtes arrivés ? demande-t-elle pour mettre définitivement un terme à ses doutes.

— Les locaux étaient déserts.

La jeune femme approuve d'un mouvement de tête. Il n'y a rien à ajouter. Son patron ne l'aurait pas laissé seule et inconsciente dans un couloir.

En passant distraitement la langue sur ses lèvres sèches pour les humecter, elle ressent un picotement douloureux à ce contact. En portant l'index à sa lèvre inférieure, elle s'aperçoit que celle-ci est fendillée. Ses sourcils se froncent de surprise.

Devant sa réaction, Achille vient prendre place près d'elle sur le canapé et attrape délicatement son visage entre ses doigts pour le tourner dans sa direction.

— Tu as mal ? lui demande-t-il en effleurant prudemment le coin enflé de sa bouche du bout du pouce.

Ce simple geste déclenche une nuée d'étincelles dans le ventre de la jeune femme. Elle secoue lentement la tête de la gauche vers la droite en signe de négation.

Le garçon relâche doucement son menton en laissant une sensation de froid là où ses doigts se trouvaient encore quelques instants auparavant.

— On dirait une morsure. Tu as dû te faire ça en tombant.

– Sûrement.

Thérèse repose le verre sur la table basse. Sa tête continue de lui faire mal, mais ce n'est plus qu'un élancement supportable. Elle décide donc de refaire une tentative pour se lever. Achille quitte le canapé d'un bond en la voyant prête à se redresser. Lorsqu'elle prend appui sur ses jambes flageolantes, la jeune femme vacille quelques instants, la vision momentanément obstruée par des tâches lumineuses, mais elle parvint à se rétablir et à reprendre rapidement ses esprits.

– C'est bon, le rassure-t-elle. Merci.

Il relâche prudemment son bras qu'il avait attrapé pour l'empêcher de basculer.

– Tu veux te reposer ? Il y a une chambre à l'étage.

Comme elle secoue négativement la tête, il reprend :

– Tu te souviens de ce qui s'est passé avant que tu ne perdes connaissance ?

Thérèse prend un instant pour réfléchir à sa question puis finit par lui apporter une nouvelle réponse négative. Maintenant qu'elle est pratiquement certaine d'avoir imaginé sa soirée avec Weber, elle n'a plus aucune idée de ce qui a pu réellement se passer.

– Je travaillais, j'imagine.

– Avec Hélène, on a pensé que tu faisais un malaise vagal.

Elle opine pensivement en se souvenant de son état de fatigue intense de la veille qui pourrait justifier une perte de connaissance.

– En tout cas, si c'est ça, je vais mieux maintenant, annonce-t-elle en répondant au regard inquiet du garçon par un sourire rassurant.

Achille soupire.

– J'espère au moins que tu as retenu la leçon est que tu vas prendre du temps de te reposer maintenant.

Thérèse se mordille le bas de la lèvre.

– Oui…

Il fronce les sourcils.

– Pourquoi est-ce que j'ai le sentiment que ce n'est pas ce que tu comptes faire ?

– Il faut vraiment que je finisse le projet avant. Achille, c'est important pour moi ! Je suis à ça de réussir ! J'ai tenu le rythme jusque-là, je ne suis plus à une journée près, tente-t-elle de plaider en le voyant lever les bras au ciel dans un geste excédé.

– Demande à Gabriel de s'en charger !

– Je suis la seule qui puisse régler les derniers points du plan !

– Putain, mais… TU AS CONSCIENCE QUE ÇA AURAIT PU ÊTRE BEAUCOUP PLUS GRAVE ?!

Son cri la fait taire aussitôt. Elle ne l'avait jamais entendu hausser le ton auparavant.

– Si tu étais mal tombée, si tu t'étais blessée gravement et que personne n'avait été là pour te venir en aide ?! Tu as eu une chance immense de tomber de tout ton poids et de t'être seulement entaillée la lèvre ! Alors par pitié arrête de jouer avec le feu ! Tu vois bien que tu es à bout de force, merde !

La jeune femme reste silencieuse, forcée d'admettre qu'il a raison lorsqu'il affirme qu'il y aurait pu avoir des conséquences bien pires.

– Je ne serais pas seule aujourd'hui en cas de problème ! insiste-t-elle tout de même.

– RE-POSE-TOI !

– Pas avant d'avoir fini le projet. Je n'ai besoin que d'un jour de plus. Un seul. Après ça, je te promets de poser une semaine.

203

Achille serre les dents en roulant au ciel des yeux excédés. Thérèse se redresse pour soutenir son regard lorsqu'il ramène son attention sur elle.

– De toute façon, tu ne peux pas m'empêcher d'y retourner, fait-elle valoir avec une assurance feinte.

– Tu es vraiment butée !

– S'il te plaît.

Il ferme les yeux et laisse échapper un soupir résigné malgré l'inquiétude qui se peint sur son visage crispé.

– Tu l'as dit toi-même, je ne peux t'empêcher de rien.

La tension retombe entre eux. Thérèse s'approche de lui, le cœur battant. Elle hésite un instant avant de déposer timidement une main apaisante sur son épaule. L'homme la surprend en plaçant la sienne par-dessus, inondant son épiderme de sa chaleur et le faisant d'un même temps se couvrir de chair de poule.

– Ça va aller, je te le promets…, le rassure-t-elle doucement. Je finis le projet, je le rends à Weber demain matin, comme il le demande et ensuite, je prends une pause bien méritée.

– Tu ne peux pas me promettre que tout ira bien alors que, toi-même, tu n'as aucune idée de ce qui pourrait se passer, rétorque-t-il.

Elle sourit face à la justesse de ses paroles.

– C'est vrai, admet-elle.

Elle laisse son regard se perdre un instant dans celui d'Achille tandis que sa main quitte son épaule pour venir se lover contre son visage, et après un dernier regard, glisse furtivement un baiser sur sa joue avant de s'écarter pour rompre leur proximité.

Le garçon la laisse faire sans esquisser le moindre geste ni prononcer la moindre parole.

– J'y vais, conclut-elle en se dirigeant vers la sortie pour aller finir son projet, laissant l'homme seul avec ses pensées.

En arrivant dans les locaux d'*Unlimitless*, Thérèse prend directement la direction de son bureau sans perdre une seconde. Il ne lui reste plus grand-chose à faire pour achever le plan du projet, en s'y mettant sérieusement, elle a toutes ses chances d'avoir terminé avant la fin de la journée.

Lorsqu'elle passe devant la salle de repos, son œil s'égare un instant à l'intérieur de la pièce. Ce qu'elle aperçoit lui fait momentanément oublier son empressement.

Hélène est installée à table, seule, le regard rivé sur le contenu d'une tasse café qu'elle triture nerveusement sans lui porter attention, plongée dans ses pensées. Thérèse, qui l'a rarement vu aussi préoccupée, s'en veut en devinant qu'elle est sans aucun doute la cause de son anxiété.

Bien que les deux femmes ne s'adressent plus la parole depuis leur dispute, elle sait que ce n'est pas cela qui empêche son amie de se ronger les sangs à son sujet.

Le cœur de la responsable *marketing* fait un bond dans sa poitrine lorsque la blonde relève soudain les yeux de sa tasse. Les regards se croisent.

Les pupilles de la blonde s'écarquillent de surprise en laissant deviner à Thérèse qu'elle ne s'attendait pas à la voir ici après son malaise de la vielle.

Malgré son air perplexe et son expression désapprobatrice,

Hélène ne prononce mot. Toutes les deux se contentent de se dévisager en silence jusqu'au moment où Thérèse rompt leur contact visuel en se détournant brusquement pour rejoindre son bureau.

Elle file à travers le couloir puis une fois dans la pièce, referme prudemment la porte derrière elle en soupirant. Être en froid avec Hélène, mais surtout la voir si mal pour elle, la rend malade. Elle a hâte de terminer le projet pour retrouver la complicité passée avec sa meilleure amie.

Elle prend place derrière son ordinateur et l'allume, fin prête à achever le travail que Weber lui a confié il y a presque trois mois. Trois mois qui comptent parmi les plus éprouvants de sa vie. Trois mois d'enfer qui touchent à leur fin.

Thérèse est brusquement tirée de sa concentration dans le courant de la matinée lorsqu'un éclat de voix lui parvient depuis le couloir. Au début, elle l'ignore simplement et se contente de se replonger dans sa tâche, mais le haussement de ton se répète et cette fois-ci il retient son attention, car elle reconnaît la voix d'Achille.

Elle se lève et se glisse aussi silencieusement que possible hors de son bureau, piquée de curiosité et parée à aller prêter main forte au jeune homme.

Elle rejoint l'origine du son sur la pointe des pieds et reste camouflée à l'angle du couloir pour prendre connaissance de ce qui se passe.

La jeune femme aperçoit d'abord Achille. Le garçon est en train de soutenir le regard de son interlocuteur, l'air à la fois coupable et agacé. Puis, en laissant ses yeux dériver vers la gauche, elle se rend compte que la personne qui lui fait face n'est autre qu'Hélène.

La blonde le contemple si sombrement, que si ses yeux pouvaient lancer des éclairs, elle l'aurait déjà foudroyé sur place.

– Tu étais censé la SURVEILLER, putain !

– J'ai essayé de la convaincre de se reposer ! Mais figure-toi que je n'ai pas le pouvoir de l'empêcher de faire ce qu'elle a décidé !

Thérèse écarquille les yeux en comprenant qu'ils sont en train de parler d'elle. Elle tend alors attentivement l'oreille pour écouter la suite.

Hélène presse les paupières l'une contre l'autre en se pinçant l'arête du nez, excédée.

– C'était vraiment trop te demander DE LA GARDER CHEZ TOI ?!

– TU VOULAIS QUE JE FASSE QUOI ?! QUE JE LA RETIENNE DE FORCE ?!

– SI C'ÉTAIT LA SEULE SOLUTION POUR L'EMPÊCHER DE SE METTRE EN DANGER, ALORS OUI, PUTAIN !

La mâchoire de la commerciale se contracte tandis qu'elle s'efforce de reprendre son calme.

Le cœur de Thérèse se serre dans sa poitrine lorsqu'elle constate l'inquiétude qui marque profondément les traits de sa meilleure amie.

Achille doit lui aussi se rendre compte de l'agitation inhabituelle de la blonde, car son visage se radoucit instantanément.

– Écoute, elle doit simplement finir son projet ensuite, elle m'a promis de poser une semaine pour récupérer. Ça m'a paru être un bon compromis. Surtout que d'une certaine façon, elle n'a pas tout à fait tort lorsqu'elle dit qu'elle n'est plus à un jour près, fait-il valoir.

A ses mots, la jeune femme relève sur lui un regard assassin. Elle s'approche du garçon, le doigt pointé sur sa poitrine.

– Je te PROMETS que SI JAMAIS il lui arrive QUOI QUE CE SOIT parce qu'elle a trop tiré sur la corde. JE T'ÉTRIPE PUIS JE T'ÉTRANGLE AVEC TES VISCÈRES ! lui hurle-t-elle une dernière fois avant de faire volte-face et de retourner s'enfermer dans son bureau en claquant la porte derrière elle.

Un silence pesant retombe dans le couloir.

Achille soupire puis finit, lui aussi, par retourner travailler.

Thérèse reste immobile encore quelques instants, le temps de digérer la scène à laquelle elle vient d'assister, puis les imite.

Il est plus que temps qu'elle mette fin à cette situation en terminant ce putain de projet.

Thérèse s'efforce de ne pas trépigner lorsqu'elle frappe à la porte du bureau de Weber, tôt le lendemain matin. Aussi loin qu'elle se souvienne, elle ne s'est jamais sentie aussi impatiente qu'aujourd'hui à l'idée de se rendre dans le bureau de son supérieur. La pochette qui contient le fruit de ces trois derniers mois de travail acharné sous le bras, elle attend impatiemment qu'il lui donne la permission d'entrer.

Les premiers de ses collègues commencent à peine à arriver pour une nouvelle journée de travail, tandis qu'elle s'apprête à rendre le projet le plus éprouvant qu'il lui ait été demandé de réaliser depuis le début de sa carrière.

Un frisson mi d'impatience, mi d'appréhension lui court le long de la colonne vertébrale lorsque la voix glaciale de l'homme annonce enfin :

– Entrez !

Elle passe l'ouverture sans hésitation et s'avance directement jusqu'au bureau de son supérieur pour lui remettre son travail.

L'homme fixe momentanément la pochette qu'elle dépose devant lui sans un mot, avant de relever sur elle ses iris sombres avec un rictus satisfait.

Il attrape la chemise pour jeter un bref coup d'œil aux documents qu'elle renferme concernant la gamme de produits que Thérèse et ses chefs de produit ont élaboré, ainsi que la

211

stratégie *marketing* et son plan.

– Je savais que vous en étiez capable, Besson, annonce-t-il contre toute attente en la laissant retomber sur la table. Je vais consulter ça rapidement et vous tiendrais au courant de la suite.

La jeune femme opine d'un signe de tête en respirant à nouveau.

Elle s'affaisse soudain lorsque son regard est attiré par le reflet d'une bouteille de vin rouge sur l'une des étagères derrière son patron. Son corps se crispe intégralement quand il lui semble reconnaître celle de son rêve.

Elle n'avait jamais remarqué sa présence lors de ses précédentes visites, mais elle serait également incapable d'affirmer qu'elle ne s'est jamais trouvée là.

En la voyant fixer si attentivement un point derrière lui, Weber fronce les sourcils et se retourne pour suivre son regard. Lorsqu'il aperçoit l'objet de son attention, il se redresse de son fauteuil et saisit délicatement la bouteille entre les mains pour la ramener vers elle. La jeune femme ne peut se détacher du contenant entamé d'un quart.

– Un Grand cru de 1996, une bouteille de prestige. Elle m'a coûté une fortune, mais c'est un rouge absolument divin, lui présente-t-il sans la quitter des yeux. C'est une pièce rare. Mais elle ne vous semble pas méconnue, je me trompe ?

Thérèse secoue la tête pour reprendre ses esprits et répond vaguement :

– Il me semble en effet l'avoir déjà vue…

Il hausse un sourcil.

– Puis-je vous demander où exactement ?

Elle hésite puis :

– … Dans un rêve, je crois.

212

– Un rêve ? Un rêve agréable dans ce cas.

Elle opine distraitement en réprimant un frisson, perdue dans ses pensées.

Comment a-t-elle pu rêver de cette bouteille si Weber affirme sa rareté et qu'elle est pratiquement certaine de ne l'avoir jamais vue en dehors de son songe avant aujourd'hui ? Thérèse retourne la question dans tous les sens. Sûrement l'a-t-elle en réalité déjà aperçue en venant rendre visite à son patron dans son bureau et son cerveau en a inconsciemment imprimé l'image. C'est la seule explication plausible.

La jeune femme se tire à sa torpeur en se détachant du contenant pendant que Weber le remet à sa place.

– Vous semblez épuisée, Besson, remarque-t-il lorsqu'il revient à elle.

Ses yeux sombres et perçants la fixent avec une intensité qui lui donne la chair de poule malgré la chaleur qui règne dans la pièce. Ils finissent par se poser sur sa lèvre fendillée et elle les voit alors presque aussitôt se réduire à deux fentes. Comme si cette vision provoquait quelque chose chez l'homme, sans qu'elle sache quoi exactement.

– Vous vous êtes blessée ? demande-t-il en désignant sa bouche.

Thérèse porte instinctivement le doigt sur la plaie et ce mouvement a pour effet de faire se durcir le regard de son patron et s'intensifier son éclat étrange.

– C'est à cause d'une mauvaise chute. J'ai fait un malaise hier…, parvint-elle à articuler en guise d'explication.

L'air se raréfie dans la pièce. Comme lors de sa précédente visite, les murs du bureau semblent brusquement se resserrer en étau autour de la jeune femme en faisant naître une sensation

213

d'oppression dans sa poitrine.

L'homme hoche tranquillement la tête avant de suggérer :

– Sûrement la fatigue.

– C'est ce que je pense aussi.

– Peut-être devriez-vous prendre quelques jours pour récupérer ?

– Je souhaitais justement vous demander si c'était possible, lâche-t-elle dans un souffle, moins soulagée que surprise qu'il lui propose de lui-même sans qu'elle ait à plaider sa cause.

Elle qui craignait qu'il refuse. C'est dire dans l'état pitoyable où elle doit être pour que Weber lui conseille de se mettre au repos.

– Je vous accorde le reste de votre journée ainsi que la semaine qui arrive. Cela me laissera le temps de consulter ce que vous venez de me rendre et de commencer à envisager la suite, quant à vous, celui de vous remettre sur pied.

– Merci.

– Vous pouvez y aller.

La jeune femme s'incline poliment avant de sortir du bureau en laissant échapper un léger soupir où se mêle à la fois la satisfaction du travail accompli et le soulagement.

Elle en a fini pour de bon avec la stratégie commerciale et le plan des nouveaux produits. Certes, il lui restera encore à superviser les opérations jusqu'à la mise en vente, mais cela attendra son retour dans une semaine et ce ne pourra jamais être pire que le travail qu'elle vient d'accomplir dans un délai record.

La responsable *marketing* respire profondément, soudain plus légère et délestée d'un poids immense. Elle rejoint son bureau pour aller y récupérer ses affaires avant de s'en aller en se sentant déjà mieux d'avoir achevé sa tâche.

Céleste fait son apparition devant la porte du bureau de Thérèse au moment où celle-ci achève de rassembler ses affaires. La femme prend appui contre l'encadrure de la porte et l'observe qui s'apprête à partir avec curiosité.

– Tu t'en vas ?

La responsable *marketing* se retourne d'un bloc, surprise. Elle ne l'avait pas entendu approcher.

– Oui, je viens de rendre le projet à Weber. Il m'a accordé une pause d'une semaine, lui répond-elle en esquissant un sourire.

Céleste hoche la tête avec approbation.

– Il était temps. J'ai appris pour ton malaise, au fait.

– Ah.

A croire que dès qu'il se passe quoi que ce soit au sein de cette entreprise, tout le monde finit par être au courant.

La jeune femme récupère sa veste et glisse la bandoulière de son sac à main sur son épaule. Céleste la regarde faire en s'écartant de son passage quand elle sort de son bureau en refermant la porte derrière elle.

Thérèse aperçoit le visage de la quinquagénaire se froncer soudain lorsque ses yeux se posent sur sa plaie.

– Tu t'es fait ça en tombant ? demande-t-elle en contemplant avec attention sa lèvre fendillée du même regard étrange que Weber précédemment.

216

Thérèse hoche la tête.

– Oui. J'ai eu de la chance de m'en tirer avec une simple morsure, répond-elle prudemment prise au dépourvu par la mine grave de son interlocutrice.

Céleste secoue la tête comme pour chasser une idée de son esprit.

– Beaucoup de chance, c'est vrai. Quoi qu'il en soit, profite de tes jours de congé pour te reposer ! Conclut-elle en laissant finalement un sourire sincère rallumer son visage.

Thérèse lui rend.

– Merci, j'y compte bien.

Les deux femmes se saluent et la responsable *marketing* s'empresse de rentrer chez elle, bien décidée à rattraper ses heures de sommeil en retard depuis ces dernières semaines. Elle en oublie jusqu'à la réaction étrange de Céleste.

Après avoir refermé la porte de son appartement derrière elle, Thérèse abandonne son sac à main dans l'entrée, sa veste sur une chaise et va directement s'effondrer sur son lit sans même prendre la peine de se changer. Elle a rêvé de ce moment durant trois longs et interminables mois.

A peine est-elle allongée sur les draps moelleux qu'elle se laisse immédiatement gagner par la fatigue et sombre en quelques instants dans un profond sommeil sans rêve.

* * *

Thérèse dort pendant pratiquement vingt-quatre heures d'affilée sans se réveiller pour quoi que ce soit. Ni manger, ni boire, ou encore se rendre aux toilettes. Du vendredi matin jusqu'au lendemain, elle demeure plongée dans un sommeil de plomb.

Lorsqu'elle émerge péniblement de ce semi-coma et il lui faut fournir un effort considérable pour parvenir à saisir son téléphone sur la table de chevet afin de constater avec surprise depuis combien de temps elle est endormie.

Ses yeux s'agrandissent lorsqu'elle découvre qu'il est 9h 30 et qu'on est samedi matin. Elle se frotte les paupières, vérifie une seconde fois qu'elle ne s'est pas trompée, mais non, elle vient bel et bien de passer la journée de la veille à dormir.

Cela ne lui était jamais arrivé. Elle fait habituellement partie de cette catégorie de personnes qui se satisfont de nuits courtes n'excédant pas les six heures, même le *week-end*. C'est dire à quel point elle devait être épuisée par ces dernières semaines. Elle-même n'imaginait pas avoir tant puisé dans ses ressources.

La jeune femme repose son téléphone près de son lit et s'étire groggy, pour soulager ses muscles fourbus et douloureux après sa longue nuit. Elle reste encore un moment immobile dans son lit à fixer le vide, avant de se convaincre de se tirer de la chaleur des draps pour aller s'hydrater et répondre au besoin de son estomac qui crie famine après vingt-quatre heures sans rien avaler.

Elle glisse prudemment une jambe après l'autre hors du matelas et s'extrait à contre-coeur de son lit dans une suite de gestes lents et patauds.

Thérèse bâille à s'en décrocher la mâchoire, au point que les larmes montent aux bords de ses yeux mi-clos. Puis, elle se traîne péniblement jusqu'à la cuisine, où elle commence par se faire couler un café pour se remettre les idées en place.

Une fois sa dose de caféine avalée et son petit déjeuner prêt, elle rejoint son canapé.

Son bol à la main et les genoux ramenés contre sa poitrine, elle déguste ses céréales qui ne lui ont jamais paru aussi savoureuses qu'après une journée entière de jeûne tout en laissant ses pensées vagabonder.

Une sensation d'apaisement et d'accompli commence par la submerger une nouvelle fois quand elle songe au projet qu'elle a rendu la veille. Son esprit dérive ensuite peu à peu de cette idée pour lui rappeler les regards étranges qu'ont portés Weber et Céleste sur sa lèvre fendillée.

 Inconsciemment, la jeune femme effleure du bout de l'index le renflement de la plaie. Elle ignore pour quelles raisons les deux ont semblé si troublés.

Son cerveau s'égare encore pour lui remettre cette fois sournoisement en mémoire la sensation du pouce d'Achille survolant la blessure avec précaution juste après son malaise. Son corps se couvre de chair de poule.

La jeune femme secoue la tête en sentant son ventre se nouer et ses lèvres s'étirer sur un sourire idiot. Pour se changer les idées, elle finit son bol de céréales devant le premier programme télévisé sur lequel elle tombe lorsqu'elle allume le poste.

Thérèse se sent déjà mieux le lendemain. Après une nouvelle grasse matinée, avoir avalé son petit-déjeuner, pris une douche d'une bonne heure et enchaîné tous les programmes idiots que proposait sa télé jusqu'à midi, elle reprend peu à peu des forces. Certes, elle n'est toujours pas dans une forme olympique, mais son état s'améliore.

Vers quatorze heures, alors qu'elle est en train de remplir le lave-vaisselle, la sonnerie de son téléphone l'interrompt dans sa tâche. Elle sèche ses mains sur son jean, à défaut d'avoir mieux à portée, pour pouvoir saisir son portable et sourit en découvrant un message de Gabriel.

Gabriel . 14 H 06

Je viens d'apprendre que mademoiselle s'est fait offrir des vacances par Weber pendant que nous continuons de travailler. -_-

Je rigole, c'est mérité. Tu as tout donné sur ce projet. Je n'en reviens toujours pas que tu l'aies fini à temps ! Profite bien de tes congés. J'espère que tu vas bien. On se voit lundi ! ;)

221

La jeune femme tape rapidement une réponse pour le remercier et reprend où elle en était, le sourire aux lèvres.

A peine une dizaine de minutes plus tard, c'est cette fois la sonnerie de l'immeuble qui la coupe.

Elle glisse une dernière assiette dans le lave-vaisselle avant d'aller voir à l'interphone de qui il s'agit, piquée de curiosité. Elle n'attend pourtant personne.

Un homme apparaît sur la caméra, un pot de fleurs dans les bras. Il porte un sweat avec imprimé sur le torse ce qui doit être le logo de l'entreprise pour laquelle il travaille, une branche de camélia stylisée. Thérèse active le microphone.

– Bonjour ?

– Bonjour, j'ai une commande pré-payée pour Madame Besson.

– C'est moi, confirme-t-elle, surprise. Je vous ouvre. Deuxième étage à gauche.

Thérèse déverrouille l'accès de la porte extérieure, perplexe.

Peu de temps après, l'homme toque à la porte. La jeune femme s'empresse de lui ouvrir. Elle récupère le pot et signe l'accusé de réception effectivement à son nom, puis elle referme la porte.

Elle contemple la plante avec attention sans parvenir à déterminer de quelle fleur il s'agit. Il lui faut avouer qu'elle ne s'y connaît pas vraiment dans ce domaine. En le tournant dans tous les sens, elle finit par trouver sous le pot une étiquette qui l'informe sur l'espèce du végétal :

Cypripedium Calceolus
ou Orchidée sabot de Vénus

Elle prend un moment pour observer l'orchidée dont la forme des fleurs lui évoque vaguement quelque chose sans qu'elle parvienne à déterminer quoi. Puis Thérèse la dépose sur la table de la cuisine et s'attelle à la libérer du papier transparent qui l'enveloppe.

Une carte qu'elle n'avait pas remarquée jusque-là, masquée par les pétales imposants, glisse à ses pieds. Elle se penche pour la ramasser.

Elle ne contient qu'un bref message :

*Rien de tel qu'une plante aux senteurs de miel
pour t'apaiser et te remettre sur pied.
En espérant te revoir très vite.*

Elle retourne le carton, mais il ne contient rien d'autre.
Thérèse le repose sur la table tout en s'interrogeant sur l'identité de l'expéditeur. Ce ne peut pas être Gabriel. L'homme lui en aurait parlé dans le message qu'il vient de lui envoyer. Hélène est toujours fâchée contre elle, qui plus est cela ne lui ressemble pas. Son cœur fait un bond dans sa poitrine lorsqu'elle songe qu'il pourrait s'agir d'Achille.

Elle laisse un sourire lui échapper à cette idée. Cela ne l'étonnerait pas que le garçon ait ce genre d'attention.

Elle sort son téléphone de sa poche arrière à la recherche de son numéro parmi ses contacts, bien décidée à en avoir le cœur net.

L'homme décroche dès la seconde sonnerie. Thérèse hume profondément le parfum de l'orchidée pour constater les dires du message.

L'effluve de miel qui en émane lui rappelle la voix douce d'Achille qu'elle entend justement au même moment dans son oreille :

– Allô ?

– Salut, dit-elle en calant son portable entre son visage et son épaule pour pouvoir en même temps saisir le pot de fleur à deux mains et chercher un endroit où le mettre en valeur. Je ne te dérange pas ?

– Pas du tout. Comment tu te sens après ces premiers jours de repos ?

– Très bien.

Elle dépose l'orchidée en évidence sur son meuble télé, face à la fenêtre du salon, puis recule de quelques pas pour admirer le résultat avec satisfaction.

Thérèse reprend ensuite l'appareil dans la main droite pour redresser sa nuque douloureuse.

Elle doit relever la tête un peu trop brusquement, car elle est soudain prise d'un vertige. Elle ferme momentanément les yeux, le temps de reprendre ses esprits et va s'asseoir sur le canapé pour continuer la conversation.

– Je n'arrive toujours pas à croire que Weber t'ait proposé de te donner des congés ! s'exclame Achille avec un sourire dans la voix. Il a dû tomber sur la tête, ce n'est pas possible autrement !

– Je crois que personne n'y croit réellement, approuve Thérèse.

Elle ne sait pourquoi, son vertige ne passe pas. C'est même le contraire, elle a l'impression qu'il empire. La jeune femme commence à se sentir nauséeuse et s'efforce à se focaliser sur la discussion pour penser à autre chose.

– Merci, dit-elle pour relancer l'échange au moment où un silence tente de s'immiscer entre eux.

– Pour quoi ?

Thérèse est prise d'un haut-le-cœur qu'elle réprime de justesse. La bile repart dans sa gorge en lui laissant un goût acide dans la bouche.

Elle déglutit avec difficulté. La jeune femme se sent de plus en plus mal. La sueur commence à perler le long de son front sans qu'elle comprenne ce qui lui arrive.

– Pour…

Elle se coupe dans sa phrase le temps de se souvenir de la raison pour laquelle elle souhaitait le remercier. La tête lui tourne comme dans un manège. Son silence doit s'éterniser parce qu'Achille lui repose la question comme si elle ne l'avait pas entendu la première fois :

– Pour quoi ?

– Pour… la fleur, se rappelle-t-elle enfin.

Son corps lui paraît anormalement lourd.

– Quelle fleur ? Thérèse, est-ce que tu te sens bien ? Tu m'as l'air étrange tout à coup.

– Non… je…

Elle va vomir d'un instant à l'autre. La jeune femme tente de se lever pour rejoindre les toilettes, mais elle n'a pas fait un pas hors du canapé que ses jambes cèdent brutalement sous son poids.

Elle s'effondre à quatre pattes sur le carrelage.

Thérèse grimace lorsqu'elle voit son poignet droit prendre un angle anormal en heurtant le sol.

Son téléphone lui échappe dans sa chute pour atterrir un peu plus loin, hors de sa portée

Le monde tourne à vive allure autour d'elle. Elle ne parvient plus à se retenir et rend le contenu de son estomac. Son corps chauffe comme s'il prenait feu.

Elle entend à peine la voix d'Achille qui s'échappe encore de son portable, lui intimant de ne pas raccrocher et lui annonçant qu'il arrive.

La jeune femme ferme les yeux dans l'espoir de soulager sa nausée. Elle se sent faible.

Sa vision vacille et ses dernières forces l'abandonnent tandis qu'elle s'effondre au milieu du salon.

Ses paupières se ferment contre son gré. Sa dernière pensée avant de perdre connaissance est qu'elle ne les rouvrira plus.

Lorsque Thérèse reprend connaissance, c'est son ouïe qui revient en premier. Avant d'être capable d'ouvrir les yeux, elle entend d'abord deux voix masculines auprès d'elle.

Les premiers mots qu'elles s'échangent lui parviennent étouffés comme si on lui avait bourré les oreilles de coton, puis de plus en plus claires.

– Je crois qu'elle se réveille, murmure la première.

C'est une voix chaude dont le timbre lui est familier bien qu'elle ne parvienne pas à mobiliser suffisamment de matière grise sans empirer sa migraine pour l'associer à un visage précis.

Les sensations commencent lentement à réhabiliter ses membres morts avec des fourmillements douloureux.

– Vous avez raison.

La seconde à une sonorité plus grave.

– Madame, est-ce que vous m'entendez ? demande-t-elle.

Thérèse essaie d'ouvrir la bouche pour répondre, mais rien ne se produit.

– Si vous m'entendez, serrez ma main.

Elle use le peu de force qu'elle parvient à mobiliser pour s'exécuter fébrilement.

– Vous allez retrouver vos facultés progressivement, ne vous inquiétez pas. Vous êtes restée inconsciente plusieurs

227

heures, cela peut donc prendre un moment. C'est tout à fait normal.

Effectivement, après quelques minutes qui lui paraissent une éternité, Thérèse retrouve lentement le contrôle de son corps.

Elle peut enfin ouvrir les yeux et contempler les deux hommes à son chevet. Celui à la voix douce qui a annoncé son réveil n'est autre qu'Achille, qui la dévisage avec inquiétude. Quant au second, il s'agit d'un homme d'une soixantaine d'années à la chevelure grisonnante et qu'elle n'a jamais vu. La blouse qu'il porte et le badge à sa poitrine lui indique qu'il s'agit d'un médecin.

En tournant prudemment la tête pour jeter un œil autour d'elle, elle s'aperçoit qu'elle se trouve dans une chambre d'hôpital.

– Comment vous sentez-vous ?

Thérèse prend un instant pour contempler le décor qui l'environne, avant de reporter son attention sur le sexagénaire.

Elle veut lui répondre, mais sa bouche cartonneuse et sa gorge affreusement sèche l'empêche d'émettre autre chose qu'un son éraillé lorsqu'elle essaie de prendre la parole.

Comprenant sa situation, l'homme s'empresse de lui tendre le verre d'eau qui repose sur la table de chevet.

La jeune femme esquisse instinctivement un geste pour s'en saisir de la main droite, mais s'aperçoit avec surprise que l'extrémité de son bras est immobilisée par une attelle.

– Vous vous êtes foulé le poignet en tombant, l'informe le médecin devant son air surpris.

Thérèse opine de la tête et prend finalement le contenant de sa main valide. Elle s'efforce à le boire par petites gorgées et à ne pas le vider d'une traite.

– Comment vous sous sentez ? demande-t-il de nouveau.

228

– Faible, mais ça va, répond-elle enfin, une fois sa soif apaisée.

– C'est tout à fait normal. Est-ce que vous avez une idée de ce qui vous est arrivé ?

Thérèse secoue lentement la tête en signe de négation.

– Vous avez fait une réaction à un surdosage de fentanyl.

Le ventre de la jeune femme se retourne. Elle reste pendant un moment incapable de la moindre réaction et essaie en vain de digérer l'information.

Elle n'est pas spécialiste sur le sujet, mais elle n'est pas non plus sans savoir que le fentanyl est un puissant sédatif. Pour autant, elle n'en a jamais pris et n'en possède même pas. Comment est-il possible qu'elle ait fait un surdosage ?

– Vous êtes sûr ?

– Absolument.

– Il doit y avoir une erreur, insiste-t-elle perplexe.

– Le diagnostic est formel, lui assure l'homme. Vous avez eu une chance immense que votre ami ait été au téléphone avec vous à ce moment-là et qu'il ait pu prévenir les secours.

Thérèse sent ses mains se mettre à trembler fébrilement et son cœur à battre violemment dans sa poitrine, en proie à l'incompréhension la plus totale.

– Je ne comprends pas…

– Est-ce que vous suivez un traitement spécifique qui nécessite la prise de ce genre de substance ?

– Non…

Le visage du médecin se pare d'une expression compréhensive sans que la jeune femme comprenne immédiatement pourquoi.

– Est-ce que vous rencontrez une période difficile en ce moment ? Des problèmes familiaux, une situation

229

stressante… ?

Thérèse se mordille le bas de la lève. Elle échange un regard à la dérobée avec Achille et devine sans peine qu'ils pensent à la même chose.

Elle répond vaguement après une hésitation :

— Disons que j'ai eu un rythme de travail assez intensif ses derniers temps, admet-elle.

L'homme hoche lentement la tête en la contemplant avec attention, puis il reprend avec calme d'un ton lourd de sous-entendu :

— Je ne sais pas si vous le savez, mais certaines personnes, lorsqu'elles sont soumises à une forte pression, manifeste parfois un besoin important de se « détendre » et peuvent avoir recours à l'utilisation de ce genre de produit pour relâcher la tension. Lorsqu'on sait où chercher, pour mon plus grand dam, il est possible de s'en procurer relativement facilement. Dans d'autre cas, il arrive également que le fentanyl soit absorbé inconsciemment s'il a été coupé à une autre drogue pour des raisons économiques.

— Je n'ai rien pris ! s'insurge Thérèse devant l'allusion à peine voilée.

— Je ne vous reproche rien, s'empresse-t-il de tempérer. Je constate simplement les faits. Sinon par une prise volontaire, comment expliquez-vous la présence de drogue dans votre organisme ?

Thérèse ne sait que répondre à ça.

— Est-ce qu'on a pu lui en administrer sans qu'elle ne s'en rende compte, s'informe Achille.

La jeune femme sent son ventre se nouer à cette idée.

Le médecin secoue formellement la tête en signe de négation.

– Cela me semble très peu probable. Le fentanyl a un effet pratiquement immédiat. A moins que quelqu'un lui en ait fait avaler ou inhaler quelques minutes avant son évanouissement, c'est impossible. Or, vous nous avez bien mentionné qu'elle se trouvait seule au moment de sa perte de connaissance.

Thérèse observe un voile sombre tomber sur le visage d'Achille. Il lui adresse un bref regard en coin, avant de se détourner pour se perdre dans ses pensées.

– Je vous assure que je n'ai rien pris ! se défend-elle farouchement.

Le sexagénaire la fixe gravement pendant un instant avant de conclure :

– Nous aurons tout le temps de reparler de ça plus tard. Je vais vous laisser un moment tous les deux et je reviendrai faire le point avec vous dans une heure.

Puis sans donner le temps à Thérèse de contester de nouveau, il sort de la chambre en refermant la porte derrière lui.

La jeune femme attend qu'il soit parti pour chercher à plonger son regard suppliant dans les yeux clairs d'Achille. Le garçon s'entête cependant à fixer le mur devant lui.

– Je te promets que je n'ai pas pris cette merde. S'il te plaît, dis-moi que tu me crois, toi, au moins.

Il pince les lèvres.

– Je ne sais pas. Je ne sais plus… On se demandait comment tu faisais pour tenir un rythme pareil… Admet que ça nous offre une bonne explication. Putain…

Il souffle imperceptiblement en fermant les yeux.

La jeune femme se sent aussi perdue que lui.

– Achille, crois-moi… Je n'ai rien pris !

Quand il reporte enfin son attention sur elle, c'est pour la couvrir d'un regard incertain.

– Comment tu expliques le surdosage dans ce cas ? Tu as entendu comme moi ce qu'a dit le médecin…

Les larmes montent malgré elle aux yeux de Thérèse et l'angoisse lui retourne l'estomac. Elle aimerait avoir la réponse à cette question.

– Écoute, je n'ai réellement aucune putain d'idée du comment ni du pourquoi, et je ne te cache pas que toute cette histoire commence sérieusement à me faire peur. Je te *promets*, je *jure* que je n'ai jamais pris un truc pareil !

Le doute qui persiste sur les traits d'Achille lui fait fermer les yeux quelques instants et laisser échapper un soupir frustré.

Quand a-t-elle bien pu se retrouver en contact avec du fentanyl ?

Puis soudain, elle rouvre brusquement les paupières lorsque le déclic se produit dans son esprit.

– Il a bien dit que le fentanyl pouvait être absorbé aussi bien par voie orale que nasale, pas vrai ?

Les sourcils du garçon se froncent avec incompréhension face à sa réaction soudaine.

– Oui, il me semble.

– La fleur !

Thérèse se redresse brutalement sur son lit, ignorant le vertige qui la prend à ce mouvement.

– Je t'appelais justement parce que je venais de recevoir une fleur d'un expéditeur inconnu et je pensais que c'était toi qui l'avais envoyée.

– Je ne t'ai rien fait de tel, lui assure-t-il de plus en plus perplexe.

– Avec la fleur, il y avait un message qui m'incitait à en

232

respirer le parfum, continue-t-elle sans s'interrompre. C'est donc ce que j'ai fait. Juste avant de commencer à me sentir mal, précise la jeune femme en plongeant son regard dans celui d'Achille.

Ses yeux s'agrandissent lorsqu'il comprend où elle veut en venir.

– Tu penses que la personne qui te les a envoyées a volontairement cherché à te droguer ?

Elle hausse les épaules.

– C'est la seule explication que j'aie.

Le garçon se passe la main sur le visage.

– Putain de merde !

Il commence à faire des aller-retours dans la pièce pendant que Thérèse sent la peur monter progressivement en elle.

– Tu te rends compte de ce que ça signifie ? reprend-il.

– Je crois que… non… je n'arrive pas à intégrer ce qui se passe, admet-elle doucement.

– Quelqu'un a voulu s'en prendre à toi !

Entendre ses doutes prononcés à voix haute par Achille suffit à faire monter encore d'un cran l'angoisse de la jeune femme et lui donne la chair de poule. En remarquant son état, le garçon se radoucit aussitôt et s'applique à adopter une attitude rassurante.

– Qu'est-ce qu'on fait ? demande-t-elle.

– Déjà, il est hors de question que tu restes seule dans ton appartement.

Elle approuve d'un signe de tête.

– Tu vas venir vivre chez moi, le temps qu'on trouve une solution, conclut-il.

Thérèse sent aussitôt son pouls s'accélérer dans sa poitrine.

Aller vivre chez lui.

Aller. Vivre. Chez. Lui.

Elle se répète silencieusement ces mots plusieurs fois dans son esprit comme pour tenter de leur donner plus de sens, puis comme Achille semble attendre une réponse de sa part, finit par approuver.

– Oui, je vais venir vivre chez toi.

– Voilà, dit-il en écarquillant les yeux comme s'il prenait lui aussi seulement conscience de sa proposition et de ce qu'elle implique.

– Oui.

– Hum.

Après ça ils restent silencieux.

Thérèse finit par se laisser gagner par le sommeil, épuisée par les émotions de ces dernières heures.

La jeune femme est tirée du sommeil lorsque le médecin refait son apparition dans la chambre.

Elle émerge rapidement et se redresse sur les draps. Il la salue d'un mouvement de tête cordial.

– Les examens auxquels nous avons procédé ne révèlent aucunes complications. Vous allez pouvoir rentrer chez vous, lui annonce-t-il après avoir brièvement parcouru son dossier des yeux.

– D'accord, merci.

– Vous n'avez plus qu'à signer quelques documents de formalité à l'accueil et vous pourrez sortir.

Elle opine. L'homme continue cependant de la dévisager et Thérèse pressent qu'il n'en a pas fini.

– Avant ça, j'aimerais tout de même revenir avec vous sur la présence de fentanyl retrouvé dans votre organisme, reprend-il en confirmant son intuition. Une prise de drogue, quelle qu'elle soit, peut créer une dépendance forte et se révéler extrêmement dangereuse. Celle-ci d'autant plus qu'un mauvais dosage, même relativement minime, peut entraîner une mort rapide.

Thérèse frissonne en songeant à ce qui se serait passé si elle en avait inhalé plus.

– Je ne compte pas signaler votre cas, car vous

m'avez tout l'air de quelqu'un de suffisamment responsable pour prendre conscience des dangers inutiles que vous encourrez si vous persistez à consommer ce genre de produits ; cependant, cela signifie que vous êtes à présent la seule qui puisse décider d'arrêter votre consommation avant qu'elle ne devienne à risque. Vous ne présentez encore aucun de signe de dépendance, mais ne sous-estimez la force addictive des drogues, la prévint-il gravement.

La jeune femme soutient son regard et décide de taire ce qu'elle et Achille ont découvert un peu plus tôt. Elle ignore encore ce qu'elle compte faire de cette information et préfère la garder pour elle en attendant de prendre une décision. D'autant plus qu'il y a peu de chances pour que l'homme la croit.

Elle se contente donc de hocher docilement la tête.

– Je vais me reprendre en main, ajoute-t-elle pour qu'il la laisse tranquille.

– Si jamais vous avez besoin d'aide, n'hésitez pas à revenir vers moi, je pourrai vous guider vers un confrère spécialisé dans ce genre de cas.

– Je m'en souviendrai.

– Bien, vous pouvez y aller. Je vous souhaite une bonne continuation.

Sur ces mots, il sort avec un air satisfait après que les deux jeunes gens l'aient salué en retour.

Thérèse soupire en s'extrayant du lit avec prudence.

Une fois qu'elle cesse de vaciller sur ses jambes flageolantes, elle enfile ses chaussures et récupère ses affaires pour se rendre ensuite à l'accueil avec Achille afin de signer les papiers de sortie.

Ils quittent le bâtiment en fin de soirée.

— Il faut que je récupère quelques affaires chez moi avant qu'on rentre, annonce Thérèse en prenant place sur le siège passager de la voiture d'Achille.

Il hoche la tête en démarrant.

Ils n'ont pas échangé un mot depuis qu'elle a accepté sa proposition de venir s'installer chez lui et ils ne parlent pas plus de tout le trajet. Thérèse contemple le paysage qui défile derrière la vitre, perdue dans ses pensées. Elle essaie de digérer ce qui vient de se passer, tandis que le garçon reste concentré sur la route, les mains crispées sur le volant. Lorsqu'ils arrivent dans le quartier de la jeune femme, la nuit tombe.

Après vingt minutes à tourner en rond pour essayer de trouver une place où se garer, Achille finit par s'arrêter au bord d'un trottoir.

— Tu vas descendre ici et commencer à rassembler tes affaires pendant que je cherche une place, lui annonce-t-il. Ça nous fera gagner un peu de temps.

Elle approuve et descend dans la rue. L'homme repart après qu'elle ait claqué la portière derrière elle. La jeune femme franchit rapidement les quelques mètres qui la séparent encore de son immeuble et prend une profonde inspiration au moment d'en franchir le portail.

Elle gravit les marches quatre-à-quatre jusqu'au deuxième

étage. Elle se souvient seulement en arrivant devant sa porte qu'elle n'a pas les clés sur elle. Elles doivent encore se trouver dans l'appartement. Elle tente quand même, à tout hasard, d'abaisser la poignée et l'ouverture s'entrebâille aussitôt. Le cœur de la jeune femme s'accélère dans sa poitrine. La porte est restée ouverte en son absence. Évidemment personne n'a pensé à verrouiller derrière eux quand les secours l'ont transportée à l'hôpital.

Thérèse frissonne en songeant que n'importe qui a donc pu pénétrer chez elle en son absence et s'y trouve peut-être encore, y compris l'expéditeur des fleurs.

Elle hésite un moment devant l'entrée avant de se décider à la franchir d'un pas mal-assuré.

Elle rejoint d'abord la cuisine, où elle s'empresse d'allumer les lumières pour jeter un œil à l'intérieur. Une fois sûre que la pièce est déserte, alors seulement, elle s'avance vers le tiroir qui contient ses ustensiles de cuisine et s'arme d'un couteau en céramique pour reprendre l'exploration de son appartement.

Elle fait méticuleusement le tour de chaque pièce, une à une, les mains fermement serrées autour du manche, prête se servir de l'objet au moindre signe de danger.

Son cœur bat violemment dans ses tempes.

Elle songe au moment passer la porte de sa chambre qu'elle aurait peut-être mieux fait d'attendre avec Achille qu'il gare la voiture pour monter avec lui. Mais maintenant qu'il ne lui reste plus qu'une pièce à vérifier autant aller au bout des choses. Elle n'a rien trouvé d'étrange jusque-là, cela la détend un peu.

Elle entrouvre la porte, sur le qui-vive.

Rien.

Elle fait le tour de la chambre avec attention, puis conclut qu'elle est belle et bien seule dans l'appartement.

Elle laisse échapper un soupir de soulagement en saisissant finalement son sac de voyage dans son armoire et commence à le remplir de tout ce dont elle aura besoin. Jamais elle ne s'est sentie aussi peu en sécurité dans sa propre chambre. Elle y jette quelques vêtements, un pyjama et ses produits d'hygiènes de base, dentifrice, brosse à dent, etc. Et retourne au salon pour récupérer son téléphone

Quand elle arrive dans la pièce principale, elle aperçoit presque immédiatement l'appareil sur le carrelage. Elle le saisit en priant pour qu'il fonctionne encore malgré sa chute et souffle en constatant qu'il n'a rien. Elle le glisse distraitement dans son sac et récupère son chargeur.

Alors qu'elle s'apprête prendre son bagage sur l'épaule pour s'en aller, des bruits de pas se font soudain entendre qui avance dans sa direction.

Son cœur lui remonte dans la gorge.

Thérèse resserre aussitôt sa prise sur le couteau en céramique qu'elle n'a pas lâché et le pointe vers l'avant.

Chacun de ses muscles est tendu à craquer. Son pouls s'affole. Ses poumons la brûlent tandis qu'elle retient son souffle.

Les sons se rapprochent de plus en plus.

Elle lève la lame en laissant échapper un cri lorsqu'une silhouette fait soudain son apparition dans la pièce.

Celle-ci pousse à son tour un hurlement de surprise en voyant la jeune femme armée et prête à attaquer. Thérèse écarquille les yeux quand elle s'aperçoit après quelques secondes qu'il ne s'agit que d'Achille.

Il la contemple, le visage aussi blême que le sien.

— Wow, lâche-t-il sous l'effet du choc et de la terreur qui l'ont envahis pendant un instant. Je crois que je viens de voir ma vie défiler devant mes yeux…

La jeune femme laisse retomber son bras le long de son corps. La tension redescend progressivement pour céder place à la fureur.

– ÇA T'AURAIT ÉCORCHÉ LA LANGUE DE PRÉVENIR AVANT D'ENTRER ! hurle-t-elle avec des gestes excédés, le couteau toujours entre les mains.

Achille s'approche prudemment.

– Excuse-moi. La porte était ouverte, je n'ai pas pensé que je pourrais te faire peur.

Il profite qu'elle soit occupée à le foudroyer du regard pour lui reprendre le couteau des mains et le déposer sur un meuble à l'écart.

La jeune femme ferme les yeux et respire profondément le temps que sa respiration revienne à la normale.

– Abruti ! marmonne-t-elle en saisissant ses affaires.

Le garçon s'avance dans la pièce sans tenir compte de sa remarque et s'approche avec curiosité du pot qui contient l'orchidée posée sur le meuble télé.

– C'est celle-ci la fleur que tu as reçue ? Lui demande-t-il en restant à bonne distance de la plante.

Elle opine avant de se souvenir qu'il est dos à elle et qu'il ne peut donc pas la voir.

– Oui.

Il incline imperceptiblement la tête de côté et contemple la fleur avec attention.

– C'est marrant la forme des pétales…

La jeune femme s'approche à son tour pour les observer de plus près tout en s'assurant de rester suffisamment éloigné pour ne pas respirer de nouveau leur parfum empoisonné.

Elle entrouvre la bouche, stupéfaite.

– On dirait…

– Un clitoris, complète-t-elle de plus en plus perplexe.

Ils restent un moment à contempler la fleur en silence. La peau de Thérèse se couvre de chair de poule.

– Tu penses que c'est un hasard ? demande-t-elle à Achille bien qu'elle ait déjà son propre avis sur la question.

Il fait la moue sans lui donner immédiatement sa réponse, mais elle la devine à ses traits crispés.

– Je n'en sais rien.

Il se détourne brusquement pour reporter son attention sur elle.

– C'est bon, tu as toutes tes affaires, on peut y aller ?

Elle approuve d'un hochement de tête et il la suit à l'extérieur. Elle prend cette fois le soin de récupérer son trousseau dans l'entrée et de fermer précautionneusement la porte à clé derrière eux.

En verrouillant, elle ne peut s'empêcher de se demander quand elle remettra les pieds chez elle après ce qui vient de se passer.

Ils rejoignent sans un mot la voiture qu'Achille est finalement parvenu à garer à un bon quart d'heure de marche de l'immeuble et partent ensemble chez le garçon.

Achille ouvre la porte de chez lui et s'efface pour laisser entrer Thérèse.

– Il y a une chambre d'ami à l'étage dans laquelle tu peux t'installer si cela te convient, lui annonce-t-il en refermant derrière eux.

La jeune femme approuve tout en le suivant dans le salon. Elle resserre un peu plus sa prise sur la lanière de son sac, scrutant la pièce autour d'elle sans arrêter son regard sur quoi que ce soit en particulier, mais plutôt pour ne pas croiser le regard du garçon. Elle ignore pourquoi, elle se sent soudain mal à l'aise en sa présence. Peut-être est-ce l'idée d'habiter chez lui qui la rend si nerveuse.

– Je te fais visiter ? Reprend-il quand un silence pesant tente de s'immiscer entre eux.

– Je veux bien.

Thérèse se laisse guider dans une visite de la maison, dont elle ne connaissait jusque-là que le salon pour s'y être réveillée après son malaise la première et dernière fois qu'elle est venue ici.

L'habitation est plutôt spacieuse lorsqu'on sait qu'Achille y vit seul.

Le salon et la cuisine sont deux pièces bien distinctes,

contrairement à ce à quoi Thérèse est habituée dans son appartement. Il y a deux cabinets de toilette, l'un au rez-de-chaussée et l'autre accolé à la salle de bain à l'étage, où se trouve également la chambre du garçon ainsi que celle que la jeune femme va occuper.

Ils terminent justement sa visite par la chambre d'ami.

– C'est ici que tu vas dormir, annonce Achille en lui ouvrant la porte de la dernière pièce qu'elle n'a pas encore explorée.

Elle rentre et l'observe attentivement du sol au plafond.

L'espace est principalement occupé par un lit *King-size* et un bureau simple. Il est décoré de la même façon minimaliste que le reste de la maison et la gigantesque fenêtre qui pare le mur du fond doit en faire une pièce particulièrement lumineuse en journée.

Thérèse reste muette de stupéfaction en faisant coulisser la porte d'un dressing directement intégré dans le mur qui fait facilement deux fois la taille de l'armoire de sa chambre.

La jeune femme songe qu'elle pourrait, elle aussi, aisément se permettre de vivre dans ce genre de luxe avec son salaire. Lorsqu'elle s'est installée dans son appartement, elle venait seulement d'intégrer *Unlimitless* au poste de manager, ce qui ne lui permettait pas de s'offrir plus. Par la suite, il est vrai qu'après avoir gravi les échelons, il lui est arrivé une paire de fois de penser à déménager pour quelque chose de plus grand, mais étant donné qu'elle vit seule et que son appartement reste relativement spacieux, elle avoue n'avoir jamais vraiment pris le temps de chercher mieux. Trop occupée par son boulot, où elle passe de toute façon la majeure partie de ses journées.

Il est peut-être temps de ramener le sujet sur le tapis.

– Ça te plaît ? lui demande Achille, resté sur le pas de la porte.

– C'est parfait, répond-elle avec un sourire en déposant son bagage sur le sol.

– Tant mieux.

Ils retournent ensuite au rez-de-chaussée. Thérèse suit Achille dans la cuisine où il ouvre le frigo.

– Tu as faim ?

Le ventre de la jeune femme se met à gronder comme pour lui rappeler que son dernier repas remonte à plusieurs heures et qu'après tout ce qui vient de se passer, elle est affamée.

L'homme contemple le contenu du frigidaire en faisant la moue puis finit par en tirer deux boites en carton. L'une verte, l'autre rose.

– Je n'ai pas fait les courses depuis un moment, mais je peux te proposer une Pastabox ? Tu as même le choix entre deux sortes, si ce n'est pas du grand luxe ! (Il tourne les boites pour regarder les saveurs avant de dévisager Thérèse d'un air pensif.) Comme ça, à l'œil, je dirais que tu es plus carbonara que ricotta-épinard.

– Qui mange des pâtes ricotta-épinard ? confirme-t-elle en plissant le nez avec dégoût.

Ils échangent un sourire amusé.

– Je le savais.

Achille se dirige vers le micro-ondes et met les boîtes à réchauffer pendant qu'il sort deux fourchettes d'un tiroir. Il en tend une à Thérèse.

– Merci.

Ils s'installent sur la table à manger du salon avec leur Pastabox et entament leur dîner sans un mot. La jeune femme avale ses premières bouchées avec appétit.

245

C'est Achille qui rompt le silence en lui posant la question à laquelle elle aurait justement aimé pouvoir se dérober.

– Qu'est-ce que tu comptes faire ? Au sujet de la fleur que tu as reçue, je veux dire.

– Je ne sais pas encore, répond-elle pensivement. Tu ferais quoi à ma place ? Je t'avoue que je suis un peu perdue…

Achille prend un moment pour réfléchir à sa question. Puis, après une nouvelle bouchée de pâtes, répond :

– Je pense que j'irai voir la police. Quelqu'un a quand même essayé de t'empoisonner.

– Je ne sais pas...

Elle repose sa box sur la table, l'estomac soudain trop noué pour avaler quoi que ce soit.

– Tu ne sais pas quoi ?

– Imagine s'ils réagissent comme le médecin ? S'ils n'y croient pas, ou pire, s'ils m'accusent de détenir illégalement du fentanyl ?

Si elle est tout à fait honnête, ce qu'elle craint surtout, c'est qu'en prévenant la police toute cette histoire ne prenne une perspective bien trop réelle. Elle n'arrive toujours pas à intégrer l'idée que quelqu'un a cherché à s'en prendre à elle pour une raison qu'elle ignore. Aller porter plainte reviendrait à ne plus pouvoir ignorer ce qui s'est passé et la contraindrait à se confronter à une vérité qui la terrifie.

Achille lui répond par une moue peu convaincue.

– Je ne pense pas que c'est ce qui se produirait. Et sinon, qu'est-ce que tu comptes faire dans ce cas ?

– Je me dis que je pourrai… laisser passer un peu de temps.

C'est vrai, peut-être que maintenant que sa première tentative a échoué et qu'on est sur nos gardes, celui qui a voulu s'en prendre à moi est passé à autre chose.

– Ça me paraît risqué, et dans ce cas cela signifie également qu'il pourrait continuer de faire d'autres victimes, lui fait-il remarquer

Thérèse récupère la boite de pâtes et se remet à manger en silence.

Achille reprend :

– Écoute, c'est ton choix, c'est à toi de faire ce que tu penses être le mieux. Je ne te forcerai à rien. Si tu crois que ne pas en parler à la police pour l'instant est la meilleure option, n'y va pas.

Elle hoche la tête.

– Merci.

Ils terminent leur repas.

– On devrait aller se coucher.

– D'autant plus que tu travailles demain, se rappelle soudain Thérèse.

– Ouais. Ça ira de rester ici toute seule ?

Elle opine par la positive. Quoi qu'il arrive, elle n'a pas vraiment le choix et elle se sent plus en sécurité chez Achille, qu'elle ne l'aurait été seule chez elle.

Elle se lève de table pour rejoindre la chambre à l'étage.

– Merci pour tout Achille.

– Ce n'est rien, répond-il simplement dans un haussement d'épaules tout en récupérant leur boîte vide et leur couvert pour les débarrasser.

– Bonne nuit.

– Bonne nuit.

Thérèse passe une bonne partie de la nuit à se tourner et se retourner dans le lit sans parvenir à trouver le sommeil. Fixant tantôt le plafond, tantôt le mur en face d'elle tout en essayant de calmer le flux de pensées qui l'assaille. Malgré ses efforts, elle finit malgré tout systématiquement par ressasser les derniers évènements.

Lorsqu'elle se réveille le lendemain, le soleil éclaire à peine la chambre de ses premières lueurs par la fenêtre dont les volets sont restés ouverts toute la nuit. La jeune femme s'étire en bâillant et sort de son lit en renonçant à essayer de se rendormir. Elle sait toute tentative perdue d'avance. D'autant plus que le poignet qu'elle s'est foulée la veille commence à l'élancer.

Elle fait rapidement son lit en grimaçant chaque fois qu'elle a à se servir de sa main droite, puis descend retrouver Achille qui est déjà habillé et termine son petit déjeuner dans le salon.

Il la salue en la voyant arriver.

– Bien dormi ?

– Ça va, lui ment-elle en s'installant.

Ses yeux cernés ne doivent pas le convaincre, car il lui lance un regard sceptique.

– Je te sers un café ? demande-t-il sans pour autant la contredire.

248

– S'il te plaît.

Il se lève et revient quelques minutes plus tard avec un mug de café chaud, une assiette, des couverts, ainsi que des tranches de pain de mie, du beurre et de la confiture.

– Je ne sais pas trop ce que tu as l'habitude de petit déjeuner, alors je t'ai ramené ce que j'ai trouvé. C'est tout ce qu'il me reste, s'excuse-t-il en déposant son butin sur la table.

– Ça sera parfait.

– J'essaierai de faire des courses en quittant du bureau.

– Je peux y aller si tu veux, propose aussitôt Thérèse.

– Tu es sûre ? Tu ne préfères pas plutôt te reposer ? Tu es quand même censée être en congé.

– L'un n'empêche pas l'autre.

– Et si celui qui t'a fait livrer les fleurs en profitait justement pour essayer une nouvelle fois de s'en prendre à toi quand tu seras seule ? insiste-t-il.

L'enthousiasme de la jeune femme retombe un peu. Elle n'y avait pas songé.

– Je ferai attention, promet-elle.

Achille hésite encore un instant, mais finit par céder.

– Pourquoi pas dans ce cas. Merci. Tu pourras prendre ce que tu aimes comme ça. Mais promets-moi de m'appeler si jamais il se passe quoi que ce soit d'anormal. Même si c'est juste un mauvais pressentiment ou un vieux qui te regarde de travers.

Elle fronce les sourcils avec amusement.

– Qu'est-ce que j'aurais à craindre d'un vieux mal luné ?

– C'est justement parce que tu te poses la question qu'ils sont dangereux, rétorque-t-il. On ne se méfie pas assez des anciens.

Elle lève les yeux au ciel.

– On croirait entendre Hélène. Fais attention, je crois qu'elle déteint sur toi, le met-elle en garde pour rire. D'ailleurs à ce sujet…

La jeune femme a longuement réfléchi sur la question avant de prendre cette décision lorsqu'elle attendait désespérément le sommeil la nuit dernière.

– Je voudrais que tu gardes pour toi ce qui s'est passé.

Le garçon ne paraît que vaguement surpris par sa demande.

– Si c'est ce que tu souhaites. Mais tu ne penses pas que tu devrais lui en parler ? C'est quand même ta meilleure amie, elle a le droit de savoir, non ?

– Je ne veux pas qu'elle s'inquiète.

– Pour le coup, elle aurait des raisons de le faire. Tu pourrais au moins te réconcilier avec elle, insiste-t-il.

Thérèse secoue négativement la tête.

– Je ne veux pas qu'elle soit mêlée à cette histoire de quelque manière que ce soit. Tant que tout ça ne sera pas réglé, je ne veux pas prendre le risque qu'elle se retrouve en danger à cause de moi.

– En revanche que je prenne des risques en t'hébergeant chez moi, tu t'en fous ? Je m'en souviendrai, lui assure-t-il en adoptant un air faussement vexé pour détendre l'atmosphère qui s'est soudain alourdie.

Et cela fonctionne, car Thérèse hausse un sourcil avec un rictus amusé.

– Toi, tu t'es mêlé à cette histoire tout seul, comme un grand. Je n'y peux rien, réplique-t-elle en enfonçant le couteau dans le beurre avec l'intention de se tartiner un morceau de pain.

Elle laisse échapper un gémissement lorsque le lame résiste dans la motte ce qui réveille la douleur dans son poignet.

– Merde… !

— Tout va bien ? s'inquiète Achille.

— Oui, c'est juste mon poignet qui me fait mal depuis ce matin.

— J'ai du paracétamol si tu veux.

— Je ne suis pas contre. C'est où ?

— Je vais aller te le chercher, annonce-t-il en se levant de table.

— Non pas que je veuille réprimer tes élans *gentleman,* mais tu risques de finir par être en retard si tu traînes trop, lui fait-elle remarquer en désignant l'horloge au-dessus d'eux qui affiche déjà sept-heures et demie.

— Merde, tu as raison ! C'est dans le meuble de la salle de bain. Tu verras, il y a une trousse de médicaments sur l'étagère du haut. Je file.

Thérèse opine et rejoint l'étage pendant que le garçon termine de se préparer. Elle ne tarde pas à trouver ce qu'elle cherche et redescend avec la boîte de paracétamol au moment où Achille quitte la maison en claquant la porte derrière lui. Après son départ, le salon se retrouve plongé dans un silence paisible.

La jeune femme va se servir un verre d'eau dans la cuisine et retourne s'installer à table. Elle remarque alors les deux tartines beurrées dans son assiette et le double des clés de la maison que le garçon a laissé pour elle.

Elle sourit devant l'attention d'Achille et prend place pour en profiter.

Thérèse revient du supermarché en milieu d'après-midi après avoir passé la matinée enfermée dans la maison. Si c'est déjà étrange pour elle de se retrouver chez Achille, ça l'est encore plus lorsqu'il n'est pas là.

Elle a passé la première partie de la journée à refaire le tour de la demeure pour explorer chaque pièce plus attentivement qu'elle n'a eu le temps de le faire la veille, évitant néanmoins d'entrer dans la chambre du garçon pour une question d'intimité relative. Puis, elle s'est laissée aller devant la télévision pour passer le temps et s'est endormie sur le télé-achat, émergeant seulement à l'heure du repas. Achille l'avait prévenu qu'il ne rentrerait pas manger ce midi et qu'elle pourrait se servir ce qu'elle réussirait à trouver. La jeune femme a alors opté pour un reste de pizza à la fraîcheur douteuse déniché dans le fond du frigo, qu'elle a fait réchauffer au micro-ondes. Après ça elle s'est préparée pour aller en course et s'est rendue au supermarché le plus proche.

Elle soupire de soulagement en déposant enfin le sac de provisions sur la table. Elle a pris autant qu'elle pouvait en porter avec un seul bras valide.

Thérèse range ses achats dans les placards, puis se saisit d'un pot de glace à la vanille.

Elle ouvre une paire de tiroirs avant de trouver celui qui

renferme les couverts et y récupère une grosse cuillère. Elle s'installe ensuite sur la table à manger avec sa crème glacée. Elle ramène les jambes contre sa poitrine sur sa chaise et l'entame à même le pot en laissant enfin les évènements de ces dernières semaines la heurter de plein fouet. Dans un moment de fébrilité, elle s'octroie le droit de cesser de maintenir les barrières qui les tenaient à distance, pour les laisser la submerger.

Les larmes se mettent presque aussitôt à dévaler ses joues et la fatigue l'accable d'un coup, pesant sur son corps comme un poids dont on l'aurait lesté.

Tout a commencé avec le projet. La pression, son désir d'en venir à bout malgré les délais impossibles qui lui étaient donnés et son incapacité à se détourner de son objectif devenu toxique. Puis il y a eu le suicide d'Eve, duquel ont découlé le deuil de Jayden et son départ peu après. Hélène et elle ont appris par Kim la relation de l'ex-secrétaire avec leur patron, avant de se disputer et de cesser de se parler. A suivi son premier malaise et comme si ça ne suffisait pas quelqu'un, elle ignore qui, vient d'essayer de la droguer pour une raison qui lui échappe.

Elle se sent lasse et épuisée. Elle a peur. Son amie lui manque. Elle voudrait que les choses reviennent à la normale comme avant toute cette histoire, mais au lieu de ça, elle se retrouve dans une maison qui n'est pas la sienne pour se protéger d'un danger inconnu.

Un gémissement de frustration s'échappe de ses lèvres mi-closes. La jeune femme se laisse aller à sangloter bruyamment jusqu'à ce que ses larmes s'apaisent enfin. Elle est encore un peu plus épuisée qu'avant d'avoir pleuré, mais au moins, se sent-elle également plus calme.

Elle reprend une dernière cuillerée de glace à la vanille puis referme le pot pour le remettre au congélateur.

En regardant l'horloge, elle constate qui lui reste encore deux bonnes heures à tuer avant le retour d'Achille. Elle décide donc de les mettre à profit afin de cuisiner quelque chose pour le repas de ce soir. Ça l'occupera et achèvera de la calmer en lui changeant les idées.

Du moins c'est ce qu'elle croit. Mais c'est sans compter son manque d'expérience en cuisine.

– Merde, merde, merde !

Thérèse se jette sur la poêle qu'elle a oubliée sur une plaque de cuisson au feu maximal et dont le contenu commence sérieusement à fumer. Elle s'empresse de la récupérer et d'éteindre le feu avant de contempler ses steaks à moitié carbonisés en grimaçant. Elle dépose l'objet sur un dessous-de-plat pour faire le point sur l'étendue des dégâts.

La bonne nouvelle, c'est que la viande n'est que partiellement brûlée. En se débrouillant bien, elle peut encore réussir à en sauver une partie et à camoufler l'arrière-goût fumé grâce à la sauce tomate qu'elle a prévue d'y ajouter pour la bolognaise.

La mauvaise ? La poêle a probablement moins d'avenir.

La pièce embaume le brûlé. Thérèse va ouvrir la fenêtre pour renouveler l'air en soupirant. Elle récupère les steaks dans une assiette et passe ensuite la poêle sous l'eau.

Le liquide s'évapore en entrant en contact avec la surface brûlante, puis une fois qu'elle a refroidie, se teinte simplement d'une intense couleur noire.

Ce n'est pas bon signe.

La jeune femme laisse l'ustensile de côté. Elle s'en occupera plus tard. Pour le moment, elle sort une nouvelle poêle du placard afin de terminer de préparer la bolognaise qui doit garnir ses lasagnes avec la partie des steaks qu'elle réussit à sauver.

Elle allume la plaque sur un feu doux cette fois et ajoute la sauce à la viande. Pendant que la préparation chauffe doucement, elle sort son portable pour consulter la recette qu'elle a trouvée sur internet et regarder la prochaine étape.

« Pendant que votre bolognaise chauffe à feu doux, préparez la béchamel. Pour cela […] »

La jeune femme fait la moue en jetant un coup d'œil à la poêle brûlée qui gît piteusement dans l'évier et secoue la tête en ouvrant un nouvel onglet sur son téléphone pour rechercher :

« Par quel ingrédient remplacer la béchamel dans les lasagnes ? »

Elle a déjà manqué de peu de carboniser des steaks en voulant simplement les faire cuire, pas question qu'elle se risque à préparer une béchamel elle-même. Elle préfère autant éviter de mettre feu à la maison pour de bon.

Elle s'apprête à lancer la recherche, mais à la réflexion ajoute avant :

« […] sans moyens de cuisson ? »

Elle ouvre avec une mine satisfaite un site qui propose différentes alternatives et opte pour l'option « remplacer la béchamel par de la crème fraîche. »

Heureusement, comme elle ne sait pas ce qu'Achille à l'habitude d'avoir dans son frigo, elle a pris un peu de tout en allant faire les courses et elle a pensé à en acheter.

Elle la sort du frigo et éteint la sauce pour commencer le dressage des lasagnes en suivant scrupuleusement les instructions.

Une fois satisfaite du résultat obtenu, elle les met au four et lance la cuisson pour vingt-cinq minutes à 200°C.

Pendent que le plat chauffe, Thérèse tente vainement de récupérer le fond de la poêle carbonisée. Elle est cependant contrainte de s'avouer vaincue après avoir essayé avec l'énergie du désespoir, mais sans résultat, toutes les méthodes « miracles » d'internet pour nettoyer une surface brûlée.

Puis comme il commence à faire frais dans la cuisine, elle referme la fenêtre. Une odeur de chaud persiste encore, mais bien plus ténue qu'un peu plus tôt et qui reste supportable.

La jeune femme met la table, puis va s'écraser dans le canapé avec un soupir bruyant, à bout de force. Qui aurait cru que cuisiner des lasagnes pouvait être si épuisant ?

Elle dépose mollement son avant-bras devant ses paupières pour barrer le passage de la lumière et ferme les yeux, prête à laisser le sommeil la gagner. C'est évidemment ce moment précis que choisit Achille pour rentrer du travail.

– C'est moi ! lance-t-il en pénétrant dans le salon.

Elle perçoit le sourire dans sa voix lorsqu'il la voit étalée sur le canapé.

– Dure journée ?

Elle laisse échapper un grognement en rouvrant péniblement les yeux et se redresse à contre-coeur sur les coussins.

– La cuisine. Plus. Jamais.

Les lèvres du garçon s'étirent.

– Tu as cuisiné ? J'aurais dû te ramener chez moi depuis bien longtemps, s'amuse-t-il en laissant choir sa veste sur une chaise de la table à manger avant de la rejoindre dans le divan. Il rejette la tête en arrière dans un bâillement.

– Attends de goûter avant d'avancer quoi que ce soit.

– C'est ça l'odeur de brûlé que j'ai senti en passant devant la cuisine ?

– Probable. Je te préviens qu'une poêle y rester.

– Je crains le pire, rit-il.

Ils restent un moment en silence, étendus sur le canapé et récupérant chacun de leur journée respective jusqu'à ce que la sonnerie du four les tire de leurs pensées. Thérèse se lève aussitôt pour aller chercher ses lasagnes.

Elle prononce une prière silencieuse en ouvrant la porte du four, mais sourit en constatant le résultat plutôt convaincant. Une douce odeur se dégage du plat lorsqu'elle le sort de sa main valide. La couche généreuse de fromage, dont elle l'a garni pour camoufler le goût des steaks un peu trop cuits, a joliment gratinée, lui donnant une allure alléchante. Son estomac qui semble déjà avoir oublié la moitié du pot de crème glacée qu'elle a avalé dans l'après-midi se met à gronder.

Thérèse ramène son œuvre sur la table à laquelle Achille est déjà installé. Il l'aide à la déposer sur un dessous-de-plat.

Ils se servent.

Thérèse prend sa première bouchée avec appréhension. Ses doutes sont cependant rapidement chassés, remplacés par un sentiment de satisfaction.

– Je m'attendais à pire vu la façon dont tu me l'as vendu, déclare Achille après en avoir avalé un bout.

– Je ne te cache pas que moi aussi. Mais c'est vrai que c'est plutôt bon, approuve-t-elle. Je devrais cuisiner plus souvent.

— Pas sûr que ma cuisine ait les épaules pour supporter ça, se moque le garçon.

— Eh ! Je n'ai brûlé qu'une poêle !

— Et à l'odeur, je présume que le reste de la maison a failli y passer avec.

Elle le jauge du regard, mais s'abstient de répondre.

— Tu ne dis plus rien d'un coup.

— Il n'y a rien à ajouter.

Ils prennent leur repas en échangeant sur leur journée respective.

Thérèse songe que ça fait bien longtemps qu'elle ne s'est pas retrouvée à table avec quelqu'un et qu'elle n'a pas mangé autrement que seule dans son appartement. Si elle apprécie la majeure partie du temps de retrouver le soir cette tranquillité et cette solitude après une journée de travail, elle admet qu'il peut parfois s'avérer pesant de n'avoir personne avec qui partager son quotidien.

Elle écoute Achille lui exposer les dernières nouvelles de l'entreprise. Gabriel aurait mentionné, pendant la pause, penser très sérieusement à changer de carrière pour avoir plus temps à consacrer à son fils. Il commencerait même à regarder les offres d'emplois pour lesquelles il pourrait postuler. Thérèse ne peut cacher son contentement, ravie de le savoir enfin décidé à revoir ses priorités pour se concentrer sur ce qui compte vraiment pour lui aujourd'hui, sa famille.

Lorsqu'ils terminent, elle fait mine d'aider Achille à débarrasser, mais il l'en empêche.

— Laisse, je vais m'en occuper, dit-il lorsqu'elle se saisit du plat de lasagne à moitié entamé. Tu en as déjà assez fait aujourd'hui pour quelqu'un qui est censé être en congé. En plus, je ne voudrais pas que ta foulure empire à force de solliciter ton poignet, ajoute-t-il en désignant son attelle d'un bref signe de tête.

Elle approuve et le laisse terminer pendant qu'elle retourne se poser dans le canapé sur lequel il ne tarde pas à la rejoindre.

– Ça ne te gêne pas d'être ici ? lui demande-t-il soudainement en s'installant plus confortablement sur les coussins.

La jeune femme fronce les sourcils.

– C'est plutôt à moi de te poser la question. C'est quand même toi qui es obligé de me supporter chez toi.

– Un peu de compagnie ça me change.

Elle hoche la tête.

– Je comprends ce que tu veux dire.

– Je disais ça parce que ce doit être un peu… étrange de te retrouver toute seule dans un endroit que tu ne connais pas, s'explique-t-il.

– Ça va. Et puis je préfère encore ça que d'être seule dans mon appartement en sachant qu'un malade qui à l'air de m'en vouloir sait où j'habite, ajoute-t-elle avec un faux rire.

Il lui rend son rictus.

– Je comprends ce que tu veux dire, approuve-t-il en reprenant ses mots.

Cela la fait sourire.

Finalement, elle ne se sent pas si mal ici avec Achille. Elle pourrait même un peu trop facilement y prendre goût.

– Alors, prête à t'y remettre, demande Achille.

Il repose sur la table la tasse de café dont il s'apprêtait à prendre une gorgée lorsque Thérèse fait son apparition dans le salon, déjà habillée et d'attaque pour reprendre le travail après une semaine d'arrêt.

Elle approuve d'un signe de tête en venant s'installer près de lui.

Sa semaine de repos chez le garçon s'est écoulée paisiblement sans le moindre signe du mystérieux expéditeur d'orchidées. Peut-être avait-elle finalement raison de supposer que ce dernier, après avoir vu sa tentative de l'empoisonner compromise par l'arrivée d'Achille, est finalement passé à autre chose. Si elle reste sur ses gardes, elle se sent plus en sécurité depuis deux jours et parvient de nouveau à dormir à peu près normalement.

– Bien qu'on s'habitue à ne pas travailler, ajoute-t-elle en attrapant une tranche de pain de mie qu'elle tartine de choco-noisette avant de mordre dedans à pleines dents.

Il la regarde faire.

– Je veux bien te croire. Tu termines de petit déjeuner et on y va ?

Il se lève pour débarrasser sa tasse. Elle lui répond par un nouveau hochement de tête, la bouche pleine,

261

tout en refermant le pot de pâte à tartiner qu'elle ramène ensuite dans la cuisine avec le sachet de pain et sa cuillère.

– Hélène sera contente de pouvoir de nouveau de tenir à l'œil, laisse échapper Achille lorsqu'elle le rejoint.

Thérèse doit faire un effort pour ne pas s'étouffer avec sa dernière bouchée qu'elle avale de travers. Elle tousse et le garçon la dévisage en adoptant une expression mi-amusée, mi-inquiète.

– Ne va pas te tuer bêtement avant la reprise.

Elle reprend son souffle et demande :

– Pourquoi tu dis ça ?

– Elle passe son temps à me demander de tes nouvelles. (Il tourne le dos au plan de travail pour lui faire face, le visage soudain plus sérieux.) Elle s'inquiète pour toi, Thérèse. Peu importe ce que tu tentes de faire pour que ce ne soit pas le cas.

La jeune femme reste silencieuse pendant un moment à contempler le vide, perdue dans ses pensées. Puis, elle secoue la tête pour reprendre ses esprits.

– Alors imagine ce que ça serait si elle savait tout.

Achille hausse les épaules, dubitatif.

– Tu es prête, on peut y aller ?

Elle opine en faisant mine de ne pas remarquer qu'il a esquivé le sujet.

Elle attrape son sac à main et sa veste avant de suivre Achille jusqu'à sa voiture.

– Une revenante !

Thérèse fait volte-face en percevant une voix féminine dans son dos. Elle sourit quand Céleste faire son apparition dans la salle de repos et prend place à table en face d'elle.

– Ça me fait plaisir de te revoir, lui dit-elle sincèrement.

– Moi aussi. Tu as bien profité de tes jours de repos ?

– Autant que possible, élude la responsable *marketing*.

– Je vois ça, dit Céleste en désignant d'un signe de tête l'attelle que la jeune femme porte au poignet droit. Qu'est-ce qui t'est arrivée ?

Thérèse hausse les épaules et feignant de prendre une gorgée de café le temps de trouver une excuse convaincante.

Au même moment, Hélène arrive, elle aussi, pour sa pause matinale. Elle s'arrête devant la porte lorsqu'elle aperçoit Thérèse à l'intérieur. La brune la voit hésiter, puis contre toute attente, se décider à entrer et prendre la direction de la machine à café sans lui accorder un regard.

– Je suis allée courir et je me suis foulée le poignet en tombant bêtement, finit par répondre la jeune femme à la question de la quinquagénaire. Ce n'est rien de grave, ça devrait être rétabli dans quelques semaines.

– Ce genre de blessure arrive souvent pour des raisons stupides.

La jeune femme hoche distraitement la tête avec approbation tout en remarquant du coin de l'œil qu'Hélène a imperceptiblement tourné la tête dans leur direction comme si elle suivait leur conversation d'une oreille. Même si cela reste discret, Thérèse constate que ses sourcils se sont plissés lorsqu'elle a prononcé sa réponse.

– Il va falloir que je retourne travailler, annonce Céleste en consultant l'heure et en se relevant.

Elle dépose une main sur l'épaule de Thérèse avec un dernier sourire.

– Ravie de te revoir parmi nous.

La jeune femme lui rend puis la regarde partir, la laissant seule avec Hélène.

Un silence pesant retombe sur la salle à son départ.

Thérèse joue nerveusement avec sa tasse pendant que la blonde attend que la sienne soit remplie. La machine à café fait un bruit assourdissant dans l'immobilité de la pièce et pendant un instant, on n'entend rien d'autre que son vrombissement. Avant qu'il cesse à son tour.

La responsable *marketing* s'attend alors à voir Hélène récupérer son mug et s'en aller aussitôt, mais au lieu de ça, son amie la surprend en restant immobile devant la machine, le regard dans le vague. C'est à peine si elle semble remarquer que sa boisson est prête.

– Pourquoi tu lui as menti ?

La question qui s'échappe de ses lèvres avec froideur et assurance fait ramener à Thérèse toute son attention sur elle.

– Je ne lui ai pas-

– Tu ne cours pas, réplique Hélène sans lui laisser le temps de la détromper.

264

– C'est nouveau.

La blonde lève les yeux au ciel et fait volte-face pour planter son regard noir dans le sien.

– Pas à moi, s'il te plaît ! La seule fois où tu as essayé de te mettre à la course, tu en as tellement chié que ça t'a passé l'envie de recommencer jusqu'à la fin de ta vie, au moins !

Elle a raison. Thérèse a eu une période « course à pied » qui n'a pas duré bien longtemps. Après avoir cru qu'elle ne rentrerait pas vivante de son premier *footing,* la jeune femme n'a plus jamais osé ne serait-ce que ressortir sa paire de baskets du fond de son placard. Elle soutient pourtant le regard de son ami en haussant les épaules.

– J'ai voulu m'y remettre pour être sûre. Comme tu vois ça ne m'a pas plus réussi que la première fois, ajoute-t-elle en désignant son attelle avec un rire forcé dans l'espoir de détendre un peu l'atmosphère.

Hélène laisse échapper un grognement sceptique.

– Je ne te crois pas.

Ses yeux se plissent comme si elle cherchait à lire en Thérèse ce qu'elle s'obstine à lui cacher. Le corps de l'autre se tend sous l'effet de son regard perçant.

– Je ne te force pas à me croire, réplique-t-elle finalement en se détournant.

La blonde fait un pas dans sa direction, rapprochant un peu plus son visage du sien. Elle est maintenant suffisamment proche pour que Thérèse sente les effluves de son parfum. Une odeur familière qui lui ramène instantanément les souvenirs de toutes les soirées qu'elles ont partagées et de toutes les fois où elle s'est retrouvée la tête plongée dans les vêtements parfumés de sa meilleure amie lorsqu'elle avait besoin de réconfort.

Cette pensée lui provoque un pincement au cœur.

— Je ne sais pas quoi exactement, mais tu me caches quelque chose et je compte bien découvrir ce que c'est !

— Qu'est-ce que ça peut te faire à la fin ? lui crache soudain Thérèse sur la défensive. Ce n'est pas comme si tu avais encore une raison de te préoccuper de ce qui m'arrive. Je te l'ai déjà dit, je n'ai pas besoin de ton aide ! Alors retourne materner quelqu'un d'autre, tu seras gentille.

Hélène soupire avec mépris. Son visage exprime toute la frustration et la colère qu'elle éprouve à cet instant.

La brune sait qu'elle vient une nouvelle fois de blesser son amie, entamant encore un peu le lien qui les unit. Cette idée la rend malade, mais si c'est la seule solution pour maintenir la jeune de femme en sécurité loin d'elle et de ses problèmes, alors elle est prête à tout.

— Laisse-moi tranquille maintenant, tu veux ?

L'autre se mord la lèvre, vexée, mais hoche la tête malgré tout.

— Si c'est ce que tu souhaites, lâche-t-elle en récupérant sa tasse pour quitter précipitamment la salle de repos sans un regard en arrière.

Thérèse soupire, la poitrine douloureuse. Elle espère sincèrement ne pas avoir attaqué trop profondément leur amitié pour conserver une chance de renouer avec Hélène lorsque toute cette histoire finira. Seulement à mesure que le temps passe, elle se sent de moins en moins certaine de parvenir à rattraper le coup avec son amie par la suite et ça la tue.

– Vous vouliez me voir ?

Weber relève les yeux de son ordinateur lorsque Thérèse fait son apparition à la porte de son bureau.

– Oui, entrez.

Il se redresse dans son fauteuil pendant qu'elle prend place sur la chaise en face de lui.

Il la dévisage un instant de ses yeux sombres. La responsable *marketing* attend patiemment qu'il prenne la parole en s'agitant dans son siège, mal à l'aise.

Quand elle est sortie de la salle de repos juste après sa confrontation avec Hélène, une jeune fille d'à peine une trentaine d'années, qu'elle n'avait jamais vu auparavant, est venue lui annoncer que son supérieur souhaitait lui parler. A son air encore mal assuré, Thérèse a immédiatement deviné qu'il s'agissait de la nouvelle secrétaire engagée par l'entreprise et dont Achille lui avait vaguement parlé de l'arrivée, le vendredi précédent. Sa ressemblance physique avec Eve n'a pas manqué de troubler la responsable *marketing*.

– J'espère que vous êtes remise de vos émotions et prête à vous remettre au travail, commence-t-il.

Elle opine bien qu'après les évènements de ces derniers jours, sa semaine de repos se soit avérée moins ressourçante que prévue et la laisse encore fatiguée.

267

– Parfait. J'ai consulté les documents que vous m'avez rendus lundi et j'ai mis l'équipe commerciale sur la stratégie de commercialisation. Dans les prochaines semaines, vous serez intégrée au processus pour assurer sa supervision, lui annonce-t-il.

– Bien.

– C'est tout ce que j'avais à vous dire, vous pouvez y aller.

Ça n'aura pas duré bien longtemps.

Elle le salue d'un signe de tête et se lève. Il l'imite pour la raccompagner et lui ouvrir la porte.

– Vous vous êtes blessée, constate-t-il soudain au moment où il saisit la poignée en désignant son attelle d'un signe de tête.

– Je suis tombée en allant courir, s'empresse-t-elle de répondre.

La jeune femme trépigne. Elle ne saurait dire pourquoi, elle se sent toujours oppressée lorsqu'elle se trouve enfermée dans le bureau de son patron. Elle n'a qu'une hâte, sortir d'ici.

L'homme fixe sa blessure pendant ce qui semble à Thérèse une éternité, puis détourne enfin le regard.

– Vous devriez faire attention à vous. (Il ouvre la porte.) Ce serait dommage de perdre bêtement l'un de nos meilleurs éléments à cause d'un accident idiot, conclut-il dans une espèce de rictus dont elle ne saurait dire s'il se veut flatteur ou menaçant.

– Je vais essayer, promet-elle avant de filer.

Elle s'élance vivement dans les couloirs pour mettre le plus de distance possible entre le bureau de Weber et elle.

Dans sa précipitation, il s'en faut de peu pour qu'elle entre en collision avec la nouvelle secrétaire lorsque celle-ci sort brusquement d'une salle adjacente.

– Excuse-moi ! Dit-elle aussitôt à la jeune fille qui manque sous le coup de la surprise d'en lâcher la pile de documents qu'elle transporte.

– Ce n'est rien, lui assure-t-elle avec un sourire intimidé. Je suis sortie un peu vite.

– Non, c'est moi. Je ne regardais pas où j'allais, admet Thérèse.

– Votre rendez-vous avec le patron s'est bien passé ? s'informe la nouvelle pour changer de sujet.

– Très bien, merci, lui répond-elle soudain incapable de la lâcher des yeux.

Son regard persistant doit commencer à devenir pesant, car la jeune fille se met à danser d'un pied sur l'autre et finit par déclarer :

– Tant mieux. Vous m'excusez, mais il faut vraiment que j'y aille. (Elle désigne la paperasse qu'elle tient dans les bras.) J'ai encore du travail qui m'attend.

Elle salue Thérèse qui la contemple toujours avec la même intensité et disparaît au détour d'un couloir, laissant la responsable marketing troublée.

Elle sort finalement en sursaut de sa torpeur lorsqu'une voix féminine prend soudain la parole dans son dos.

– A toi aussi, elle te laisse comme un sentiment étrange de déjà-vu, pas vrai ?

Thérèse se retourne d'un bloc pour faire face à Kim qu'elle n'a pas entendu arriver.

– Même tranche d'âge, brune aux yeux bleus. Le portrait craché de notre Leca. Avec la joie de vivre en plus peut-être ? Reprend la séduisante quadragénaire en inclinant pensivement la tête de côté.

La jeune femme opine en silence. Il est vrai que la ressemblance entre Eve et la jeune recrue est plus que frappante.

– Si tu veux mon avis, c'est pour cette raison qu'il a fallu autant de temps avant qu'on ait une nouvelle secrétaire. Weber en cherchait une qui ressemblait à la précédente. Peut-être parce qu'il n'en a pas eu assez de la première, ou alors, il a un type de femme bien précis, je ne sais pas trop. Dans les deux cas, je trouve ça glauque, pas toi ?

Thérèse ne répond rien, perdue dans ses pensées. Elle avait presque oublié ce que Kim leur avait appris à propos de la relation entre Eve et Weber. La ressemblance entre la nouvelle secrétaire et l'ancienne en est d'autant plus perturbante.

– Enfin, j'espère que celle-ci durera plus longtemps que sa prédécesseuse, conclut la jolie brune. Je me demande combien de temps va prendre notre patron pour la mettre dans son lit. Ou plus exactement, avant de se la faire dans son bureau, ricane-t-elle. Sur ce, j'ai encore des dossiers qui m'attendent. A plus Besson, achève Kim en détalant. Laissant Thérèse seule avec ses pensées.

– Tu veux manger quoi ce soir ? demande Achille après un moment de parfait silence.

Thérèse rouvre les yeux qu'elle maintenait fermés depuis plusieurs minutes.

Ils viennent juste de rentrer du travail et se sont presque immédiatement affalés sur le canapé pour souffler.

– Je ne sais pas, on pourrait commander ? Je ne te cache pas que je n'ai même plus le courage de me lever.

Il approuve et se penche pour récupérer son portable sur la table basse.

– Tu as une préférence ?

– Ce que tu veux tant que c'est comestible, répond-elle en laissant ses paupières recommencer à se fermer.

– Italien, donc.

Le son soudain de la sonnerie du téléphone empêche Thérèse de sombrer dans le sommeil.

– C'est ma sœur, répond Achille à son regard interrogateur. Je reviens.

Il se lève en décrochant et monte passer son coup de fil à l'étage.

Thérèse se redresse sur les coussins du canapé. Elle ignorait qu'il avait une sœur. A vrai dire, cela peut paraître idiot, mais il lui était même complètement sorti de la tête qu'il ait

271

une famille. Une fratrie. Des parents. Pour faire simple tout ce qu'elle n'a plus depuis plusieurs années maintenant.

Son père est décédé pendant l'une de ses missions militaires quand elle avait dix-sept ans, quant à sa mère, elle s'est fait emporter par un cancer du sein à peine cinq ans plus tard. N'ayant ni frère, ni sœur, et n'étant pas spécialement proche du reste de sa famille éparpillée aux quatre coins du globe, elle vit plus ou moins seule depuis. Ce qui lui convient parfaitement.

Achille redescend peu après.

– Oui, moi aussi, je t'embrasse. A samedi.

Il rejoint Thérèse dans le salon.

– Qu'est-ce qu'elle t'a dit, demande-t-elle avec curiosité après qu'il ait décroché en devinant à son large sourire qu'il vient d'apprendre une bonne nouvelle.

– Ma grande sœur va se marier ! Elle m'a choisi pour être son témoin !

– C'est génial, félicitation !

– Merci !

Il revient s'asseoir à côté d'elle.

– Ils ont prévu une cérémonie ?

– Oui, à Biarritz. Apparemment, ils ont déjà tout organisé, mais ils voulaient s'assurer des derniers détails avant de nous mettre au courant. Ma sœur est un peu… comment dire… Extravagante ? Folle à lier ? Toujours est-il qu'on est lundi soir et qu'ils viennent seulement de prévenir les invités que leur mariage aura lieu dimanche.

– Dimanche ?!

Thérèse ne parvient pas à réprimer complètement le rire qui lui monte aux lèvres à sa réponse. Elle avait plutôt une idée du mariage où le couple envoie ses invitations des mois à l'avance afin de s'assurer qu'un maximum d'invités puissent être présent le jour J. Apparemment ce n'est pas le cas de la sœur d'Achille et de son futur mari.

– Oui, dimanche. Ils ont prévu de faire ça en petit comité. Seulement avec une paire d'amis proches et la famille. Ce qui signifie que je vais devoir m'absenter pour le *week-end*, lui fait-il remarquer ensuite plus gravement.

La jeune femme cesse aussitôt de rire et hoche la tête.

– Je pense qu'il ne vaut mieux pas prendre le risque que tu retournes seule dans ton appartement le temps que je serai absent. Même si le malade qui t'a fait livrer les fleurs n'a pas donné signe de vie depuis un moment, il attend peut-être justement que tu retournes chez toi pour tenter quelque chose. Je pense que tu seras plus en sécurité ici.

Elle opine de nouveau.

– Il n'y a pas raison qu'il t'arrive quoi que soit, et puis c'est simplement pour quelques jours.

– Je ne pense pas non plus.

– Alors c'est réglé, on fait comme ça, conclut-il. J'ai hâte de revoir ma sœur ! Je ne lui ai pas reparlé depuis le Noël d'il y a deux ans et encore, ce jour-là, elle avait tellement bu qu'elle ne se souvenait même plus de son prénom !

Thérèse sourit de le voir si enthousiasme et oublie rapidement la légère appréhension qui la tenaille à l'idée de se retrouver seule chez Achille pour le *week-end*.

Après tout, il a raison, il n'y a aucune raison pour qu'il se passe quoi que soit.

– Tu n'as pas vu mon portable ?

– Tu as regardé sur la table basse du salon ? marmonne Thérèse depuis son lit, le visage encore à moitié enfoui dans l'oreiller.

Elle guette sa réponse en tendant l'oreille. Le son des pas d'Achille dans les escaliers, un silence, puis :

– C'est bon, je l'ai ! … Et mes clés ?

La jeune femme laisse échapper un soupir résigné et avec effort, trouve le courage de se redresser sur son matelas. Elle repousse les draps chauds à regret et quitte son lit en s'étirant pour descendre retrouver Achille qui s'agite dans le salon. Il règle les derniers détails avant son départ pour Biarritz où doit se tenir le mariage de sa sœur le lendemain. Il est à peine six heures du matin. Habituellement Thérèse n'est pas encore levée le samedi à cette heure-ci. Elle a donc du mal à se tirer du sommeil.

– C'est bon, lui dit-il en la voyant arriver. Elles étaient dans ma poche.

Elle approuve d'un signe de tête.

– Fin prêt pour le départ ? l'interroge-t-elle dans un bâillement.

– Oui. Normalement, j'ai tout ce qu'il me faut. Tu es sûre que ça va aller pendant mon absence ?

Elle s'empresse de chasser ses inquiétudes d'un ample geste de main.

– Mais oui.

– Le frigo est plein… Tu te souviens comment marche le lave-vaisselle et la machine ?

Elle opine en esquissant un rictus amusé. Il lui a montré leur fonctionnement au moins trois fois cette semaine.

– Dans le pire des cas, je pourrais toujours laver à la main, ajoute-t-elle pour le rassurer.

– Ouais, tu as raison. Tu as bien le double des clés ?

– Affirmatif.

– Tu n'as pas prévu de cuisiner ?

– Non, je n'ai pas prévu de… Eh ! (Elle fronce les sourcils avec indignation.) Qu'est-ce que tu insinues par là ?

Il rit.

– Que je veux retrouver la maison en un seul morceau, pas en tas de cendre. Bon, tout me semble OK. Tu m'appelles si jamais tu as le moindre souci ou besoin d'un renseignement sur quoi que ce soit. Je te passe un coup de fil dès que j'arrive et un autre dimanche entre la cérémonie et le buffet.

– Okay.

Achille parcourt une dernière fois le salon du regard pour s'assurer de n'avoir rien oublié puis prend la direction de la sortie en tirant sa valise derrière lui.

– Je rentre dimanche en fin de soirée, mais je te préviendrais si ça devait changer. D'ici là essaie de rester en vie.

Thérèse roule des yeux exaspérés.

– J'ai vécu seule pendant des années avant de venir habiter chez toi, je te rappelle !

– C'est vrai, excuse-moi. J'ai hâte de retrouver ma sœur, mais ça me rend aussi un peu nerveux. Je ne l'ai pas vu depuis longtemps et maintenant, elle se marie !

La jeune femme lui sourit.

– Profite bien de ton *week-end* et surtout ne t'en fais pas pour moi. Je saurai me débrouiller, lui assure-t-elle.

– Merci. On se voit dimanche.

– Bon voyage.

L'homme sort enfin et Thérèse le regarde mettre sa valise dans le coffre de sa voiture et s'en aller.

Elle referme la porte de la maison à clé en bâillant à s'en décrocher la mâchoire, puis jette un coup d'œil à l'horloge du salon. Six heures et demie. En conclusion, beaucoup trop tôt pour un samedi matin.

Elle remonte dans sa chambre et retourne se glisser sous les draps encore tièdes. Elle ne tarde pas à se rendormir pour reprendre sa grasse-matinée avortée.

Thérèse ne réémerge pas avant onze heures du matin. Elle traîne ensuite au lit pendant une grosse demi-heure, avant de se décider enfin à se lever pour aller se doucher.

Elle s'éternise longuement sous le jet brûlant, profitant qu'Achille ne soit pas là pour s'accorder le temps de traîner sous la douche, ce qu'elle ne fait jamais en sa présence par acquit de conscience parce qu'elle sait qu'il attend la place pour se laver.

Lorsque l'eau commence à refroidir contre sa peau, elle sort enfin de la douche, les muscles détendus par la chaleur.

Lorsqu'elle redescend dans le salon, elle décide de passer le petit déjeuner en constatant à l'horloge qu'il est déjà midi et quart. Elle se rend donc à la cuisine pour prendre directement son repas. Son ventre crie famine. Elle ouvre le frigo pour passer en revue ses options et son regard s'arrête finalement sur une Pastabox ricotta-épinard. Les préférées d'Achille de ce qu'elle a appris après leur premier repas ensemble, le soir de son arrivée chez lui. A ce moment-là, elle avait affirmé qu'il fallait avoir des goûts spéciaux pour aimer ce genre de saveur, mais à force de le voir en manger, elle est presque tentée d'y goûter.

Juste pour voir.

Après encore une seconde d'hésitation, elle la saisit et la

passe au micro-ondes.

Elle attrape une fourchette dans le tiroir et va s'installer sur la table du salon avec sa box chaude. Pour combler le silence qui pèse sur la pièce, la jeune femme allume la télévision afin de créer un bruit de fond.

Elle se rend compte après deux semaines passées au côté d'Achille, qu'elle perd peu à peu l'habitude de n'avoir personne avec qui partager son quotidien. Ce constat la contrarie d'autant plus lorsqu'elle songe au jour où elle devra retourner à sa vie en solitaire, car elle ne restera pas éternellement ici.

Et si après s'être adaptée à la compagnie du garçon, elle ne supportait plus de vivre seule ?

Elle chasse cette pensée d'un mouvement de tête. Elle n'en est pas encore là.

L'odeur de la box favorite d'Achille inonde la pièce lorsque Thérèse enlève l'opercule plastique. Elle plante sa fourchette dans une pâte et la contemple avec suspicion avant de la porter à sa bouche.

Ses yeux s'agrandissent de surprise.

Elle ne l'admettra jamais.

Mais elle trouve ça plutôt bon.

Même très bon, en fait.

Elle termine la boîte avec appétit.

La fin de sa journée s'écoule paisiblement. Elle traîne dans la maison sans rien faire de particulier, ni de très productif. Achille l'appelle en début d'après-midi pour la prévenir de son arrivée à Biarritz et le reste de temps, elle se perd sur son téléphone ou devant la télé, cherchant à occuper ses heures vides jusqu'à ce qu'elle décide d'aller se coucher avec la sensation un peu déprimante de n'avoir rien fait de sa journée.

Thérèse se réveille le dimanche matin aux alentours de dix-heures, maussade à l'idée de ne pas savoir comment occuper sa journée.

Habituellement ces derniers temps, elle passe tous ses moments libres avec Achille. Ils rythment ensemble leurs jours de repos de discussions sans intérêt et de banalités quotidiennes, comme faire les courses, cuisiner ou simplement se promener dans le quartier pour prendre l'air. Ces activités insignifiantes ont le don de remplir leur *week-end* tout en leur permettant de récupérer de leur semaine respective.

Seulement, aujourd'hui, le garçon n'est pas là pour animer sa journée.

Elle se sent désagréablement seule et étrangement vide.

La jeune femme tente alors de se rappeler à quoi elle pouvait bien employer ses journées lorsqu'elle vivait dans son appartement. Elle a habité seule pendant des années sans problème, elle devrait normalement être capable de passer deux jours sans la compagnie d'Achille !

Puis, elle se souvient qu'avant de commencer à consacrer tout son temps au projet et de se disputer avec Hélène, elle passait ses journées de repos fourrée avec sa meilleure amie.

Thérèse finit par descendre préparer son petit-déjeuner, plus déprimée que jamais, tout en essayant de deviner ce que la blonde peut bien être en train de faire de son côté.

Songe-t-elle, elle aussi avec regret aux sorties qu'elles avaient l'habitude de faire le *week-end* ?

Elle s'installe à table avec un café et un bol de céréales. Elle allume la télévision par la même raison que la veille. Non pour la regarder, mais pour contrer le silence pesant.

C'est décidé, il faut qu'elle trouve quelque chose à faire aujourd'hui.

Mais quoi ?

Elle traîne un moment sur internet à la recherche d'une idée et finit par tomber sur une annonce de soldes dans une boutique à proximité. Elle prend la résolution de s'y rendre après le repas.

Thérèse décide de se rendre à pied à la boutique, jugeant que ça ne lui fera pas de mal de prendre un peu l'air après avoir passé la journée de la veille enfermée chez Achille.

Le doux soleil de ce début de printemps réchauffe agréablement sa peau lorsqu'elle sort pour la première fois depuis presque deux jours.

Un bon quart d'heure de marche plus tard, la jeune femme franchit la porte du magasin. Elle rend à la vendeuse son sourire chaleureux. Puis, elle flâne un bon moment entre les portants à vêtements, laissant son esprit vagabonder en contemplant les différentes pièces. Elle en saisit au passage certaines qu'elle souhaite essayer. Cela fait une éternité qu'elle n'a pas pris le temps de faire les boutiques et qu'elle ne s'est pas offert de nouveaux vêtements. Elle se met donc à la recherche d'une tenue pour rafraîchir sa garde de robe.

Une fois qu'elle a fini de faire le tour, elle passe en cabine d'essayage et après une heure à traîner dans le magasin, Thérèse en ressort finalement avec un paquet qui contient une robe élégante faite d'un tissu fluide vert-sauge.

Lorsqu'elle passe devant un fleuriste sur le chemin du retour, la jeune femme ne peut s'empêcher de rentrer pour jeter un œil à l'intérieur. Après sa séance *shopping*, elle se sent d'une humeur plus gaie qu'en quittant la maison en début d'après-midi et se dit soudain qu'un bouquet serait un bon moyen d'égayer un peu le salon.

Elle ferme les yeux pour laisser les senteurs des plantes enivrer ses sens.

Elle achète un bouquet de jasmin dont les fleurs blanches se marieront parfaitement à la décoration simple et minimalisme chez Achille et dont l'odeur puissante ne manquera pas d'apporter un peu de vie en attendant son retour.

Thérèse rentre avec ses achats.

Elle dépose ses affaires sur le canapé avant de farfouiller dans les placards du salon à la recherche d'un vase dans lequel plonger son bouquet. Elle en trouve finalement un blanc très classique qu'elle remplit d'eau et dépose au centre de la table à manger avec une moue satisfaite en inspirant profondément le parfum odorant des jasmins.

La jeune femme s'attelle ensuite à défaire les étiquettes de sa robe pour la passer à la machine et pouvoir la porter au bureau dès le lendemain.

Ces tâches accomplies, il est déjà presque vingt-heures et elle décide de commander des sushis pour le dîner en attendant le retour d'Achille, qui doit normalement revenir en fin de soirée par le TGV de 17h, départ de Biarritz.

La jeune femme s'installe à peine devant la télé après avoir passé commande que son téléphone sonne. Le nom du garçon s'affiche à l'écran. Elle décroche sans hésiter, un sourire aux lèvres.

– Allô ?

Thérèse perçoit le brouhaha d'une foule ainsi que des cris de mécontentement et d'agacement en arrière-plan.

– Allô, Thérèse ? lance la voix d'Achille qui couvre

difficilement le chaos ambiant. Je t'appelle pour te prévenir que le train a rencontré un problème technique sur les rails. On est immobilisé depuis déjà une heure et on ne sait pas quand on va pouvoir repartir. Je n'arriverai sûrement pas avant tard ce soir, alors ne m'attends pas.

– D'accord. (Elle réprime avec peine le sentiment de déception qu'elle sent poindre à l'idée de passer une nouvelle soirée seule.) A par ça, va ? La fin de ton séjour s'est bien passée, lui demande-t-elle dans l'espoir de prolonger un peu la conversation.

– Oui, c'était sympa. Il va falloir que je te laisse, je n'ai pratiquement plus de batterie, lui annonce-t-il avec une grimace la voix.

– OK. On se voit demain matin si je suis déjà couchée à ton retour.

– Ouais à p-

La communication coupe brusquement. Thérèse en déduit que la batterie d'Achille vient de le lâcher. Elle soupire en s'enfonçant un peu plus dans les coussins du canapé.

Il ne lui reste plus qu'à passer la soirée devant la télé en priant pour tomber sur un bon programme.

Elle zappe pendant une vingtaine de minutes avant d'échouer devant *Friends*.

Soudain, un bruit qui lui parvient du jardin la fait sursauter. Elle se tourne d'un bloc vers la fenêtre qui donne sur l'extérieur, le cœur battant.

D'abord, elle n'entend rien d'autre, si bien qu'elle en vient à se demander si ce n'est pas son imagination qui lui a joué un tour. Mais le son se répète de nouveau.

Un craquement suivi de bruits de pas dans les herbes, qui se rapprochent de plus en plus.

La jeune femme bondit dans le fond du canapé avec un cri. Elle se retrouve acculée contre l'accoudoir le plus éloigné de la fenêtre.

Elle retient son souffle alors que les bruits cessent momentanément et qu'une silhouette se dessine dans l'obscurité des broussailles.

La jeune femme reste un moment la bouche ouverte sans qu'aucun son ne s'en échappe. Elle plante ses doigts dans l'accoudoir, le cœur au bord des lèvres tandis que la panique menace de la gagner.

Il fait trop sombre pour qu'elle parvienne à distinguer le visage de la silhouette dans le jardin, mais elle devine néanmoins à sa carrure qu'il s'agit d'un homme. L'intrus reste un moment immobile, puis le crissement des feuilles reprend et Thérèse n'aperçoit plus rien.

C'est à ce moment-là que le cri de terreur qui pend à ses lèvres depuis plusieurs secondes lui échappe enfin et qu'elle retrouve possession de ses moyens. Elle se jette sur son téléphone et dans un élan de panique tente d'appeler Achille, bien qu'elle sache pertinemment qu'il ne pourra pas lui répondre si sa batterie est à plat. Elle recommence une fois, deux fois, trois fois de suite. Puis, elle envoie voler son portable à l'autre bout de la pièce dans un cri de frustration et de terreur.

– PUTAIN ! FAIT CHIER !

Les larmes lui montent aux yeux. Elle presse momentanément ses paupières l'une contre l'autre pour reprendre le contrôle et ne pas laisser la panique la gagner entièrement.

Avant toute chose, il faut qu'elle aille fermer la porte à clé.

Lorsqu'elle a suffisamment repris ses esprits, elle s'apprête à se précipiter dans l'entrée pour aller verrouiller la serrure quand son cœur cesse brusquement de battre dans sa poitrine. Une suite de coups sont donnés à la porte.

Thérèse s'immobilise dans son élan, les yeux rivés sur l'ouverture, chaque muscle tendu à craquer. Elle jette un regard autour d'elle, cherchant avec quoi se défendre si jamais la personne à l'extérieur décidait d'entrer dans la maison.

Si elle parvient jusqu'au vase sur la table du salon et qu'elle le brise…

Une voix se fait alors entendre depuis l'extérieur et la jeune femme ne peut masquer sa surprise en la reconnaissant presque aussitôt.

– Est-ce que tout va bien là-dedans, j'ai entendu crier ? lance Weber.

Thérèse reste un moment incapable de la moindre réaction. Son cœur qui tambourine toujours dans sa cage thoracique lui laisse le souffle court.

– Il y a quelqu'un ?!

Elle sort subitement de sa torpeur et pour aller lui ouvrir.

L'homme adopte une expression surprise lorsqu'il la voit.

– Bess…

– Entrez ! Vite !

Elle claque précipitamment la porte derrière son passage et donne un coup de clé pour les enfermer à l'intérieur.

– Je peux savoir ce qui se passe ? Je vous ai entendu hurler depuis la rue, lui demande-t-il après quelques secondes sans qui ni l'un, ni l'autre ne prenne la parole.

La jeune femme peine à déglutir, puis répond :

– Je viens de voir une silhouette… dans le jardin…

L'homme fronce les sourcils.

– Vous êtes sûre ?

Elle hoche la tête sans hésitation. Impossible qu'elle l'ait imaginé.

– Ça ne pourrait pas être un voisin ou un promeneur qui se serait aventuré sur votre propriété ?

Mouvement de tête négatif cette fois.

– Impossible. Il y a une porte qui bloque l'accès au jardin. A moins d'avoir les clés ou volontairement crocheté la serrure, personne ne peut y entrer.

– Je vois.

Weber prend un moment pour réfléchir avant de demander :

– Voulez-vous que j'aille jeter un œil ?

Thérèse s'apprête à refuser d'emblée, mais se retient au dernier moment pour prendre tout de même le temps de réfléchir à sa proposition.

La seule façon de savoir si l'homme qu'elle a entraperçu se trouve encore dans la propriété est d'aller vérifier. Or, elle sait pertinemment qu'elle n'osera pas le faire elle-même.

D'un côté, elle ne souhaite pas qu'il arrive quoi que ce soit à Weber dans le cas où il tomberait sur l'intrus, mais de l'autre, elle ressent le besoin de s'assurer qu'il est parti.

Après réflexion, elle finit donc par accepter.

– Attendez, je vais vous donner les clés du jardin, au cas où la porte serait encore verrouillée.

Elle saisit le trousseau toujours suspendu à la serrure pour y chercher l'exemplaire unique qui permet d'ouvrir le jardin et qu'Achille lui a laissé avant de partir.

Mais il ne s'y trouve pas.

Elle y regarde à deux fois. Aucun signe de l'objet. Elle relève les yeux, le cœur battant, parcourant l'entrée du regard comme s'il allait soudainement apparaître par magie. Elle était pourtant persuadée d'avoir ajouté la clé à son trousseau pour ne pas la perdre.

– Tout va bien ? l'interroge Weber en la voyant farfouiller désespéramment dans un meuble puis se précipiter dans le salon pour tenter de mettre la main sur cette fichue clé.

– Non, je n'arrive pas la trouver. J'étais pourtant sûre de l'avoir mise avec les autres, bordel !

Son cœur s'emballe à mesure qu'elle retourne le salon de fond en comble sans pour autant parvenir à retrouver l'objet. Si ce n'est plus elle qui l'a alors ça signifie que quelqu'un s'est introduit dans la maison pour…

Weber met fin à ses angoisses en lançant :

– Ce n'est pas ça ?

Thérèse s'empresse de le rejoindre dans l'entrée et lui prend des mains la clé qu'il lui tend.

– Elle était posée sur le meuble.

La jeune femme soupire de soulagement.

– Si, c'est elle.

Elle a dû vouloir l'ajouter à son trousseau quand Achille lui a confié, mais est finalement partie faire autre chose en l'oubliant sur le meuble comme ça lui arrive parfois. Dans la panique et la précipitation, il ne serait pas étonnant non plus qu'elle soit passée sans la voir quand elle l'a cherchée à l'endroit où l'a retrouvé son patron.

Elle la redonne à Weber.

– Faites attention, dit-elle en lui ouvrant finalement la porte pour le laisser sortir de la maison.

– Ne vous en faites pas.

Elle le suit nerveusement du regard jusqu'à ce qu'il se soit totalement fondu dans l'obscurité et retourne s'enfermer en attendant son retour.

Il lui semble passer une éternité dans le silence pesant qui règne dans la maison avant que de nouveaux coups donnés contre la porte ne la tire en sursaut de ses pensées.

Elle rouvre à Weber.

– Alors ?

– Rien, déclare-t-il en lui rendant sa clé.

– Il a dû s'enfu…

– Non, ce que je veux dire, c'est qu'il n'y absolument rien. Aucune trace d'effraction, la porte du jardin était fermée à clé quand je suis arrivée, et pas le moindre signe qui indique que quelqu'un est passé pas là. Rien.

– Rien du tout ?

Il secoue la tête.

– Non… Enfin si.

– Quoi ?!

– Un chat. Tigré, précise-t-il.

– Un chat tigré, répète-t-elle.

Celui des voisins probablement.

La jeune femme reste un moment silencieuse et troublée, en proie à l'incompréhension la plus totale. Elle était pourtant certaine d'avoir aperçu la silhouette d'un homme à l'extérieur… Mais si personne n'a forcé la serrure, peut-être est-ce simplement son esprit qui lui a joué un mauvais tour quand elle a entendu le chat se promener dans les buissons. Donnant forme humaine à une ombre quelconque.

Ce n'est pas impossible étant donné la fatigue et ses nerfs à vif à cause des derniers évènements qui la poussent à rester constamment sur ses gardes. Elle finit par imaginer des choses.

La jeune femme ne parvient pas à se sentir complètement rassurée pour autant.

– Eh bien… excuse-moi de vous avoir dérangé et merci pour votre aide, dit-elle finalement à son patron. Même si je n'étais pas vraiment en danger.

– Ce n'est rien. Ça va aller ? Vous êtes seule ?

– Non, je suis avec un ami. Il ne devrait plus tarder à rentrer, répond-elle.

Elle est soudain interrompue par le son de la sonnette qui résonne dans la maison. Son cœur manque un battement. Elle échange un regard alerte avec Weber avant de demander prudemment, le corps tendu et la poitrine battante :

– Qui est-ce ?

– Le livreur. J'ai une commande de sushi pour madame Besson. C'est bien la bonne adresse ?

La tension retombe d'un coup et la jeune femme ne peut s'empêcher d'émettre un rire nerveux tant elle s'attendait à autre chose. Après tout ce qui vient de se passer, elle avait complètement oublié la commande qu'elle a passée avant qu'Achille l'appelle.

Elle déverrouille la porte pour ouvrir à l'homme d'une vingtaine d'années qui attend derrière, un sac en kraft à la main. Elle lui prend en le remerciant, puis referme après son départ.

– Je pense que je vais vous laisser, déclare Weber.

Elle opine.

– Encore merci.

– Ce n'est rien. Bonne soirée.

– Bonne soirée.

Il sort et la jeune femme donne deux coups de clé avant de retourner au salon avec sa commande.

La peur et l'incompréhension auxquelles elle est en proie après toute cette histoire lui ont coupé l'appétit.

Elle va ranger les sushis dans le frigo et s'assoit sur le canapé, les jambes ramenées contre sa poitrine. Cette nuit, il est certain qu'elle ne parviendra pas à trouver le sommeil.

Elle est encore pleinement éveillée au retour d'Achille vers trois heures du matin.

– Tu es sûre qu'il a bien regardé ?

– Je pense, oui. Je n'étais pas avec lui, mais il est resté un moment dehors.

Thérèse est installée sur le canapé avec Achille. Le garçon a tout de suite compris que quelque chose n'allait pas lorsqu'il a trouvé la jeune femme toujours éveillée à son retour. Elle s'est alors empressée de lui raconter les évènements de la soirée.

– Si tu es sûre qu'il ne s'agissait que du chat des voisins…

Thérèse approuve.

– Si tu veux mon avis, je me suis simplement fait peur pour rien à cause de tout ce qui se passe en ce moment. Mais je tenais tout de même à te mettre au courant.

– Tu as bien fait.

Achille se lève du canapé en se passant la paume de main sur le visage avec un bâillement. Thérèse remarque seulement à quel point il a l'air épuisé. Ce n'est pas étonnant avec la nuit qu'il vient de passer bloqué dans le train juste après le mariage de sa sœur la veille.

Elle s'en veut aussitôt de continuer à le garder éveillé alors que la nuit est déjà bien entamée et qu'ils travaillent demain. D'autant plus que l'homme doit déjà avoir quelques heures de sommeil en retard.

– On devrait aller se coucher, finit-elle par déclarer en se

293

redressant à son tour.

Ses jambes sont douloureuses après le temps qu'elle a passé recroquevillée sur le divan sans oser faire le moindre mouvement.

– Tu vas réussir à dormir ?

Elle hausse les épaules.

– On verra bien.

– Si jamais tu entends à nouveau quoi que ce soit d'étrange, tu me préviens sans hésiter.

– OK.

Elle lui souhaite une bonne nuit puis rejoint sa chambre tandis qu'Achille prend la direction de la sienne.

Thérèse se tourne dans un sens, puis dans l'autre, avant de remettre la couverture en place pour ne laisser aucune partie de son corps à découvert, tous les sens en alerte.

La jeune femme a beau tenter de se raisonner en se répétant qu'il n'y avait personne dans le jardin et que la silhouette qu'elle a cru voir n'était que le fruit de son imagination, rien n'y fait. Elle ne parvient pas à se détendre suffisamment pour trouver le sommeil.

Et si quelqu'un décidait vraiment de venir rôder autour de la maison pendant qu'elle dort ?

Un craquement se fait soudain entendre dans le silence pesant. La jeune femme sent son cœur remonter dans sa gorge. Avant de soupirer. C'est simplement Achille qui s'agite dans la pièce d'à côté. Elle réprime un rire amusé en l'entendant marmonner dans ses rêves.

Elle se redresse sur les draps, renonçant au sommeil après plusieurs heures de lutte. De toute façon, le réveil ne devrait plus tarder à sonner maintenant.

Elle frotte ses paupières brûlantes et bâille à s'en décrocher la mâchoire en attendant la sonnerie les yeux dans le vague.

L'alarme de son téléphone se déclenche enfin après de longues minutes, la tirant en sursaut de sa torpeur. Elle entend déjà Achille grogner derrière le mur alors que son propre réveil s'active à son tour.

La jeune femme se traîne hors du matelas, le corps alourdi par la fatigue. Elle passe devant la chambre du garçon sans entendre le moindre son provenir de l'intérieur de la pièce. Elle songe qu'il a dû couper son portable et s'accorder à traîner au lit autant que possible avant d'être vraiment obligé de se lever pour aller travailler, courant après la moindre seconde de sommeil. Elle prend donc soin de descendre les escaliers à pas de loup pour le laisser profiter encore un peu.

Pendant qu'il prolonge sa nuit, Thérèse en profite pour aller récupérer sa nouvelle robe dans le cellier où elle l'a mise à laver la veille.

Elle la sort du sèche-linge en la tâtonnant pour s'assurer qu'elle est bien sèche puis retourne se changer à l'étage. Elle prépare ensuite le petit-déjeuner en attendant qu'Achille daigne se lever.

Une fois chose faite, elle décide finalement d'aller le tirer elle-même du lit en constatant qu'il ne semble pas décider à en sortir de son propre chef. Lorsqu'elle arrive devant la porte de sa chambre, elle toque pour le réveiller.

C'est sans espoir.

Seul un ronflement lui répond. Elle ouvre donc brusquement en grand et son souffle se coupe momentanément au moment même où son regard tombe sur le lit.

Autant, elle a pris le temps d'enfiler son pyjama avant d'aller se coucher, autant Achille devait être si épuisé qu'il s'est contenté d'envoyer voler ses vêtements en tas dans un coin de la pièce et s'est couché en boxer.

L'homme est allongé sur le dos dans une position d'étoile en travers du lit, la bouche entrouverte. La couverture pend mollement au bord du matelas et ne couvre pas le moindre centimètre de sa peau nue et pâle.

Les joues de la jeune femme virent au rouge coquelicot tandis qu'elle s'empresse de refermer la porte, prise au dépourvu et gênée. Elle a l'impression d'avoir violé l'intimité du garçon.

Pourtant, il va bien falloir qu'elle trouve un moyen de le tirer du sommeil si elle ne veut pas qu'ils soient en retard.

Elle prend une grande inspiration, décide de faire comme si elle n'avait jamais essayé d'entrer et tente de le réveiller en l'appelant de derrière la porte.

– Achille ?

Silence.

– Achille, il est l'heure !

Elle tend l'oreille, mais seuls les battements de son cœur qui tambourine toujours dans sa poitrine lui répondent.

– On va être en retard ! … DEBOUT !

Elle a beau s'époumoner, rien n'y fait. Thérèse dépose son crâne contre la porte en soupirant. Elle ne va pas avoir d'autre choix que de rentrer pour le sortir du lit.

Elle tente le tout pour le tout et essaie une dernière fois de le réveiller en martelant la porte tout en criant son prénom, mais toujours aucune réponse ne lui parvient en retour.

– Ce n'est pas possible, il est sourd ou mort ma parole !

Elle ouvre brutalement la porte, prête à le secouer pour l'arracher au sommeil quand quelqu'un la saisit brusquement pour la tirer à l'intérieur et la jette sur le lit. Elle atterrit sur le matelas avec un hurlement et se redresse d'un bond, le cœur battant la chamade, prête à se défendre.

Elle laisse cependant ses bras retomber le long de son corps en apercevant son « agresseur » plié en deux en train de se moquer d'elle sans aucun scrupule.

Elle voit rouge et attrape aussitôt les oreillers sur le lit pour les balancer au visage d'Achille qui ne s'arrête plus de rire.

– CRÉTIN !

Elle lui en envoie un deuxième.

– Tu n'es vraiment qu'un idiot !!

Il s'essuie le coin des yeux en parvenant avec peine à reprendre son souffle et à éviter ses projectiles.

– Tu aurais vu ta tête !

Elle esquisse une moue indignée.

– Tu es vraiment stupide !

Elle cherche un nouveau coussin à lui envoyer, mais elle les a tous déjà lancés. Son regard tombe sur la lampe de chevet et Achille suit sa direction.

– N'y pense même pas, la prévint-il.

Elle lève les yeux au ciel.

– Je n'allais pas t'envoyer une lampe ! Tu le mériterais peut-être, mais je ne suis pas complètement cinglée, réplique-t-elle en quittant le lit.

C'est à ce moment-là qu'elle se rend compte que le garçon est toujours en boxer.

– Enfile des vêtements, s'il te plaît, dit-elle en se détournant.

Il baisse les yeux vers lui, puis les relèvent sur elle.

– Pourquoi ? C'est comme ça que je suis le plus à mon avantage.

Thérèse le lorgne vaguement.

– Tu manques de sommeil et ça te fait dire des conneries.

Demi-mensonge.

Achille laisse un sourire s'étirer momentanément sur ses lèvres avant de hausser les épaules et d'enfiler un tee-shirt et des vêtements propres pendant que la jeune femme va patiemment attendre devant la porte.

– C'est bon la diva, on peut aller prendre le petit-déjeuner maintenant ? lui demande-t-elle une fois qu'il termine de mettre ses chaussettes.

– C'est bon pour moi.

Ils descendent déjeuner puis prennent la voiture d'Achille pour se rendre au travail.

Thérèse est en train de remettre de l'ordre sur son bureau avant de prendre sa pause de dix heures quand on toque à la porte. Elle relève le nez de ses papiers et les dépose en tas dans un coin de son bureau tout en annonçant à son visiteur qu'il peut entrer.

Elle est surprise de voir Weber faire son apparition. Il est rare que son supérieur quitte son bureau. En règle générale lorsqu'il a besoin de quelque chose ou de voir quelqu'un, il envoie sa secrétaire.

Elle le salue poliment sans parvenir à masquer son étonnement.

– Je venais voir comment vous alliez après ce qui s'est passé hier soir, explique-t-il.

– Je… eh bien ça va. C'était juste une mauvaise frayeur, parvint-elle à balbutier, prise au dépourvu.

Il hoche la tête.

– Tant mieux. Ça vous arrive souvent de vous faire ce genre de mauvais film ? Auriez-vous par hasard une raison de ne pas vous sentir en sécurité chez vous ?

La jeune femme peine à ne pas détourner les yeux devant son regard scrutateur. L'impression que l'homme en sait plus qu'il ne devrait la met mal à l'aise. Elle chasse cependant ce sentiment d'un mouvement de tête.

300

– Non, ment-elle. Pourquoi cette question ?

Il hausse les épaules.

– Je ne sais pas, vous me semblez, disons… agitée ces derniers temps. Sur le qui-vive.

Elle se force à se détendre un peu.

– Je vous assure que tout va bien.

– Je vous crois. Cela étant, si jamais il se passait quoi que ce soit, même sans lien avec le travail, n'hésitez pas à venir m'en parler.

Elle opine.

– Je ne vous dérange pas plus longtemps, achève-t-il en s'apprêtant à sortir.

La jeune femme soupire de soulagement qu'il n'insiste pas davantage.

Il se tourne une dernière fois dans sa direction au moment de saisir la poignée.

– Très jolie tenue.

Elle baisse instinctivement les yeux sur sa nouvelle robe vert-sauge.

– Merci.

Puis il s'en va sans un mot de plus.

Thérèse termine de ranger son bureau, puis en sort à son tour pour aller prendre un café, perplexe après leur échange.

Quand elle arrive dans la salle de repos, Céleste s'y trouve déjà en compagnie de la nouvelle secrétaire, Jade.

Les deux femmes sont en pleine conversation, mais la quinquagénaire s'interrompt aussitôt lorsqu'elle voit la responsable *marketing* arriver.

– Bonjour Thérèse, comment vas-tu ? la salue-t-elle avec un sourire chaleureux.

– Très bien, merci.

Jade se lève timidement de la chaise sur laquelle elle était installée et s'excuse poliment :

– Je vais vous laisser, Monsieur Weber attend son café et j'ai encore du travail.

Le sourire de Céleste se crispe un peu.

– N'oublie pas ce que je t'ai dit Jade, ne laisse pas Weber te marcher sur les pieds. Ce n'est pas parce qu'il est ton supérieur hiérarchique que tu dois le laisser se permettre de te demander n'importe quoi. Tu es sa secrétaire, pas son esclave.

La jeune fille hoche la tête avant de répliquer tout de même, l'air un peu gêné de s'opposer à son aîné :

– Ça ne me dérange pas de lui amener son café.

– Tant que ce n'est que son café. Mais ne laisse pas déborder et t'en demander trop, d'accord ?

Elle opine de nouveau avant de sortir de la salle.

Céleste soupire en se laissant aller contre le dossier de sa chaise. Thérèse lui lance un coup d'œil curieux tout en se servant un café.

– Pourquoi tu lui dis ça ?

– Parce que tu connais Weber. Tu sais mieux que personne à quel point il peut exiger beaucoup de ses employés sans se soucier des répercussions que cela peut avoir sur eux. Je ne donne pas cher de la peau d'une jeune recrue.

– Certes, il est exigeant, mais il n'est peut-être pas si mauvais qu'on le pense, répond-elle évasivement en songeant à ce que qu'il a fait pour elle la veille.

– Je n'en suis pas si sûre.

– Qu'est-ce qui te fait dire ça ?

Elle hausse les épaules.

– Rien de précis.

Céleste joue distraitement avec sa tasse de café.

– Tu penses à Eve ? l'interroge alors Thérèse en venant s'installer près d'elle.

– A Eve, à Jayden, à Laure…

La responsable *marketing* avait presque oublié la commerciale qui a démissionné peu avant l'arrivée d'Achille dans le service.

– Tu as peur qu'elle ne tienne pas le coup ?

– Je ne veux pas qu'il la pousse à bout comme il l'a déjà fait avec d'autres avant elle. Elle est jeune et solaire or, il aspire la lumière comme un trou noir.

Elle soupire avant d'enchaîner :

– Enfin peut-être que je m'en fais pour rien, mais je préfère garder un œil sur elle.

– Tu vas devenir son ange gardien face à Weber le démon, s'amuse Thérèse.

303

Céleste laisse échapper un rire amusé.

– Tu as tout compris.

Les deux femmes terminent ensemble leur café avant de retourner chacune à leur activité respective.

Thérèse ne parvient pas plus à trouver le sommeil cette nuit-là que la précédente.

Elle sait aux ronflements paisibles qui lui parviennent de la chambre d'à côté qu'Achille, lui, dort déjà profondément. A leur retour du travail, le garçon n'a même pas pris la peine de dîner, il est directement parti se coucher pour récupérer ses heures de sommeil en retard de ces derniers jours. Il est tombé comme une masse et ronfle paisiblement depuis.

La jeune femme aimerait pouvoir en faire autant, mais sans y parvenir. Depuis sa vision de la veille, elle est incapable de penser à autre chose qu'à l'homme qui a tenté de s'en prendre à elle, il y a quelques semaines.

Elle laisse échapper un gémissement en essayant vainement une fois de plus, de sombrer dans le sommeil. Mais c'est peine perdue. Son cerveau est branché sur le mode alerte et il lui est impossible de se détendre suffisamment pour espérer s'endormir.

Elle rallume son téléphone qu'elle avait posé sur la table de nuit.

Il indique une heure du matin. Cela fait maintenant trois heures qu'elle est partie se coucher.

Elle soupire et commence à surfer sur internet pour passer le temps. Ce n'est certainement pas ce qui va l'aider à dormir mais perdue pour perdue, autant occuper sa nuit. Elle parcourt son fil d'actualité sur les réseaux sociaux sans vraiment y porter attention.

Des tonnes d'images défilent sous ses yeux, dont elle serait bien incapable de dire ce qu'elles représentent trop perdue dans ses pensées pour s'en soucier, quand soudain la photo d'une fleur colorée parvient à accrocher son attention. Thérèse repense à la plante avec laquelle on a essayé de l'empoisonner ainsi qu'à la forme étrange de ses pétales en clitoris.

Elle quitte le réseau social où elle erre depuis une demi-heure pour ouvrir un onglet *Google*.

Il lui faut un instant avant de se remémorer le nom du végétal qu'elle tape ensuite dans la barre de recherche :

« Orchidée sabot de Vénus. »

Elle commence à parcourir les sites qui en parlent. Elle apprend que c'est une espèce assez rare qui tient son nom de la mythologie romaine.

La Déesse de l'amour, Vénus, aurait perdu son sabot en or en fuyant à l'approche d'un berger et quand celui-ci voulut le ramasser, l'objet se transforma en fleur.

Mais ce qui l'interpelle davantage est sa signification. Elle frissonne et sent la nausée monter instantanément sans qu'elle soit capable de déterminer si c'est à cause de la fatigue ou de ce qui est dit dans l'article :

« Le sabot de Vénus peut désigner un amour érotique et être offert en signe d'amour et de passion […] »

Thérèse éteint son téléphone après la lecture de ce dernier point et tente de calmer les battements précipités de son cœur.

De toute façon, quelles qu'aient été les intentions de l'expéditeur des fleurs, il ne s'est plus manifesté depuis sa tentative infructueuse de s'en prendre à elle. Elle n'a donc rien à craindre.

C'est ce qu'elle se répète en boucle allongée dans son lit jusqu'à ce qu'un sommeil agité ne vienne la cueillir.

Thérèse s'endort à moitié sur sa tasse de café lorsque la porte de la maison s'ouvre sur Achille. La jeune femme se tourne dans sa direction pour le regarder entrer avec un soupir de soulagement.

Quand elle a vu que la chambre du garçon était déserte en se réveillant ce matin, elle s'est demandée où il avait bien pu passer et pendant un instant, s'il ne lui était pas arrivé quelque chose. Bien qu'elle se doutait qu'il était simplement sorti faire un tour, elle n'est pas mécontente d'en avoir la confirmation.

– Je commençais à me dire que tu étais peut-être mort, dit-elle en bâillant à s'en décrocher la mâchoire lorsqu'il fait son apparition dans le salon.

Il sourit en déposant sur la table un sachet en papier d'où se dégage une douce odeur de viennoiserie.

Les yeux de la jeune femme s'écarquillent avec intérêt quand l'effluve parvient à ses narines.

– Est-ce que c'est bien ce que je pense ?

– C'est encore mieux que ce que tu penses.

Elle soutient son regard mystérieux en haussant un sourcil interloqué. Il ouvre le sachet et en sort une espèce de brioche ronde striée de chocolat et parsemée de noisettes grillées. L'eau lui monte aussitôt à la bouche.

– Qu'est-ce que c'est ?

– Babka chocolat à la pâte à tartiner et noisettes, annonce-t-il solennellement.

Thérèse saisit la viennoiserie que lui tend Achille et arrache une première bouchée de la brioche moelleuse sans aucune hésitation.

– Je pourrais t'épouser rien que pour m'avoir ramené cette merveille, dit-elle en se retenant presque de gémir de satisfaction.

Il la regarde en prendre un nouveau morceau avec amusement avant de s'installer à table avec elle pour entamer la sienne.

– Je savais que ça te plairait.

– Tu as dû te lever tôt pour avoir le temps de passer à la boulangerie, remarque Thérèse en ramassant une coulure de pâte à tartiner au coin de sa bouche.

Comme si ce n'était pas suffisant, il fallait que la babka soit fourrée. C'est décidé, elle ne veut plus se nourrir que de ça pour le restant de ses jours.

– J'étais debout avant que mon réveil ne sonne alors, j'en ai profité, lui répond-il simplement. J'ai bien récupéré cette nuit. Et toi, tu as pu dormir un peu ?

Elle hausse les épaules.

– Un peu.

– Ça se voit, tu as une petite mine, dit-il en approchant son pouce de la joue de la jeune femme pour y ramasser une nouvelle tâche de pâte à tartiner. Tu t'en mets partout, se moque-t-il en s'essuyant le doigt sur une serviette.

Elle rougit lui prenant le papier des mains pour le passer nerveusement sur sa bouche.

– C'est bon ?

Il hoche la tête.

Elle avale une gorgée de café en se raclant la gorge pendant qu'il reprend :

– C'est cette histoire de silhouette qui t'empêche de dormir ?

– Entre autres, répond-elle en retournant à l'assaut de la brioche tiède. Je repensais aussi à la fleur que j'ai reçue et j'ai fait quelques recherches.

– Alors ?

Elle lui raconte ce qu'elle a découvert.

– Tu es sûre de ne toujours pas vouloir prévenir la police ? l'interroge Achille la mine grave lorsqu'elle termine.

Elle secoue négativement la tête.

– Je ne préfère pas. D'autant plus qu'il ne s'est rien passé depuis.

Le garçon grimace, l'air pas tout à fait convaincu. Il conclut néanmoins :

– C'est à toi de voir.

Ils terminent leur petit-déjeuner sur un autre sujet et Thérèse écoute Achille lui raconter le mariage de sa sœur tout en essayant de mettre de côté ses inquiétudes.

Thérèse toque à la porte du bureau de Gabriel, une tasse à la main. Elle ne l'a pas vu prendre sa pause de l'après-midi et s'est dit qu'elle allait lui apporter un café.

– Entrez.

Il relève la tête de son téléphone qui semblait jusque-là concentrer toute son attention et lui sourit.

– Ça va ?

– Je t'amène un café si ça t'intéresse ?

– C'est pile ce qui me fallait !

Elle entre en refermant derrière elle et dépose la tasse sur le bureau. Il la remercie en prenant une gorgée tandis qu'elle s'installe sur une chaise.

– Alors, j'ai entendu dire que tu pensais à nous quitter ? amorce-t-elle en se souvenant de ce qu'Achille lui a dit à propos du changement de carrière qu'envisage le jeune père.

– Je regardais justement les postes dans lesquels je pourrais me reconvertir, confirme-t-il en désignant son portable.

– Tu as déjà une idée de ce que tu voudrais faire ?

– Vaguement. Je sais que j'aimerais rester dans le monde du commerce, mais je tiens avant tout à avoir des horaires fixes.

– Je suis sûre que tu vas finir par trouver. En tout cas, je suis contente de savoir que tu as enfin décidé de te concentrer sur ce qui est vraiment important pour toi.

L'homme plante son regard dans le sien.

— Tout ça, c'est grâce à toi et à ce que tu m'as dit. Une famille, je n'en aurais qu'une et je veux en faire ma priorité.

Elle opine avec un sourire aux lèvres.

— Comment vont ton fils et Natacha, au fait ?

— Bien. Léo grandit à toute allure, c'est fou ! Je ne pensais pas qu'un enfant changeait si vite !

— C'est mignon ! Autre chose, tu as des nouvelles de Jayden ? demande-t-elle en sautant du coq à l'âne.

Cela fait un moment que la jeune femme n'a plus pensé à lui pour être tout à fait honnête. Et depuis que le jeune chef de produit les a quittés le temps de se remettre de son deuil, il n'a plus donné signe de vie.

— J'ai cru comprendre qu'il est parti quelque temps à l'étranger pour changer d'air, loin de la capitale et de tout ce qui s'est passé. Son médecin lui a accordé deux mois et demi d'arrêt, mais on ne devrait plus tarder à le voir reprendre du service.

— C'est une bonne nouvelle.

Thérèse est sincèrement heureuse pour lui et impatiente de son retour. Elle espère que le temps qu'il a pris pour se remettre d'aplomb aura eu l'effet escompté.

Elle se relève en déclarant :

— Il va falloir que j'y retourne, Weber m'attend pour faire le point sur la commercialisation du projet.

— Je ne te retiens pas dans ce cas. Bonne chance avec le monstre, conclut Gabriel pour rire.

Elle sourit.

— J'espère ressortir en un seul morceau de son bureau, mais rien n'est moins sûr ! Répond-elle en entrant dans son jeu.

– Je suis de tout cœur avec toi !

Ils s'amusent encore un instant de leur idiotie, puis Thérèse ressort du bureau du chef de produit avec le sourire pour prendre la direction de celui de son patron.

Thérèse pénètre dans le bureau de Weber après qu'il lui ait annoncé qu'elle pouvait entrer.

Elle le salue d'un bref signe de tête et il ne perd pas de temps pour lui demander distraitement, les yeux rivés sur un dossier :

– Comment avance le processus de commercialisation ?

Cela fait maintenant plusieurs jours que Thérèse suit l'évolution de l'équipe commerciale en vue de préparer le lancement de la gamme de produits qu'elle a mise au point. Pendant tout ce temps, Hélène a fait son possible pour l'éviter au maximum. Le cœur de la jeune femme se pince douloureusement à ce constat. Elle ne supporte plus d'être en froid avec son amie, la blonde lui manque terriblement.

– Bien. On ne devrait plus tarder à pouvoir mettre les produits en vente, répond-elle alors qu'il daigne enfin relever les yeux sur elle.

L'homme hoche lentement la tête en la contemplant avec un regard pesant qui a le don aussitôt de la mettre mal à l'aise.

– C'est… c'est à peu près tout, conclut-elle en se raclant la gorge.

– Bien.

Elle attend qu'il lui permette de disposer, mais il n'en fait rien et continue de la dévorer des yeux.

314

– Je… Je peux retourner travailler, ou vous avez encore besoin de moi ?

– Vous l'aimez particulièrement cette robe, n'est-ce pas, dit-il en ignorant sa question.

La jeune femme ressert sa prise sur le tissu fluide de sa robe vert-sauge pour masquer le léger tremblement de ses mains. Il est vrai que depuis qu'elle l'a achetée, c'est devenu l'une de ses tenues préférées. Elle est aussi jolie qu'agréable à porter en ces premières chaleurs de printemps. Visiblement, il n'a pas échappé à son patron qu'elle la met souvent.

– Je… Oui, bafouille-t-elle, surprise par sa remarque.

Weber se lève et fait le tour de son bureau pour venir se planter en face d'elle, le corps à quelques dizaines de centimètres du sien.

Le souffle de Thérèse se fait court et saccadé à cause de la proximité de son supérieur. Tout son corps se crispe.

Elle ferme momentanément les yeux en sentant l'haleine tiède de l'homme sur son visage quand il reprend :

– Vous avez raison, elle vous va à merveille.

La jeune femme déglutit avec difficulté, incapable même si elle avait su que répondre de prononcer le moindre mot. C'est soudain comme si elle était en arrêt sur image et pendant un instant, elle ne parvient pas plus à bouger qu'à comprendre ce qui est en train de se produire.

– Vous êtes tout bonnement sublime dedans.

Les yeux de la jeune femme rencontrent le regard sombre de prédateur de son interlocuteur et son cœur se met à battre si fort dans sa poitrine qu'elle craint une seconde qu'il n'explose. Sa respiration se fait de plus en plus haletante. Un élan de panique traverse son corps tétanisé.

L'homme s'approche encore un peu en continuant :

– Séduisante même…

Il fait reculer la jeune femme jusqu'à ce qu'elle se retrouve acculée contre le mur et sans prévenir, la saisit fermement par les poignets.

– Vous savez très bien l'effet que vous me faites dans cette tenue. Vous en jouez même… Mais soit, j'accepte de me prêter au jeu.

Elle voudrait le repousser, crier, réagir, mais reste pétrifiée sur place, les larmes aux yeux. L'angoisse monte progressivement en elle, paralysant chacun de ses muscles. Ses poumons la brûlent tant elle peine à trouver son souffle.

Weber la fixe intensément, puis son regard dérive sur sa bouche. Un sourire malsain vient alors étirer de manière effrayante son visage habituellement impassible. Thérèse laisse échapper un faible gémissement terrifié quand il lui saisit le menton entre les doigts, comme il l'a déjà fait auparavant.

– Vous aimez me provoquer, salope. Mais ce que vous ignorez, lui susurre-t-il en caressant la partie fendillée de sa lèvre inférieure. C'est que j'en rêve depuis la première fois que j'y ai goûté.

L'estomac de Thérèse se retourne alors qu'elle n'ose comprendre le sous-entendu. Sa poitrine se soulève par à-coups, le souffle lui manque. Elle est sur le point de vomir.

Weber approche ses lèvres pour les déposer sur les siennes et elle parvient tout juste à reprendre suffisamment possession de ses moyens pour détourner la tête au dernier moment et l'empêcher *in extremis* de l'embrasser.

Surpris de ne pas atteindre sa cible, l'homme se redresse pour la contempler, avec fureur d'abord. Puis, il se radoucit.

Il fait claquer sa langue contre son palais avec un air contrarié.

– Allons, vous démarrez une partie puis vous refusez de jouer ? Je n'y suis pour rien si nous en sommes là. Vous l'avez cherché. Vous êtes l'entière responsable de tout ce qui arrive entre nous, dit-il en effleurant de nouveau la plaie sur ses lèvres du bout du pouce.

Thérèse presse ses paupières l'une contre l'autre en essayant vainement de calmer sa respiration pour ne pas complètement perdre pied.

C'est un cauchemar. Un putain de cauchemar.

Tout son corps tremble comme s'il allait céder sous son poids.

Elle va se réveiller.

Elle *doit* se réveiller.

On frappe soudain à la porte. Elle sent la prise de son patron se resserrer un peu plus autour de ses poignets.

Il ferme momentanément les yeux et laisse échappe un grognement irrité sans esquisser le moindre geste pour autant.

– Monsieur ?

Kim.

– Revenez plus tard, je suis occupé ! la rabroue-t-il.

– On a un problème avec le compte de l'entreprise, insiste-t-elle.

– Quel genre ? Une perte d'argent ?

– Apparemment, répond la voix derrière la porte.

– Importante ?

– Quelques milliers.

L'homme crache avec frustration et relâche enfin Thérèse à contre-coeur pour ouvrir la porte à la séduisante responsable financière.

La jeune femme doit s'efforcer de ne pas s'effondrer quand il la libère de son étreinte. Le regard dans le vide, elle se sent sur le point de défaillir d'un instant à l'autre.

Weber s'adresse à Kim avec une fureur non dissimulée.

– VOUS NE POUVEZ PAS VOUS DÉMERDER TOUTE SEULE POUR ME RÉGLER CETTE PUTAIN D'AFFAIRE DE FRIC, BORDEL DE MERDE ?!

Elle hausse les épaules sans se laisser démonter par la fureur de son supérieur.

– J'ai appelé les banquiers chargés de la trésorerie de l'entreprise pour savoir ce qui s'est passé et ils demandent à vous parler en personne, réplique-t-elle en lui tendant le téléphone.

L'homme lui arrache furieusement des mains et s'éloigne vivement dans le couloir pour prendre l'appel en vociférant.

Ses éclats de voix résonnent dans tout le bâtiment, mais c'est à peine si Thérèse les entend, toujours en proie à l'angoisse qui continue de parcourir son corps par vague. Son cœur tambourine si fort dans ses oreilles que le son de ses pulsations camoufle les bruits extérieurs.

Elle doit prendre appui contre le mur pour se maintenir tant bien que mal sur ses jambes flageolantes.

Kim suit leur patron du regard jusqu'à ce qu'il ait disparu à l'angle d'un couloir, avant de jeter un coup œil curieux à l'intérieur du bureau et de s'apercevoir soudain de la présence de Thérèse.

– Besson ? C'est toi qui l'as mis dans cet état ?

Elle fait un pas vers elle et la responsable *marketing* se force à reprendre contenance pour éviter qu'elle ne lui pose des questions auxquelles elle serait incapable de répondre. Toujours sous le choc de ce qui vient de se passer.

– Tout va bien ? Tu es aussi pâle que si tu avais vu un fantôme, commente l'autre en arrivant à sa hauteur et en la dévisageant.

Pas un fantôme. Un monstre.

– Ça va, ment-elle en prenant la direction de la sortie.

Elle ne supporte plus de rester une seconde de plus dans le bureau de Weber. Elle sent encore la brûlure de ses doigts sur sa peau et son poignet droit, tout juste remis de sa foulure, l'élance douloureusement.

– Si tu le dis.

La quadragénaire lui emboîte tout de même le pas.

– Tu ne veux pas un verre d'eau ou autre chose ?

– Non, rien.

Rien si ce n'est pouvoir effacer à tout jamais de son esprit les dernières minutes qui viennent de s'écouler. Mais ça, cela semble impossible pour le moment.

Thérèse rejoint son bureau et s'y enferme pour échapper à la curiosité de Kim.

Là seulement, elle se laisse enfin glisser sur le sol en s'interrogeant brièvement sur le miracle grâce auquel ses jambes sont parvenues à la porter jusqu'ici.

Elle reste immobile pendant de longues minutes, peut-être même des heures.

Son cerveau lui donne l'impression d'être bloqué. De ne plus fonctionner correctement et de refuser de comprendre ce qui vient de se passer.

Au bout d'un moment, elle finit par se redresser quand Achille vient toquer à sa porte pour lui demander si elle est prête à rentrer.

Elle le fait attendre une minute, le temps de récupérer ses

affaires, puis le laisse la ramener à la maison.

Thérèse n'a pas prononcé un mot depuis qu'Achille et elle, ont quitté le bureau. Elle s'est contentée de répondre aux questions que le garçon lui posait par un signe de tête lorsqu'elle le pouvait, sinon de faire comme si elle ne les avait pas entendues.

Ils viennent à présent de s'installer à table avec les spaghettis carbonara que l'homme leur a fait livrer et il la contemple avec inquiétude jouer du bout de sa fourchette avec son plat.

– Tu n'as pas faim ? l'interroge-t-il après un long moment de silence.

Elle hausse les épaules en reposant sa fourchette et repousse son assiette pour ne plus avoir l'odeur de nourriture sous le nez.

Elle se sent nauséeuse tout à coup.

– Pas vraiment, dit-elle pour la première fois depuis leur retour.

– Il s'est passé quelque chose ?

Elle secoue négativement la tête, mais sait déjà au regard dubitatif qu'il affiche, qu'Achille ne la croit pas.

– Comment était ta journée ?

– Bien.

– C'est tout ?

– Quoi ? Tu veux que je te réponde que « c'était une journée

321

de travail extraordinaire » ? réplique-t-elle plus sèchement qu'elle ne l'aurait voulu.

– Non.

– C'était une journée tout ce qu'il y a de plus banal.

– OK.

Il n'insiste pas plus et reprend son repas sans un mot, mais la jeune femme devine qu'il continue malgré tout à s'inquiéter.

– Excuse-moi, lâche-t-elle en se radoucissant. Je suis juste un peu fatiguée. Je n'ai pas beaucoup dormi ces dernières nuits à cause de ce que j'ai cru voir dans le jardin dimanche soir.

Le souvenir de cette nuit-là la fait frissonner rien que d'y songer. Surtout depuis qu'elle a la certitude de n'avoir en réalité rien imaginé du tout.

Maintenant qu'elle y pense cela lui paraît impossible que Weber se soit justement trouvé devant la maison, en pleine nuit, au moment même où elle s'est mise à crier. Plus elle y réfléchit, plus elle se dit que cela n'avait rien d'un hasard.

Dans le même registre, si elle n'avait pas vu la clé du jardin lorsqu'elle l'avait cherché sur le meuble de l'entrée où son patron prétendait l'avoir si simplement retrouvé, peut-être était-ce justement parce qu'elle ne s'y trouvait pas, mais qu'il l'avait en sa possession depuis le début.

La silhouette masculine qu'elle a surprise dehors était celle de Weber. Elle en mettrait sa main à couper.

Demeure une question. Pourquoi ?

Elle chasse cette pensée dans un coin de son esprit alors que son cœur recommence à s'emballer dans sa poitrine.

Achille la dévisage maintenant avec inquiétude.

– Tu es sûre que tu te sens bien ?

La jeune femme saute sur l'excuse qu'il lui offre.

– Non, pas trop en fait. Je me demande si je n'ai pas choppé un truc.

Il hoche la tête, l'air un peu soulagé par sa réponse.

– Je me doutais bien qu'il y avait quelque chose qui clochait. Tu devrais aller te reposer, lui conseille-t-il alors.

Elle opine en se levant de table et fait mine de prendre son assiette pour la débarrasser, mais il retient son geste.

– Laisse, je vais m'en occuper. Va plutôt te coucher.

Thérèse le remercie et monte dans sa chambre sans se faire prier. Elle s'en veut de cacher à Achille ce qui s'est passé cet après-midi et ce qu'elle a découvert sur Weber, après tout ce qu'il fait pour elle. Mais elle est incapable de lui raconter.

C'est peut-être encore trop frais, ou alors est-ce parce qu'elle n'arrive pas elle-même à prendre conscience de ce qui lui est arrivé ?

Quoi qu'il en soit, bien qu'elle ait essayé plus d'une fois d'aborder le sujet quand ils étaient en voiture, à chacune de ses tentatives, les mots sont restés bloqués dans sa gorge. Elle a fini par s'avouer vaincue.

Elle referme précautionneusement la porte derrière elle, baisse les volets pour se mettre dans le noir et s'allonge sur le lit sans prendre la peine de se changer. Les yeux rivés au plafond, elle laisse ses pensées tourbillonner dans son esprit et les liens se tisser entre les derniers évènements.

« [...] *j'en rêve depuis la première fois que j'y ai goûté.* »

Thérèse se réveille le lendemain matin avec les paroles de Weber qui tournent en boucle dans son esprit.

Elle soupire doucement en se passant la main sur le visage et se redresse sur le lit.

Elle parcourt du bout des doigts la blessure sur sa lèvre inférieure qu'elle pensait être fendillée à cause de sa chute lors de sa perte de connaissance, mais à laquelle son patron offre une tout autre origine.

Elle se souvient maintenant de son regard persistant sur la plaie quand elle est venue dans son bureau le lendemain.

Que s'est-il réellement passé cette nuit-là lorsqu'elle était inconsciente, putain ?

Elle descend un peu avant que le réveil d'Achille ne le tire du sommeil et va s'installer sur la table du salon avec un café brûlant.

Elle garde les mains autour de la tasse fumante pour laisser sa chaleur inonder ses paumes, perdue dans ses pensées.

Une bonne dizaine de minutes plus tard, le garçon son apparition dans le salon en bâillant à s'en décrocher la mâchoire.

Il la salue et elle lui répond par un vague marmonnement en se tirant de ses réflexions.

– Comment tu te sens ce matin ? lui demande-t-il en la rejoignant après s'être servi un café.

324

– Un peu mieux.

– Tu vas aller travailler ?

L'estomac de la jeune femme se retourne à la simple idée de se rendre au travail et de retomber sur Weber.

S'il tentait de terminer ce qu'il a commencé la veille ? La jeune femme se prend à s'interroger sur ce qui aurait pu se passer si Kim ne les avait pas interrompus. Aurait-elle seulement été capable de repousser son patron ? Son corps s'était comme paralysé de la tête au pied, lui empêchant tout mouvement.

– Je ne sais pas trop.

D'un côté, elle angoisse à l'idée de se retrouver dans le même bâtiment que son supérieur, mais de l'autre, elle n'est pas sûre d'être plus en sécurité seule chez Achille si l'homme, ne la voyant pas au bureau, décide soudain de lui *rendre visite*.

– Je crois que je vais quand même essayer d'y aller, finit-elle par répondre.

Il hoche la tête de haut en bas, bien qu'elle devine qu'il n'approuve pas totalement sa décision.

Elle le remercie intérieurement de ne pas insister. L'une des caractéristiques qu'elle préfère chez Achille est qu'il ne cherche jamais à imposer son avis.

Il termine son café et retourne dans la cuisine pour déposer sa tasse dans le lave-vaisselle. La jeune femme le suit et vide la sienne dans l'évier.

Puis, ils se changent et se rendent au travail.

– Si jamais tu ne te sens pas bien et que tu as besoin que je te ramène à la maison, surtout, tu n'hésites pas, lui dit Achille lorsqu'ils arrivent dans les locaux d'*Unlimitless*.

Thérèse opine en le remerciant.

Il saisit la poignée et s'efface pour la laisser entrer.

Lorsqu'elle franchit la porte du bâtiment, la jeune femme sent presque aussitôt son cœur tambouriner dans sa poitrine. Plus elle approche des bureaux et plus son angoisse s'intensifie. Il lui faut fournir un effort considérable pour ne pas laisser deviner au garçon la peur qui l'anime. Elle essaie autant que possible de respirer profondément pour empêcher sa respiration de devenir haletante.

Thérèse fait un bond lorsque Achille dépose soudain une main sur son épaule. Il la regarde avec inquiétude écarquiller les yeux en faisant volte-face, puis reprendre peu à peu contenance quand elle s'aperçoit qu'il ne s'agit que de lui.

– Eh, tu es sûre que ça va ?

Sa main quitte son épaule et trouve lentement le chemin jusqu'à sa joue qu'il effleure à peine dans l'esquisse d'un geste réconfortant. Ses yeux plantés dans les siens, la jeune femme frissonne doucement.

– Oui.

Il pince les lèvres sans insister et lui annonce simplement

qu'il va se mettre au travail. Ils se séparent pour rejoindre leur bureau respectif.

Thérèse prend une profonde inspiration en s'installant sur son fauteuil pour reprendre le contrôle de son corps tremblant et prie silencieusement pour ne pas croiser son patron de la journée.

Thérèse respire un peu mieux lorsque la journée touche à sa fin sans que Weber n'ait donné le moindre signe de sa présence. Dans une petite demi-heure, Achille viendra toquer à sa porte pour la ramener à la maison, où elle pourra enfin souffler. Jusqu'au lendemain…

Elle secoue la tête pour chasser cette idée. Il ne sert à rien de commencer appréhender maintenant alors qu'elle n'a même pas encore fini sa journée.

On frappe soudain à la porte.

Son cœur cesse momentanément de battre. Avant de reprendre à toute allure.

Elle hésite. Il pourrait très bien s'agir d'Achille qui vient la chercher un peu plus tôt que prévu pour rentrer étant donné qu'il la croit malade.

– Entrez !

Son cœur remonte dans sa gorge lorsque la porte s'ouvre et que son supérieur fait son apparition à la place du garçon. L'homme la couve du même regard prédateur que la veille.

Il verrouille la porte, piégeant Thérèse à l'intérieur avec lui, puis s'avance dans sa direction.

Elle se lève si brusquement que son fauteuil se renverse en arrière. La jeune femme s'efforce de ne pas laisser la panique la gagner instantanément pour garder aussi longtemps que

328

possible possession de ses moyens.

– Je… Je peux vous aider ?

Un rictus terrifiant étire les lèvres de son supérieur.

– J'ai pensé à toi *toute* la journée, putain.

La respiration de Thérèse se saccade. Elle sent ses membres qui commencent à s'engourdir et essaie tant bien mal de ne pas les laisser se tétaniser pour de bon.

L'homme avance lentement, de la même façon qu'un animal qui traque sa proie. La jeune femme esquisse un mouvement de recul et heurte soudain l'étagère dans son dos.

En quelques secondes le prédateur est sur elle. Thérèse se retrouve prise au piège entre le meuble et la stature imposante et tout en muscle de son patron.

Les larmes dévalent ses joues, mais Weber ne semble pas s'en apercevoir, ou du moins n'y prête-t-il aucune attention. Elle le voit se lécher le coin des lèvres avec un sourire malsain en contemplant sa bouche avec intensité.

– Sale perverse !

Ses mots résonnent dans l'immobilité de la pièce.

Il approche encore un peu plus son corps du sien, jusqu'à venir presser ses hanches contre celle de la jeune femme. C'est alors qu'elle sent avec horreur une forme se dresser entre ses cuisses contre le tissu de son jeans. Elle presse les paupières l'une contre l'autre en sanglotant.

C'est un enfer. Sa poitrine la brûle. L'air ne parvient plus jusqu'à ses poumons. Elle suffoque. Elle va mourir.

L'homme la force à rouvrir les yeux en saisissant brutalement une poignée de ses cheveux pour lui relever la tête et planter son regard dans le sien.

– Ne cherche pas à fuir les conséquences de tes actes. Regarde ce que tu fais, salope ! Regarde, je te dis !

Il lui abaisse brusquement la tête en direction de son érection et la jeune femme détourne aussitôt le regard, le corps secoué de spasmes. Elle parvient de plus en plus difficilement à respirer. Sa vue se trouble et elle manque d'air.

Thérèse s'apprête à s'évanouir pour de bon quand un violent coup dans le ventre la ramène à la réalité avant qu'elle ne sombre. Elle en a momentanément le souffle définitivement coupé.

L'homme vient de lui envoyer son genou dans l'estomac et son visage est maintenant déformé par la fureur.

La responsable *marketing* parvient tant bien que mal à reprendre une respiration saccadée et sent aussitôt la bile lui remonter le long de l'œsophage. Il s'en faut de peu pour qu'elle ne vomisse pas.

– REGARDE, PUTAIN ! Regarde le résultat de ton petit jeu de séduction, salope ! C'est ça que tu voulais, avoue. C'est ça que tu attendais depuis le début. Si tu t'es autant donnée sur ce projet à la con, c'était pour attirer mon attention, n'est-ce pas ? Pour jouer. Eh bien maintenant, tu as tout mon intérêt, ma jolie !

Il la plaque un peu plus fort contre l'armoire et intensifie la pression de son sexe dur entre ses jambes, malgré les couches de tissus qui les séparent.

Les larmes de la jeune femme redoublent. Avec l'énergie du désespoir, elle parvient tout juste à retrouver suffisamment le contrôle de son corps pour tenter de le repousser fébrilement, en vain.

Lorsqu'il remarque qu'elle cherche à lui échapper, l'homme part alors dans un éclat de rire qui la fait trembler jusqu'à l'os.

Puis soudain, il relâche la pression que son corps exerçait contre le sien pour le maintenir au mur et s'écarte enfin. D'abord de quelques centimètres, puis de quelques mètres, jusqu'à ce qu'il se retrouve à l'autre bout de la pièce, dos à la porte.

Il la regarde s'effondrer au sol, à bout de souffle, sous le choc. Suffocant, tremblant et pleurant.

Un rictus amusé étire les lèvres du monstre.

– C'est vous qui êtes responsable de ce qui arrive. Vous avez voulu jouer avec le feu en attisant les braises et maintenant que vous vous rendez compte que vous pouvez vous brûler, vous voudriez fuir vos responsabilités. Seulement, on n'arrête pas un incendie en marche en prenant les jambes à son cou, Besson.

Sans un mot de plus, il ouvre la porte et sort du bureau, laissant la jeune femme effondrée, en pleurs sur le lino et en proie à la terreur et à l'incompréhension la plus totale.

Elle va vomir.

Thérèse parvient sans savoir comment à trouver la force de se relever pour se précipiter jusqu'aux toilettes, bousculant au passage Céleste dans le couloir.

Elle ouvre la porte des sanitaires à la volée et s'effondre devant la cuvette pour rendre le contenu de son estomac. Son corps faible tremble sous l'assaut de ses haut-le-cœur.

Quand elle a fini, elle se laisse aller contre le mur en ramenant les genoux contre sa poitrine, les yeux larmoyants.

Elle n'y comprend rien. Elle ne voudrait plus rien comprendre.

Quand a-t-elle laissé penser Weber qu'elle désirait ce genre de chose ? Quel feu l'accuse-t-il d'avoir déclenché ? Elle n'a jamais rien fait dans ses souvenirs, qui ait pu lui laisser croire qu'elle cherchait à « jouer avec lui. »

Son corps qui ne s'arrête plus de trembler lui fait mal à présent. Elle a l'impression que si ça continue ses os vont finir par se briser sous ses spasmes.

Elle sent la nausée revenir d'un coup et vomit une seconde fois.

Elle redresse la tête en toussant, la gorge irritée. Un filet de sueur coule le long de son front

Elle voudrait dormir. Pouvoir oublier tout ça. Reprendre une vie normale. Sa vie d'avant le projet. Avant sa dispute avec

Hélène. Avant qu'on cherche à l'empoisonner. Sa vie avant qu'elle découvre le vrai visage de son patron.

Les larmes recommencent à couler.

Lorsqu'elle se relève enfin avec un soupire, elle sursaute en se retrouvant face à Céleste. Son cœur s'emballe dans sa poitrine alors que la quinquagénaire la dévisage gravement.

– Ça ne va pas.

– Si ça va, répond-elle en essuyant rapidement ses larmes d'un revers de manche.

– Ce n'était pas une question.

Céleste la suit jusqu'au lavabo où la jeune femme prend son temps pour se rincer la bouche et passer un coup d'eau sur son visage en sueur.

Lorsque Thérèse se contemple dans le miroir, elle peine à se reconnaître. Son teint est pâle, blême, cadavérique même. Effrayant. Ses yeux sont plus cernés qu'ils ne l'ont jamais été et ses traits aussi tirés que si elle avait pris dix ans en l'espace de quelques jours.

L'autre l'observe à travers son reflet.

Thérèse se lave encore les mains puis les essuie sur son jeans avant de faire mine de prendre la direction de la sortie, mais Céleste lui bloque le passage pour l'empêcher de se dérober.

– Qu'est-ce qui s'est passé ?

– Rien, j'ai simplement chopé une saloperie.

– J'ai vu Weber sortir de ton bureau juste avant que tu ne le fasses pour aller vomir. Qu'est-ce qui s'est passé ? répète-t-elle d'un ton plus ferme.

Thérèse ne se souvient pas lui avoir déjà vu une expression aussi grave.

– Rien, il venait simplement se renseigner sur l'avancée de l'équipe commerciale concernant les produits qu'on doit sortir.

– Tu mens.

Son ton ne laisse aucune place au doute. La jeune femme se tait un instant, le temps de chercher un argument pour la convaincre de lâcher le morceau, mais sa tête lui fait affreusement mal. Elle est épuisée et c'est à peine si elle a encore la force de faire face à la quinquagénaire. Tout ce qu'elle souhaiterait à présent, c'est dormir.

Elle perd rapidement patience, à bout de force.

– Tu n'es pas obligée de me croire, lui réplique-t-elle finalement en haussant les épaules. En attendant, je suis réellement malade et je voudrais rentrer chez moi.

Elle tente de forcer le passage, mais l'autre la repousse sans difficulté. Thérèse se rétablit et ravale les larmes de frustration qui lui montent aux yeux, les nerfs à vifs.

– PUTAIN, MAIS LAISSE-MOI PASSER BORDEL !

– Répond d'abord à ma question. Qu'est-ce qui s'est passé ?

Thérèse laisse échapper un gémissement agacé en se détournant, les lèvres pincées. Elle passe les mains dans ses cheveux pour contenir son irritation avant de faire de nouveau face à Céleste.

– PUISQUE JE TE DIS QUE-

– Il t'a touché ?

La jeune femme s'interrompt aussitôt, stupéfaite.

– RÉPONDS-MOI ! EST-CE QUE J'AI RAISON ?!

Le calme apparent qu'elle maintenait jusque-là quitte le visage de la responsable des ressources humaines lorsqu'elle crie ces mots. Thérèse sent ses mains se mettre à trembler et les larmes menacer de la submerger de nouveau, sous le choc. Elle est momentanément incapable de prononcer la moindre parole.

– Réponds…, insiste Céleste d'une voix tremblante qui perd à présent sa fermeté.

Thérèse ne comprend pas l'origine du voile de douleur qu'elle voit tomber sur le regard de son interlocutrice. Elle ouvre la bouche pour lui répondre, la referme, puis finalement hoche lentement la tête de haut en bas, les larmes aux yeux.

Aussi étrange que cela puisse paraître, ce simple aveu la fait se sentir un peu mieux. Comme soulagée d'une infime partie du poids qui la pèse.

La femme rejette la tête vers l'arrière et ferme les yeux. Puis sans prévenir, elle se laisse à son tour terrasser par les larmes.

– PUTAIN !!

Elle se redresse et lance à Thérèse un regard plein de culpabilité, avant de venir prendre son visage entre ses mains dans un geste presque maternel.

– Si tu savais comme je suis désolée, lui chuchote-t-elle.

Elle essuie du bout du pouce les larmes qui recommencent à dévaler le visage de la jeune femme.

– Tout est ma faute. Si tu savais comme je m'en veux !

Thérèse s'écarte pour se dérober à son contact, perdue.

– Pourquoi tu dis ça ? Parvient-elle à demander fébrilement.

Céleste plante alors son regard dans le sien.

– Parce que tout est ma faute, répète-t-elle. Eve, Laure, et combien d'autres encore avant elles…

– Je… je ne comprends pas…

– Il les a… (les larmes de la femme redoublent et elle prend

une profonde inspiration le temps de retrouver suffisamment contenance pour continuer.) Violées. Attouchées pour les plus
« chanceuses » d'entre elles qui ont pu lui réchapper à temps…
Thérèse peine à déglutir.

– Et en quoi ce serait ta faute Céleste ?

Le regard la responsable des ressources humaines s'assombrit encore lorsqu'elle répond :

– Parce qu'au lancement d'*Unlimitless*… (Il semble qu'elle doit arracher hors d'elle chacun des mots qu'elle prononce.) J'ai été sa première victime… A l'époque, (elle joue distraitement avec l'alliance à son annuaire, les yeux rivés sur le bijou) mon mari était souffrant depuis plusieurs années déjà. Un cancer, précise-t-elle. On savait qu'il ne serait pas immortel et son état venait encore d'empirer. En somme, il arrivait à la fin de sa vie… J'allais mal. Un soir Weber m'a trouvé dans la salle de repos, longtemps après que les derniers employés aient quitté leur poste. Je jouais les prolongations au bureau avant d'être obligée de rentrer à la maison. S'occuper de quelqu'un de malade n'est pas toujours évident, peu importe à quel point on l'aime…

Elle soupire comme si elle revivait momentanément ses souvenirs.

– Il m'a tenu compagnie le temps que je me sente mieux et s'est offert comme une oreille attentive. Je me sentais seule et complètement perdue aussi, je n'ai pas hésité à lui parler de la situation de mon époux. Il m'a simplement écouté, mais c'était la seule chose dont j'avais besoin à ce moment-là… Quand j'ai eu fini de tout lui raconter, il m'a rassuré, puis il a sorti une bouteille de rouge de l'armoire et m'a proposé de prendre un verre avec lui avant de rentrer. Son invitation m'a un peu surprise au début, c'est vrai, mais je n'avais aucune raison d'être sur mes gardes après la soirée que nous venions de passer alors, j'ai accepté.

A ces mots Thérèse se remémore soudain les images avec lesquelles elle s'est réveillée juste après son malaise. Elle revoit son patron lui tendre une coupe de vin rouge et ne peut réprimer un frisson. Elle avait cru jusqu'à présent qu'il s'agissait d'un simple rêve, mais elle commence à comprendre que ce n'est peut-être pas le cas.

Son cœur bat plus vite dans la poitrine tandis que Céleste continue son récit :

— Ce n'était pas n'importe quelle bouteille, mais une série assez rare de ce que j'ai cru comprendre. Peu après avoir bu avec lui, je me suis soudain sentie mal et j'ai perdu connaissance dans les instants qui ont suivi. Quand je suis revenue à moi, j'étais toujours dans la salle de repos avec la lèvre entaillée et Weber à mes côtés.

Elle s'interrompt momentanément pour contempler la plaie sur la bouche de Thérèse. La jeune femme passe nerveusement le bout de sa langue sur sa lèvre inférieure.

— Il m'a expliqué que je m'étais évanouie et a supposé que c'était sûrement à cause de l'angoisse causée par l'état de mon mari. Comme c'était une explication plausible, j'y ai cru. Cet incident est rapidement passé à la trappe jusqu'à ce que peu de temps après, je reçoive une fleur étrange. Une orchidée, précisément.

Thérèse approuve d'un hochement de tête, tendue.

— J'avais à peine respiré son parfum que je me suis trouvée mal et j'ai à nouveau perdu connaissance dans mon salon cette fois. Mon mari dormait à l'étage, son état empirait de jour en jour, il ne s'est aperçu de rien. Quand je me suis réveillée, j'étais allongée sur le canapé, entièrement nue et Weber était penché sur moi. Il ne s'est pas caché de ce qu'il m'avait fait… Il prétendait que je l'avais cherché et m'accusait d'avoir engagé une sorte de « jeu » avec lui…

Thérèse ferme les yeux un moment, n'osant se rendre compte de la chance immense qu'elle a eu qu'Achille ait été là lorsqu'elle a, elle aussi, été empoisonnée par la fleur.

Les larmes dévalent les joues de Céleste.

– Il a recommencé… Plusieurs fois… Il me piégeait au bureau, se débrouillait pour que je me retrouve seule avec lui. Ça a duré quelques mois, puis il a commencé à s'intéresser à des filles plus jeunes.

Elle ferme les yeux, le visage rongé par la culpabilité.

– J'ai été incapable de raconter ce qui s'était passé à qui que soit. Pendant des années, j'ai vu des femmes s'éteindre avant de quitter brusquement leur poste sans raison apparente. Je m'en voulais tellement en imaginant ce qu'il pouvait leur faire subir… Mais j'étais également incapable d'aller voir la police… Pire que ça… Je me disais parfois qu'au moins lorsque c'étaient elles qui étaient prises au piège avec lui…

– Ce n'était pas à toi qu'il s'en prenait, complète Thérèse dans un souffle.

L'autre hoche imperceptiblement la tête en fuyant son regard.

– J'ai été lâche et égoïste. Je craignais qu'en parlant, il revienne se venger alors, je l'ai laissé détruire toutes ces femmes… Je l'ai laissé tuer une gamine, PUTAIN !

Thérèse ferme les yeux en se remémorant le corps d'Eve suspendu au plafond. Les confessions que lui a fait la jeune fille le soir où elle l'a trouvée dans la salle de repos lui reviennent à l'esprit.

« *J'ai… quelques soucis avec mon copain…* […] *il ne comprend pas que je n'aie plus envie de faire l'amour avec lui* […] »

Elle devine pourquoi à présent.

La jeune femme frissonne tandis qu'elle commence à faire le lien entre les évènements.

– Je suis tellement désolée… continue Céleste entre deux sanglots. Je n'ai jamais voulu ça pour toutes ces femmes et pourtant je n'ai rien fait pour empêcher les choses de se produire. J'aurais dû porter plainte, mais je me suis tue.

Thérèse ne répond rien, car elle ignore que dire. Cela fait beaucoup à digérer d'un coup et elle ne sait plus que penser.

Elle se laisse tout à coup tomber à même le sol en position assise et plonge la tête entre ses mains, de nouveau en proie à la nausée.

Il ne lui faut pas longtemps pour se précipiter une fois de plus aux toilettes et rendre tout ce qu'elle a sur le cœur.

Achille fait son apparition dans la pièce au même moment. Il s'arrête net devant la porte des toilettes lorsqu'il aperçoit Céleste relever sur lui des yeux rouges et gonflés et Thérèse à quatre pattes devant la cuvette.

– Je peux savoir ce qui se passe ici ?

La brune se redresse et échange un regard avec Céleste. Puis les deux femmes lui racontent tout.

– Putain de merde…

Le garçon se passe la main sur le visage, l'air d'avoir autant de mal que Thérèse à digérer ce qu'il vient d'apprendre.

La jeune femme quant à elle, s'endort maintenant à moitié contre le mur, complètement vidée par les évènements de ces dernières heures.

– On ne peut pas laisser la situation continuer indéfiniment ! s'exclame-t-il soudain en se tournant brusquement vers Céleste.

La femme baisse les yeux sur le sol en se mordant la lèvre.

– Céleste, putain !

Elle secoue alors la tête comme pour chasser ses doutes et approuve.

– Tu as raison… Ça ne peut plus durer, il faut que cela cesse pour de bon !

Thérèse se redresse.

– Je suis d'accord avec vous, mais comment vous allez vous y prendre ? Vous comptez simplement aller voir les flics pour porter plainte contre l'homme qui détient l'une des entreprises les plus influentes de la planète ? Weber niera, au pire, il versera quelques pots-de-vin et l'affaire sera étouffée en moins de temps qu'il ne faut pour le dire. Contrairement à nous, il détient à profusion l'une des plus grandes sources de pouvoir de notre monde actuel, l'argent. Si ce doit être sa parole contre la nôtre, il ne fait aucun doute que personne n'acceptera de nous croire.

Achille se tait, pensif.

– On ne peut pas débarquer au commissariat la fleur au fusil et déposer plainte en prenant le risque qu'on ne nous écoute pas et que Weber cherche par la suite à nous le faire payer, conclut Thérèse.

– Peut-être que si on arrive à réunir suffisamment de témoignages… commence Céleste.

– Il nous faut des preuves matérielles, la coupe-t-elle.

– Les témoignages sont des preuves, fait valoir la quinquagénaire.

– Sur le papier oui, mais dans les faits contre un homme comme Weber, ça ne vaudra rien.

– D'accord, mais où tu comptes en trouver ?

– La fleur avec laquelle il a essayé de t'empoisonner est toujours dans ton appartement, fait alors remarquer Achille.

Elle secoue la tête.

– Ça ne suffira pas. Je ne suis même pas sûre qu'il reste encore des traces de Fentanyl dessus, et en admettant que ce soit le cas, on n'a rien pour affirmer que c'est Weber qui en est l'expéditeur.

– Alors comment on fait ?

– On crée les preuves nous-même. Et pour ça, j'ai un plan.

Elle soutient momentanément le regard inquiet des deux autres puis leur explique ce qu'elle a en tête.

Thérèse et Achille sont rentrés chez le garçon après qu'elle soit parvenue à les convaincre, Céleste et lui, de suivre son plan.

« – C'est notre seule chance. »

C'est ce qu'elle leur a affirmé et ce dont elle reste intimement persuadée malgré l'appréhension qui la tenaille depuis à l'idée de ce qui l'attend.

Il leur faut agir au plus vite, ils ont donc convenu qu'ils passeraient à l'action dès le lendemain.

Les deux trentenaires n'ont pas échangé un mot depuis qu'ils ont quitté *Unlimitless*. Thérèse jette un coup d'œil à Achille et surprend le regard nerveux qu'il porte sur elle.

– Ça va bien se passer.

Il laisse échapper un faux rire et réplique sèchement :

– Tu ne peux pas dire une chose pareille.

Elle se tait un instant en cherchant les mots pour le rassurer.

Il se passe les paumes sur le visage et soupire.

– Excuse-moi, murmure-t-il dans un souffle.

– Ce n'est rien.

– Tu n'es pas obligée de faire ça, il doit y avoir une autre solution.

– Il y en a sûrement des tas d'autres, approuve-t-elle. Mais on ne les connaît pas et on n'a pas le temps d'attendre de les découvrir.

– Pourquoi ce serait à toi de prendre tous les risques ?

– Parce que le plan ne prendrait pas si c'était Céleste à ma place. Et toi n'en parlons pas, ajoute-t-elle en s'efforçant de sourire pour détendre l'atmosphère.

Il la contemple longuement sans qu'aucun d'entre eux ne prononce le moindre mot. Thérèse rompt de nouveau le silence pesant lorsqu'elle annonce :

– Je vais me coucher.

Elle a eu sa dose d'émotions fortes pour la journée et ne souhaite à présent rien de plus que de laisser le sommeil l'aider à digérer les évènements.

Le garçon approuve et l'imite quand elle se lève du canapé. Puis, il s'avance dans sa direction pour venir prendre son visage entre ses mains et planter son regard clair dans le sien. Elle le soutient sans ciller. Il s'approche encore un peu et penche doucement la tête vers l'avant. Pendant un instant, elle pense qu'il va l'embrasser et son corps se tend.

Mais il se contente simplement de déposer son crâne contre le sien comme pour connecter leurs pensées, leurs peurs et leurs doutes, et pouvoir ainsi éprouver ce qu'elle ressent.

Elle ferme les yeux en se laissant aller. Elle saisit doucement les poignets d'Achille de chaque côté de son visage et laisse sa respiration se caler sur la sienne.

Ils restent un moment comme cela. Chacun se laisse envahir par les émotions qui émanent de l'autre. Il semble à Thérèse qu'elle peut en cet instant ressentir tout ce qui traverse le garçon. Son appréhension, ses angoisses…

343

C'est douloureux et pourtant elle donnerait n'importe quoi pour faire perdurer indéfiniment cette pénétration mutuelle et intime de leurs esprits.

Ils finissent cependant par se séparer.

– Bonne nuit, lui murmure Achille en effleurant une dernière fois sa joue du bout du nez avant de s'écarter complètement.

Elle ouvre la bouche pour lui répondre, mais aucun son n'en sort, alors elle doit se contenter pour ce soir de hocher la tête en guise de réponse.

Ils gravissent ensemble les marches qui les séparent de l'étage, puis rejoignent chacun leur chambre respective, le ventre noué par l'appréhension en songeant au lendemain.

Thérèse est allongée sur le dos. Les yeux clos, elle attend que le sommeil dont elle a désespéramment besoin la gagne, mais à son grand dam, il ne semble pas décidé à venir. Tout ce qui s'est passé ces derniers mois se rejoue dans sa tête.

De nouveau, le souvenir du corps de la jeune secrétaire s'impose à son esprit. Son visage violacé, les traces de strangulation autour de son cou. Son regard dénué de vie et pourtant étrangement comparable à celui qu'elle affichait de son vivant. Comme si, avant même que son cœur ne cesse de battre, elle avait déjà un pied de l'autre côté.

Céleste a raison, Weber est un trou noir. Il a aspiré jusqu'à la moindre parcelle de vie en Eve pour la laisser vide. Il l'a privée de sa lumière, elle, et combien d'autres femmes avant.

C'est également ce qu'il a tenté de lui faire subir. S'il n'est pas entièrement parvenu à ses fins, Thérèse est tout de même forcée de reconnaître qu'elle n'est plus tout à fait la même depuis qu'il la tient dans ses filets. Elle s'est éloignée de la personne qui a toujours le plus compté pour elle, sa meilleure amie, Hélène. Elle s'est progressivement renfermée sur elle-même à mesure que les brèches que Weber ouvrait en elle s'écartelaient pour la fissurer de part en part. Elle ne doute pas qu'il était sur le point de l'avoir à l'usure, qu'elle était prête à voler en éclat comme celles qui l'ont précédées, si Céleste ne lui avait pas mis la vérité sous les yeux en se confiant sur son viol.

Thérèse ne sait que penser de la quinquagénaire. D'un côté, elle pourrait lui reprocher de ne pas avoir agi bien plus tôt pour permettre d'éviter toutes les victimes qu'a faites Weber toutes ces années. Mais de l'autre, elle-même, après son empoisonnement, n'a pas su trouver le courage d'aller parler à la police. Elle n'est donc pas sans savoir à quel point il est plus simple de se taire et de s'efforcer d'oublier.

La jeune femme roule sur le côté en se glissant un peu plus sous la couette et laisse la chaleur du drap l'envelopper, avant de se faire enfin emporter par un sommeil agité.

Céleste s'active devant Thérèse pour camoufler habilement sous un renflement de sa robe la micro-caméra qu'elle a retrouvée dans les affaires de son mari, pendant qu'Achille part vérifier que les derniers employés ont bien quitté les locaux.

La quinquagénaire leur a expliqué que son époux travaillait comme journaliste avant que son état ne le force à tout arrêter. Il lui arrivait parfois d'avoir recours à ce genre d'objet-espion pour obtenir des clichés exclusifs sans attirer l'attention.

La jeune femme lisse nerveusement le tissu vert-sauge de sa robe qu'elle n'a plus portée depuis que Weber a tenté de l'embrasser la première fois.

– J'espère que ça va marcher. (Céleste fait un pas en arrière pour s'assurer que la caméra n'est pas trop visible, mais que l'objectif reste dégagé.) Ça devrait faire l'affaire, conclut-elle.

Thérèse opine avec appréhension pendant que l'autre prend appui contre son bureau.

Elles restent un long moment en silence, chacune perdue dans ses propres pensées.

La voix de Thérèse lui donne l'impression de résonner dans l'immobilité de la pièce lorsqu'elle finit par le rompre pour engager la conversation et ne plus penser à ce qui l'attend.

– Comment tu as fait pour continuer à venir travailler ici après… ?

– Après mon viol ?

Elle hoche la tête.

Céleste joue distraitement avec l'alliance à son doigt.

– La vérité, c'est que je n'arrivais pas à prendre réellement conscience de ce qui m'arrivait. J'avais peur, je ne savais pas comment réagir, et plutôt que de chercher une solution pour me tirer de cette situation, j'ai n'ai rien fait et j'ai préféré essayer d'oublier.

– Je vois.

– Tu trouves ça minable ?

– Le seul minable dans cette histoire, c'est Weber.

– Tu ne réponds pas à ma question.

Thérèse se tait. Céleste finit par reprendre :

– Mais tu as peut-être raison… le seul minable, c'est Weber.

– J'en suis sûre. Il ouvre des failles chez ses victimes afin de les atteindre de l'intérieur et obtenir d'elles ce qu'il veut. Il n'y a qu'un lâche pour faire une chose pareille.

Céleste secoue doucement la tête.

– Il n'a rien créé, il s'est servi de leur faiblesse.

La jeune femme contemple son aînée avec une expression interrogative et celle-ci s'explique :

– Il se conduit chaque fois avec ses victimes exactement comme le ferait un prédateur avec sa proie. Il les contraint à dévoiler leur point faible, puis une fois qu'il a trouvé la brèche par laquelle se glisser, il s'engouffre à l'intérieur et se sert de leurs propres démons. Si bien qu'elles ne soupçonnent pas l'emprise qu'il exerce sur elles avant qu'il soit trop tard.

Thérèse prend le temps de s'imprégner de ses paroles et de les mettre en liaison avec son propre cas.

La femme a raison, Weber a procédé ainsi avec elle aussi. Il a commencé par la mener à révéler ses faiblesses en la poussant à bout avec le projet, puis quand il a découvert qu'elle était incapable d'abandonner ses objectifs quel que soit le prix à payer. il s'est servi de cette information contre elle. Il l'a pénétré par une plaie qu'elle pensait renfermée depuis longtemps pour la posséder.

Elle frissonne à cette pensée.

– Personne n'est à l'abri de ce genre de manipulateur, conclut Céleste.

– A moins de ne posséder aucune faille.

– On en possède tous. Pour des raisons variées, nous sommes tous, sans exception, fissurés par un endroit ou un autre. On vit, par conséquent il nous arrive de nous briser. D'une certaine manière, être courageux, c'est n'est pas ne posséder aucune peur, je définirais plutôt cela comme étant la volonté d'apprendre à surmonter nos démons et nous reconstruire après chaque épreuve.

– C'est vrai.

Céleste lui adresse un sourire que Thérèse lui rend. Achille fait enfin son retour dans le bureau.

Il referme prudemment la porte derrière lui et leur annonce qu'il n'y a plus personne dans les locaux hormis Weber et eux. Ils vont pouvoir passer à l'action.

Il s'avance ensuite vers Thérèse et dépose ses paumes sur ses épaules en la dévisageant avec attention. La jeune femme laisse son regard se perdre dans le sien.

– Si tu penses que tu perds le contrôle de la situation, à la seconde où tu sens que ça va dégénérer, et ce même si tu n'as pas réussi à récupérer les preuves que tu voulais, tu nous fais signe et on viendra te chercher aussitôt, lui promet-il.

Elle hoche la tête en lui adressant un sourire rassurant et dépose ses mains sur les siennes.

– Je sais que je peux compter sur vous en cas de problème.

– On ne bouge pas d'ici. Si tu n'es pas revenue dans une vingtaine de minutes, on viendra te chercher.

– Je suis sûre que tout va bien se passer, lui dit Thérèse sans vraiment savoir si c'est le garçon plus qu'elle-même qu'elle cherche à rassurer.

– On va tout faire pour.

Il laisse retomber ses bras le long de son corps et la jeune femme prend une profonde inspiration.

– Quand il faut y aller…

Les deux autres la suivent du regard alors qu'elle prend la direction de la sortie. Elle se tourne une dernière fois vers eux pour leur adresser un ultime signe, avant de s'élancer dans le couloir à l'assaut du prédateur.

Thérèse prend directement la direction de la salle de repos.

Weber est dans son bureau, comme prévu. Elle l'entend taper frénétiquement sur le clavier de son ordinateur en passant devant sa porte.

Son cœur tambourine dans sa poitrine.

Elle entre dans la salle et sort une tasse du placard en s'assurant de le faire le plus bruyamment possible pour attirer l'attention de son supérieur.

Son plan est de faire croire à Weber qu'elle est restée plus longtemps que prévu pour terminer un projet et qu'il se trouve seul avec elle. Le but étant de le filmer en train de s'en prendre à elle pour fournir à la police une preuve irréfutable de ses actes et soutenir leur témoignage.

Elle ferme momentanément les yeux lorsque soudain plus aucun son ne lui parvient du bureau de son patron. Il a cessé de frapper à l'ordinateur. Elle perçoit le grincement de son fauteuil lorsqu'il se lève, suivi de celui d'une porte qui s'entre-bâille.

Thérèse s'efforce de calmer sa respiration et tâche d'agir le plus naturellement possible lorsqu'elle se dirige vers la machine à café pour remplir sa tasse.

Si Weber découvre qu'elle cherche à lui tendre un piège, elle ne donne pas cher de sa peau.

L'homme entre dans la pièce. Thérèse ne peut s'empêcher de

sursauter et se retourne d'un bloc lorsque la porte s'ouvre à la volée.

– Besson ?

Il hausse un sourcil tandis que ses lèvres s'étirent sur un rictus effrayant qui ne laisse présager rien de bon quant à ses intentions.

– Qu'est-ce que vous faites encore ici ?

Il s'avance. La jeune femme déglutit avec peine. Le cœur battant, elle esquisse malgré elle un pas en arrière.

– Je voulais terminer un travail en cours, répond-elle en essayant autant que possible de ne pas laisser transparaître sa peur.

Weber la dévisage des pieds à la tête, le regard perçant.

– Vraiment ?

Il s'approche encore jusqu'à ne plus se trouver qu'à une dizaine de centimètres d'elle.

– Vous avez réellement du travail à terminer, ou bien, vous prenez goût à ce petit jeu ?

Elle fait un pas de plus en arrière et sent avec angoisse le mur se presser contre son dos. Elle peine à garder une respiration régulière alors qu'elle se retrouve dans la même position de faiblesse que la dernière fois. Coincée entre le fond de la salle et le corps imposant de son patron. L'homme affiche toujours ce même sourire malsain qui lui donne froid dans le dos, tout en la dévorant du regard. Puis sans prévenir, il se jette animalement sur elle pour tenter de presser ses lèvres sur les siennes.

Thérèse parvient de justesse à détourner la tête au dernier moment pour éviter leur contact.

Son cœur bat à une vitesse folle dans sa poitrine. Elle a

l'impression d'être aussi vulnérable qu'une proie face à son prédateur.

Enragé d'avoir manqué sa cible, Weber se redresse avec un regard noir et serre les dents avant de lui saisir fermement le visage pour l'empêcher de se dérober une seconde fois.

Un hoquet de douleur quitte à peine ses lèvres lorsque les ongles de l'homme s'enfoncent dans sa mâchoire, que la bouche de son supérieur se retrouve aussitôt pressée contre la sienne avec brutalité.

Thérèse sent les larmes lui monter aux yeux pendant que la langue de son patron cherche à forcer le passage scellé. Elle réussit sans savoir comment à ramener ses mains entre leurs deux corps pour repousser Weber de toutes ses forces et échapper momentanément au contact humide de sa bouche.

Il oscille en arrière un instant, surpris qu'elle se débatte. Il ne perd cependant pas une seconde pour fondre de nouveau sur elle et lui enserrer les bras avec une telle pression que la jeune femme laisse échapper un hurlement de douleur.

– A quoi tu joues bordel ? Tu penses pouvoir m'avoir quand tu en as envie et me repousser dès que tu te lasses, salope ? Je vais te montrer que ça ne fonctionne pas ainsi.

Il retourne à l'assaut de sa bouche, plaquant violemment son corps contre celui de Thérèse, qui se trouve toujours dos au mur, pour lui couper tout mouvement. Il garde les mains serrées autour de ses avant-bras pour l'empêcher de le repousser.

Elle entrouvre les lèvres pour laisser échapper un cri et il en profite pour y engouffrer sa langue.
La jeune femme ferme les yeux, prise de haut-le-cœur tandis que son agresseur viole l'intimité de sa bouche.

Il enfonce son organe si profondément dans sa gorge que son crâne heurte brutalement le mur derrière elle, en lui arrachant un gémissement de douleur.

Elle tente de se débattre et s'agite dans tous les sens dans un dernier et vain espoir pour qu'il la lâche, mais la bosse qu'elle sent presque aussitôt se former contre son bas-ventre lui fait cesser tout mouvement.

Les larmes dévalent ses joues à flot quand l'autre s'extirpe enfin de sa bouche en se pourléchant les babines avec une grimace animale.

– Ne commence pas à pleurer maintenant, ça ne fait que commencer.

Ses sanglots redoublent.

L'homme se jette sur de son décolleté. Elle est en train de perdre totalement le contrôle de la situation. Les doigts de son agresseur déchirent avec facilité le tissu fragile en forme de V sur sa poitrine et ses mains ne perdent pas un instant pour se glisser dans son soutien-gorge.

Elle tente de hurler. Elle sait qu'il lui suffirait de crier pour qu'Achille et Céleste viennent la tirer de là. Pour que tout ça cesse enfin. Mais aucun son ne sort de sa bouche.

L'homme garde une paume de main pressée contre son sein droit pendant que l'autre s'attelle à la débarrasser de ses vêtements.

Quand soudain, il s'arrête brusquement.

La jeune femme retient son souffle au moment où il tire sur un pan de sa robe pour dévoiler la micro-caméra. Son regard sombre se fait plus ténébreux encore. Cette fois la jeune femme sait qu'elle ne s'en sortira pas indemne.

Elle rejette la tête en arrière et ferme momentanément les

yeux. Le corps de l'homme se tend un peu plus contre le sien. L'air se raréfie autour d'eux.

Quand elle rouvre les paupières, son cœur manque cependant un battement lorsque son regard atterrit sur un point derrière son patron.

Le flot de ses larmes redouble. Hélène se tient à la porte de la salle de repos et lui fait signe de se taire en gardant un doigt pressé sur ses lèvres tandis qu'elle avance le plus discrètement possible en direction de Weber, une chaise brandie au-dessus d'elle.

Thérèse s'efforce de détourner le regard de son amie pour reporter son attention sur le monstre qui la dévisage de ses yeux brillants de fureur. Il brandit la caméra sous son nez. Les vaines saillent le long de son cou lorsqu'il se met à hurler :

– JE PEUX SAVOIR CE QUE ÇA FAISAIT SUR TA ROBE SALE PUTE ?!

Il s'apprête à lui envoyer son poing au visage au moment même où la chaise d'Hélène s'abat brutalement sur son crâne dans un craquement sinistre qui retourne l'estomac de la jeune femme.

– NE TOUCHE PAS A MON AMIE, SALOPARD DE MERDE !! Hurle la blonde dont le visage exprime toute sa rage et sa terreur.

Elle laisse retomber la chaise sur le sol et l'homme s'effondre comme une masse entre les deux femmes dans un bruit sourd.

Un silence de mort s'ensuit seulement entrecoupé par les halètements d'Hélène et les sanglots de Thérèse.

Elles restent un moment sans rien dire, les yeux rivés sur le corps inanimé de leur supérieur puis relèvent la tête l'une vers l'autre dans un même mouvement.

Le corps de la blonde est secoué par les pleurs quand elle s'empresse d'enjamber l'homme pour se jeter dans les bras de sa meilleure amie.

– Je suis désolée… je suis tellement désolée…

Thérèse secoue la tête de gauche à droite pour lui signifier qu'elle n'a rien à se reprocher, encore trop choquée pour parler.

Hélène l'enlace du plus fort qu'elle peut et la brune lui rend son étreinte avec autant de ferveur.

A leur tour, Achille et Céleste débarquent précipitamment dans la pièce, alertés par les cris.

Ils pilent net devant la scène qui s'offre à eux. Weber est étendu sur le sol, inconscient avec un filet de sang qui lui coule le long du crâne. Thérèse est quant à elle enlacée avec Hélène dans sa robe en lambeau.

Achille est le premier à s'élancer à travers la pièce pour se précipiter vers elle. Hélène s'écarte juste à temps pour le laisser se jeter devant sa meilleure amie et saisir son visage entre ses mains.

– Putain, tu vas bien ?! On a fait aussi vite qu'on a pu dès qu'on a entendu Weber crier. Qu'est-ce qui s'est passé ?!

– Il a découvert la caméra. Mais je vais bien, s'empresse-t-elle de préciser devant son air inquiet. Hélène est arrivée à temps pour me tirer d'affaire.

Elle échange un sourire avec la blonde par-dessus l'épaule du garçon, puis reporte son attention sur lui. Il essuie doucement du bout du pouce les traces que ses larmes ont laissées sur ses joues.

– Je t'assure que tout va bien, répète Thérèse en plongeant son regard dans ses yeux bleus où continuent de transparaître son inquiétude lorsqu'ils tombent sur sa robe en morceaux.

— Est-ce qu'il t'a…

— Embrassé et touchée, avoue-t-elle sans détours, pressée de se délester un peu du poids de cette réalité qui commence seulement à peser sur elle maintenant que tout est fini.

— Putain… Je n'aurais jamais dû accepter ce plan à la con… murmure-t-il en fermant les yeux et en pressant de nouveau son front contre le sien comme il l'a fait la vielle.

La jeune femme laisse ses paupières se fermer à leur tour en savourant sa proximité réconfortante.

— Ça aurait pu être bien pire et au moins à présent, on a les preuves qui nous fallait, dit-elle en redressant la tête.

Il opine et tous les regards se tournent vers la micro-caméra qui gît près de Weber.

Céleste s'approche du corps immobile de son violeur et se penche pour la ramasser.

— Elle est intacte, annonce-t-elle après l'avoir inspectée sous tous les angles.

Achille se tourne une nouvelle fois vers Thérèse.

Le cœur de la jeune femme s'emballe dans sa poitrine lorsqu'elle le voit soudain contempler ses lèvres avec envie avant de se détourner. Elle ramène alors le visage du garçon dans sa direction et l'attire doucement près du sien pour déposer elle-même ses lèvres sur les siennes.

Au début, il n'esquisse pas un mouvement, trop surpris pour réagir, puis il finit par lui rendre son baiser timide et laisse même ses mains trouver le chemin jusqu'à ses cheveux pour s'y plonger avec douceur.

Ils se séparent ensuite lentement en échangeant un sourire.

Achille se redresse et aide la jeune femme à en faire de même.

— Il ne nous reste plus qu'à apporter à la police les preuves contre Weber, conclut-elle.

– Qu'est-ce qu'on fait pour lui, au fait ? Interroge Hélène en désignant le corps immobile. On devrait peut-être appeler une ambulance ?

La jeune femme approuve.

– Je m'en occupe, annonce Céleste qui a sorti son téléphone portable de sa poche et quitte déjà la salle de repos pour passer le coup de fil.

– Tu penses que je risque quelque chose pour l'avoir assommé ?

– Honnêtement, je n'en ai aucune idée, mais on fera en sorte d'effacer ce passage de la bande vidéo avant de la confier à la police et de le passer sous silence. Je ne crois pas qu'il soit grièvement blessé, ajoute Thérèse en jetant un coup d'œil à son patron qui respire paisiblement comme s'il sommeillait simplement. Il n'a pas eu le temps de voir qui l'a assommé, il ne pourra donc pas porter plainte contre toi. Et de toute façon, il aura plus important à s'occuper quand il se réveillera avec les flics au cul pour ces histoires de viol.

Hélène lui concède d'un mouvement de tête.

Thérèse baisse les yeux un instant puis les relève sur elle.

– Je… Je suis vraiment désolée pour tout ce que je t'ai dit. Je ne le pensais pas réellement. Pardonne-moi.

Son amie chasse ses paroles d'un geste de main.

– Oublions toute cette histoire.

Thérèse reprend :

– Qu'est-ce que tu faisais ici à cette heure-ci d'ailleurs, s'étonne-t-elle soudain.

– J'ai surpris ta discussion avec Céleste et Achille hier soir. J'avais besoin de voir quelque chose avec lui pour le boulot, alors quand il est passé devant ma porte au moment où il s'apprêtait à partir, j'ai voulu le rattraper pour lui parler. Lorsque je l'ai vu prendre la direction de ton bureau puis te chercher après s'être aperçu qu'il était désert, j'ai finalement décidé de le suivre discrètement. C'est quand il t'a enfin retrouvé avec Céleste que je vous ai entendu lui raconter ce qui vous était arrivé avec Weber.

Thérèse hoche la tête.

— Je vois.

— Je n'en reviens pas que tu m'aies caché une chose pareille !

— Je ne voulais pas prendre le risque que tu sois mêlée à cette histoire.

Hélène soupire avant de sourire à la brune.

— Je n'ai pas plus besoin que toi qu'on me materne, tu sais.

Thérèse laisse échapper un rire.

— Je sais.

Les trois sortent finalement de la salle pour rejoindre Céleste qui termine de passer son appel dans le couloir.

— L'ambulance sera là dans une quinzaine de minutes, leur annonce-t-elle en raccrochant.

Ils opinent. Hélène empêche le silence de s'installer entre eux en lançant :

— Je sais que cette histoire n'a rien de risible… Il n'empêche que je ne peux pas m'empêcher de me demander comment Kim réagira lorsqu'elle apprendra que Weber a violé plus d'une femme, mais qu'il n'a jamais voulu d'elle alors qu'elle était prête à s'offrir corps et âme.

Céleste réprime un rire amusé.

— Il faut croire qu'elle était trop accessible pour lui.

— Quand même, ce n'est pas la plus moche. A sa place, je

crois que j'y aurais réfléchi à deux fois.

Achille lève les yeux au ciel avec un amusement non dissimulé.

– Papy a raison, tu es impossible comme fille.

Hélène s'empresse de répliquer pour se défendre et Thérèse les observe se lancer dans une joute verbale sans vraiment y porter attention, le regard dans le flou. Elle sent de nouveau les mains de Weber sur les parties de son corps qu'il a touchées. Ces contacts fantômes la font frissonner.

Elle sursaute en s'apercevant que Céleste l'a rejoint et la dévisage à présent avec un mélange d'attention et de compassion.

– Ça ne sera pas facile au début d'oublier les endroits qu'il a explorés, mais avec le temps, tu finiras par te les réapproprier, tu verras, lui dit-elle comme si elle lisait sans ses pensées.

Thérèse hoche doucement la tête.

– Tu as réussi ? lui demande-t-elle en lâchant Hélène et Achille du regard pour porter toute son attention sur elle.

Céleste prend un moment pour réfléchir à sa question avant de répondre :

– Il y a des parts de moi qui ont tellement changé après son passage que je ne les reconnais plus. C'est comme s'il m'avait rendue étrangère à certaines parties de mon propre corps.

– Je suis désolée.

– Tu n'y peux rien. (Elle joue un instant avec la micro-caméra qu'elle tient toujours dans les mains.) Il est plus que temps de faire à présent ce que j'aurais déjà dû faire depuis des années, mettre un point final à cette histoire.

La jeune femme approuve.

Demain à la première heure, elles iraient porter plainte pour abus sexuels et Weber payerait enfin pour ses actes.

Épilogue

1 an après les faits.

« **Le PDG de la célèbre entreprise *Unlimitless* condamné à de la prison ferme à la suite de plaintes pour viols et abus sexuels.** »

Voilà le titre qui fait la une de pratiquement tous les journaux un an après que Thérèse et Céleste se soient rendus au poste de police pour déposer plainte ; et bien qu'elles sachent que cela ne rendra pas aux victimes ce que l'homme leur a pris et ne ramènera pas non plus Eve à la vie, cela reste l'une de leurs plus grandes victoires.

Pendant les mois qui ont précédé le procès de Weber et le verdict final, Thérèse est restée vivre chez Achille au cas où son patron chercherait à se venger pour les accusations contre lui. Cette précaution s'est cependant révélée inutile. Il faut croire que la foule de médias qui ne le quittaient pas d'une semelle pour décrocher un scoop ou un aveu de sa part, l'accaparaient suffisamment pour qu'il lui fiche la paix.

Durant cette période, la relation entre la jeune femme et le garçon a encore évolué, et lorsque Weber a finalement été condamné et mis derrière les barreaux Thérèse n'est pas retournée vivre dans son appartement pour accepter à la place la proposition d'Achille d'emménager définitivement chez lui en tant que copine officielle.

Le garçon enlace à présent ses doigts aux siens alors qu'ils attendent avec impatience dans la salle d'attente de l'hôpital que l'accouchement d'Hélène se termine.

Après plusieurs échecs supplémentaires qui les ont particulièrement affectés, la jeune femme et son mari sont finalement miraculeusement parvenus à concevoir leur premier enfant. L'annonce de la grossesse d'Hélène a été accueillie comme la nouvelle de l'année et sa fille, Maxine, est attendue avec la plus grande impatience.

Le téléphone de Thérèse vibre dans sa poche. Elle relâche la main d'Achille pour décrocher.

– Allô ?

– Alors, comment ça se passe ? demande la voix de Gabriel à l'autre bout du fil.

– C'est en cours, lui répond la jeune femme en jetant un œil à la porte derrière laquelle lui parviennent toujours les gémissements de sa meilleure amie.

Peu après l'incarcération de Weber, *Unlimitless* n'a pas tardé à être rachetée par son principal concurrent, *Horizon*. Un accord à l'amiable a été pris pour permettre aux employés de l'ancienne entreprise de continuer à exercer leur poste respectif sous cette nouvelle autorité. Gabriel a cependant vu dans cet évènement le signe qu'il était grand temps pour lui de rendre son tablier et a enfin passé le cap de changer de carrière comme il le souhaitait. Il a rapidement postulé et obtenu un poste de commercial sédentaire dans une entreprise plus modeste, qui lui permet de bénéficier d'horaires fixes et d'un jour de télétravail dans la semaine pour avoir plus de temps à accorder

363

à son fils.

Thérèse a gardé contact avec lui depuis son changement d'établissement et chaque fois qu'elle le voit, elle est heureuse de constater à quel point l'homme est bien plus épanoui dans sa nouvelle vie.

– Ce n'est pas une gamine pressée, remarque Jayden près de Gabriel.

La brune esquisse un sourire.

Le jeune homme est devenu fou lorsqu'il a appris pour Weber et le viol d'Eve. Alors qu'il se remettait à peine de son deuil, il aurait replongé sans le soutien de ses collègues et du thérapeute qu'il a fini par accepter de consulter sur leur conseil. Il lui aura fallu du temps pour retrouver un certain équilibre, mais depuis l'incarcération de leur ancien patron, il a repris sa place au sein de l'entreprise et semble aller mieux. Même s'il reste fragilisé.

– Je n'arrive toujours pas à croire que cette espèce de gamine s'apprête à avoir un enfant. Une enfant qui élève un marmot, est-ce qu'on a déjà vu des choses pareilles ?

Thérèse lève les yeux au ciel avec amusement en entendant Papy feindre l'exaspération bien qu'il était l'un des plus heureux d'apprendre la nouvelle de la grossesse d'Hélène après les deux parents et elle-même.

– Tu es avec les autres ? Interroge-t-elle Gabriel avec curiosité.

– Oui, je suis passé faire un tour à *Horizon* pour attendre avec les autres l'arrivée de la petite.

– Ça ne devrait plus tarder, annonce Thérèse. Je te rappelle dès que j'ai du nouveau.

– OK, à plus.

Elle a à peine raccroché que l'ambiance change du tout au tout.

Soudain, c'est comme si le monde entier retenait son souffle et pendant quelques secondes, on n'entend plus un son. Le temps d'un battement de cœur. Une inspiration...

Puis des hurlements déchirent le silence et l'univers reprend son cours comme si rien ne s'était passé.

Thérèse échange un large sourire avec Achille et sent l'excitation monter en elle.

Les premiers cris de l'enfant résonnent à travers tout l'hôpital et annoncent le commencement d'une nouvelle vie.

Maxine vient de prendre sa première respiration dans un monde qui ne cessera de la briser et dans lequel elle devra apprendre à se reconstruire.

Les hurlements sont si perçants que Thérèse ne peut s'empêcher de penser que c'est peut-être au moment où le bébé sort du ventre de sa mère que s'ouvre sa première brèche interne. A cause de la sensation d'être soudain expulsé hors de sa bulle protectrice, faisant de lui l'un des êtres les plus vulnérables face aux prédateurs.

On commence vraiment à vivre lorsqu'on prend conscience pour la première fois à quel point on est si faible et si fort en même temps.

Tout commence par une première faille.